국어 교과서 **시에 눈뜨다**

국어 교과서 문학 읽기 ⑩ 고등

국어 교과서 시에 눈 뜨다

1판 1쇄 인쇄 2011년 2월 15일
1판 3쇄 발행 2012년 12월 21일

엮은이 김상욱
펴낸이 김두레
펴낸곳 상상의힘
편집 이현정   **교정** 박미향
디자인 씨디자인   **일러스트** 김은   **사진** SOULGRAPH 진성기
등록 제2010-000312호(2010년 10월 19일)
주소 서울시 강남구 삼성동 157-3 LG트윈텔 2차 1705호
영업 전화 070-4129-4505   **팩시밀리** 02-2051-1618
홈페이지 www.sang-sang.net

© 상상의힘, 2011

ISBN 978-89-965492-1-5
ISBN 978-89-965492-0-8 (전3권)

국어 교과서

시 에
눈뜨다

김상욱 엮음

샘ㅇㅅㅇ의힘

일 러 두 기

- 고등학교 검정 교과서 『국어』 16종 상·하 32책에 수록된 현대시 중에서 77편을 선정하고 여기에 교과서에는 수록되지 않은 시 10편을 추가하여 모두 87편의 시를 실었습니다.
- 수록된 시는 모두 초판본 또는 생전 마지막 판본에 수록된 시를 원본으로 삼아 원문 그대로를 살려 실었습니다.
- 맞춤법과 띄어쓰기는 현행 표기법에 따르는 것을 원칙으로 하였으나, 시의 경우 작가가 선택한 비표준어는 최대한 원문대로 살려 놓았습니다.
- 작품 이해에 필요한 낱말은 시의 아래쪽에 풀이를 달았습니다.

책을 펴내며

　교과서가 새로 바뀌었습니다. 물론 해마다 교과서가 바뀝니다. 작년에도 새 교과서를 받았고 올해 역시 새 교과서를 받았으니까요. 그러나 올해는 여느 해와는 다르답니다. 우선 교과서의 종수가 늘어났습니다. 국가가 책임지고 한 종류의 교과서를 만들던 예전과 달리, 이제 여러 출판사에서 여러 사람이 여러 종류의 교과서를 만들기 때문입니다. 그리고 여러 종류의 교과서 가운데 한 종을 선택해서 공부해야 합니다.

　그리 염려할 일은 아니랍니다. 한 교과서를 열심히 공부하기만 하면, 배워야 할 것들은 다 배울 수 있으니까요. 다만 공부하는 방식은 조금 달라져야 합니다. 물고기 한 마리 한 마리를 얻는 것보다 물고기 잡는 방법을 배우는 것이 중요하듯, 교과서에 실린 한 편 한 편의 글을 익히기 위해 애쓰기보다 교과서에 제시된 목표를 정확하게 이해하고 그에 맞는 활동을 해야 합니다.

　그런데 문학 작품을 공부하는 방법은 조금 다르답니다. 단순히 교과서만 공부해서는 안 됩니다. 문학 작품은 우리에게 삶의 경험을 건네주고 그 경험으로부터 무엇을 배울 것인가를 알려 주기 때문입니다. 어떤 이들은 문학 작품을 읽는 것을 간접 경험이라고 하지만, 결코 그렇지 않습니다. 작품을 읽으며 내가 웃고 울며 감동한다면, 그것이야말로 우리들 자신의 경험과 조금도 다를 바 없는 살아 있는 경험입니다. 문학을 통해 우리는 내가 누구인지를 알며, 세상을 어떻게 살 것인지를 배웁니다. 나아가 나와 함께 이 세상을 살아가는 다른 존재들을 더욱 잘 알게 됩니다.

따라서 교과서에 제시된 목표를 익히고 활동을 잘하는 것뿐만 아니라, 작품을 즐겨 읽는 것이 그 무엇보다 중요하며 또 다른 공부의 기초를 이룹니다. 그리고 문학 작품을 읽고 생각하는 것은 읽기/쓰기 같은 다른 언어 활동과 밀접하게 연결되어 있습니다. 문학 역시 언어 자료의 하나이기 때문입니다. 그러니 좋은 문학 작품이야말로 국어 능력을 향상시키는 데 더할 나위 없는 좋은 재료인 셈이지요. 다행히 교과서들은 저마다 좋은 작품을 싣기 위해 여러 필자들이 심사숙고하여 만듭니다. 그러니 자연 더 좋은 작품이, 더 적합한 작품이 실려 있습니다.

이 책은 여러 종류의 교과서에 실려 있는 작품들을 시, 소설, 수필·평론으로 나누어 각각 한 권으로 볼 수 있도록 기획되었습니다. 좋은 문학 작품이 더 많은 학생들과 만나기를 바라는 마음으로 엮었습니다. 그리고 책을 엮으며 몇 가지 기준을 생각했습니다.

첫 번째는 학생들의 수준을 고려하여 깊은 울림을 건네줄 좋은 작품만을 선정하였습니다. 좋은 작품은 그 자체로 많은 것을 스스로 가르치고 또 배우게 하기 때문입니다. 그래서 16종의 교과서를 두루 살펴, 그 중에서 꼭 읽었으면 하는 감동적인 작품을 선정하고 또 필요하다면 교과서에 수록되지 않은 좋은 작품을 포함시켰습니다. 물론 조금 어려운 작품은 친절한 설명으로 쉽게 이해할 수 있도록 하였습니다.

두 번째는 국어 교육의 목표를 제대로 살려 학교 교육과 문학 작품을 긴밀하게 연결시켰습니다. 작품을 어떤 관점으로 보아야 하며, 작품을 통해 무엇을 알아야 할 것인지를 꼼꼼하게 살폈습니다. 교육 과정의 목표와 작품이 어떻게 연결되는가를 자세히 설명하고, 이를 통해 작품들을 어떻게 만나야 할지를 분명하게 제시하였습니다. 따라서 작품을 읽고 덧붙여진 설

6

명을 읽는 것만으로도 문학과 국어가 한결 친숙해질 것입니다.

세 번째는 실제 교과서에 수록된 다양한 활동들을 잘 녹여서 풀이하고자 하였습니다. 개념을 정확하게 이해하고 그 개념을 바탕으로 학습 활동을 직접 해 보고 결과를 곧바로 확인함으로써 어렵지 않게 스스로의 이해를 높여 나가도록 하였습니다.

공부뿐만 아니라 우리들의 생각과 느낌, 그리고 깨달음은 우리들 자신의 경험으로부터 시작됩니다. 그리고 좋은 글은 그 경험을 더한층 또렷하게, 깊이 있게 경험할 수 있도록 해 줍니다. 삶을 환하게 비춰 보이는 것이 좋은 글의 역할인 셈입니다.

이 책에 실린 작품들은 모두 그 역할을 하기에 손색이 없는 작품들입니다. 좋은 작품을 읽으며 나와 세상, 그 세상을 함께 살아가는 다른 이들을 한결 넓고 깊게 이해하게 되기를 바랍니다.

2011년 2월
김상욱

차 례

첫 번째 이야기

시를
어떻게
읽을까

세 번째 이야기

시는
어디에
서 있는가

시를
어떻게
읽을까

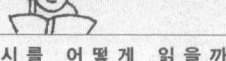

시를 읽는 것은 언어를 읽는 것입니다. 아니, 언어를 넘어 예술로서 문학 작품을 읽는 것입니다. 시는 문학 작품 가운데 가장 예술적인 장르이기 때문입니다. 그런데 여기에 그치지 않습니다. 문학은 언제나 사람들의 생각과 느낌을 담고 있다는 점에서 사람을 읽는 것이기도 하답니다. 그렇다면 당연 사람들이 어우러져 살아가는 세상을 읽는 것이기도 하겠지요. 그러니 시를 잘 읽으면 문학 작품을, 사람을, 세상을 모두 잘 읽게 된답니다.

그렇다면 시를 어떻게 잘 읽을 수 있을까요? 그 출발점은 언제나 언어입니다. 언어가 가진 수많은 섬세한 결들을 읽어 낼 수 있어야 합니다. 무슨 말을 어떻게 하는지, 왜 저렇게 말하지 않고 꼭 이렇게 말하는지 언어의 차이를 잘 살펴야 합니다. 우리 조상들은 '말 한마디에 천 냥 빚도 갚는다'고 했고, '아 해 다르고 어 해 다르다'고도 했습니다. 그렇습니다. 당연 말은 비슷한 말이라도 조금만 달라지면 뜻 역시 조금씩 달라집니다.

언어 예술의 결정체인 시는 더 정확한 느낌, 더 풍부한 '울림'을 전달하기 위해 '고심'한답니다. 지금도 저는 이 짧은 문장을 쓰기 위해 '더 정확한 느낌, 더 풍부한 느낌'이라고 '느낌'을 두 번 쓰는 대신 한 번은 '울림'이라고 썼습니다. '느낌'은 시인 자신의 것인 데 반해, '울림'은 독자에게서 형성되는 것이기에 '울림'이라고 써야겠다고 생각했습니다. '고민'이라고 쓰려다가 '고심'이라고 쓴 것도 다르지 않습니다. 그저 걱정거리를 '고민'하는 것이 아니라 '더 좋은 생각을 짜낸다'는 의미를 담고 싶었기 때문입니다. 이처럼 일상적인 문장을 쓰는 데에도 언어마다 빛깔이 다르므로 그 빛깔을 살려 쓰려고 합니다. 하물며 언어 예술의 결정체라고 하는 시는 어떻겠는지요.

물론 일상적인 언어 생활에서는 언어에 이처럼 민감하지 않습니다. 그러나 연애를 하거나, 협상을 하거나, 글을 쓸 때에는 '거시기가 거시기해서'라고 얼렁뚱땅 말을 이어 갈 수는 없습니다. 더 정확하고, 더 적절하며, 심지어 창조적으로 표현해야 합니다. 그러기 위해서는 무엇보다 시를 많이 읽어야 합니다. 시에는 가장 정확하고, 가장 적절하며, 가장 창조적인 언어가, 생각과 느낌이, 사람이, 세상이 담겨 있기 때문입니다.

뿐만 아닙니다. 모든 문학과 예술이 그러하듯, 시에도 역시 시인의 경험과 그 경험을 어떻게 받아들여야 할지에 관한 시인의 관점이 함께 담겨 있습니다. 시 속에는 보고, 듣고, 느끼고, 생각한 것이 담겨 있고, 시인이 겪은 이 모든 경험을 어떻게 보아야 할지 삶을 보는 깊은 성찰이 있습니다. 그러니 시를 쓰는 것은 듣기 좋은 말을 매끄럽게 하는 것과는 다릅니다. 시는 진실이기 때문입니다. 당연히 모든 시가 진실인 것은 아닐 것입니다. 그러나 좋은 시인이 쓴 좋은 시는 그 작은 체구에도 불구하고, 오롯이 삶의 진실이 무엇인지를 담고 있습니다. 그 진실과 마주치며, 독자인 우리 역시 세상을 어떻게 보아야 할지 배우게 될 것입니다.

언어에 대한 이해, 삶을 보는 관점과 함께 시를 읽는 또 다른 이유는 상상력입니다. 시의 본질은 상상력입니다. 예컨대 '사과 같은 내 얼굴'이라는 단순한 비유조차 얼굴을 사과로 상상한다는 데에서 알 수 있습니다. 비유는 상상의 아주 작은 예일 뿐입니다. 이 상상력에 힘입어 우리는 다른 눈으로 세상을 볼 수 있게 됩니다. '바닷가에 사는 사람들은 파도 소리를 듣지 못한다'는 말이 있습니다. 일상에 깊이 파묻힌 나머지 세상과 세상 사람들이 뿜어내는 빛을 보지 못하는 이들을 일컫는 말입니다. 그러나 시는 상상의 힘으로 '바닷가에 사는 사람들'에게 '파도 소리'를 다시금, 새롭게 들려주고자 합니다. 시가 건네는 소리에 가만 귀를 기울이면, 어느 틈에 우리들 마음의 귀가 환하게 열릴 것입니다.

물론 시를 읽는 일이 만화책을 읽는 것처럼 쉬운 일은 아닙니다. 모든 게임에는 규칙이 있듯 시도 나름의 규칙이 있어서 그 규칙을 익혀야만 하기 때문입니다. 그렇지만 시의 규칙은 생각만큼 어렵지 않습니다. 오히려 너무나 간단한 나머지 알고 나면 우습기까지 할 것입니다. 물론 시를 쓰는 것이야 어렵기 그지없지만, 우리가 하고자 하는 일은 영화를 만드는 일이 아니라, 그저 영화를 보는 일일 따름입니다. 즐겁게 읽고 감동을 받기만 하면 되기 때문입니다. 그런데 학교는 이 간단하고 쉬운 일을 아주 어렵게 만들어 버렸습니다. 우리는 이처럼 수수께끼 놀음이 되어 버린 시 읽는 일을 원래의 모습 그대로 간단하고 쉽게 되돌려 놓고자 합니다. 어떻게? 그것은 이 책 전체에 골고루 스며들어 있답니다. 자, 그럼 시작해 볼까요?

1

시의 의미

이제부터 여러분들은 시의 규칙들을 하나하나 배우게 될 것입니다. 첫 번째로 배워야 할 규칙은 축구 경기에서처럼 공을 다룰 줄 알아야 한다는 것입니다. 정확하게 공을 차는 것은 축구 경기의 전부라 할 만큼 아주 어려운 일입니다. 그러나 시라는 경기에서 우리는 모두 아주 훌륭한 축구 선수들입니다. 말 못해 죽은 사람은 아무도 없고, 우리들은 일상생활에서 쉼 없이 언어를 사용하기 때문입니다. 말에 관한 한 우리의 연습량은 발이 험상궂은 박지성 못지않습니다. 여러분들은 16년 동안 말을 해 온 언어의 달인입니다. 공은 어디로 튈지 모르지만, 언어는 우리들이 일상생활에서 쉼 없이 사용하는 도구입니다. 우리는 이미 프리미어 리그의 축구 선수들이 공을 다루듯이 우리네 모국어를 사용하며 자유자재로 다루고 있습니다.

결국 시의 규칙 첫 번째는 아주 간단합니다. 그것은 시가 무엇을 말하는가를 있는 그대로 아는 것입니다. 그러자면 모르는 단어가 없어야 한답니다. 물론 문맥 속에서 뜻을 대충 알기만 해도 관계없습니다. 그러나 더 정확하게 알려면 모르는 단어는 찾아보아야 하고, 익혀 두어야 합니다. 물론 단어의 뜻을 다 안다고 해서 모든 시를 이해할 수 있는 것은 아닙니다. 재료를 안다고 해서 음식의 맛을 다 아는 것이 아닌 것처럼 말입니다. 당연히 쉽게 이해되지 않는 시들도 있을 것입니다. 그런 시들은 차차 익혀 나가면 될 것이니, 다음으로 미루어 두기로 하지요. 우선은 시의 의미, 있는 그대로의 의미에 집중하는 것이 필요합니다.

이를 위해 먼저 세 편의 시를 차례대로 감상하겠습니다. 표현상의 특징이나 이미지, 비유 등 어려운 말들은 잠시 제쳐 두고, 다만 의미에 집중해서 생각해 봅시다. 이어서 두 편의 시를 엮어 읽어 볼 것입니다. 배운 것이 잘 스며들었는지 확인하는 셈이지요. 자, 시작해 봅시다. 아자!!

고재국
최두석

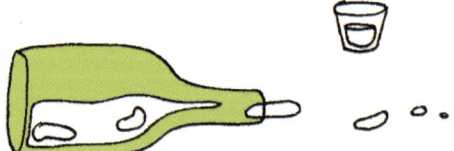

1. 내가 좋아하는 시가 있는가? 제목을 말해 보자.
2. '산문시'란 무엇인가?

　　유난히 뚝심 세었던 동갑내기 고종사촌 고재국은 중학교 중퇴의 학력으로 상경해 쟉크 염색 기술을 배웠다. 지독한 염료 냄새에 콧구멍은 진즉 마비되고 늘 골머리까지 띵하더니 상경한 지 삼 년 만에 한 모금 피를 토하고 고향으로 내려왔다. 내려와서 굼벵이로 술을 담거 먹었다. 초겨울 마람 엮어 지붕 갈 때 썩은새 속에 굼실거리는 살진 굼벵이로. 매미의 유충이 굼벵이라던가. 농사일 뒷전에서 거들며 지내기 일 년 만에 매미 소리처럼 가슴이 시원해진 그는 다시 상경하였고 굼벵이술을 계속 먹으며 십여 년 고생해서 모은 돈으로 쟉크 염색 공장을 차렸다. 비록 동업이지만 바야흐로 찌든 얼굴 펴지고 내 선생 월급을 묻고는 미소짓는 게 참 다행이다 싶었는데 아 그는 요즘 미칠 지경이란다. 아니 미쳐서 돌아다닌단다. 예비군 훈련 간 사이 공장 들어먹고 잠적한 동업자를 찾으러.

마람 '이엉'의 방언.

작 품 이 해

시를 읽을 때에는 우선 모르는 단어가 없어야 한다. 이 시에서 먼저 들어오는 단어는 '굼벵이'다. 구체적으로 어떤 벌레인지는 모르나 그래도 짐작은 할 수 있다. 모르면서도 짐작하는 것을 유식한 말로 맥락적 읽기라고 한다. 시에서 '매미의 유충'이라고 하니, 배추벌레처럼 기어 다니는 벌레일 것이다. '굼벵이처럼'이라는 말에서도 알 수 있듯, 천천히 꾸물꾸물 기어 다니며 흙 속이나 짚더미 속에서 사는 벌레다. 그래도 정확한 뜻을 알고 싶으면 사전을 뒤적이거나 인터넷 포털에 물으면 된다. 굼벵이는 '풍뎅이나 매미, 하늘소 등과 같은 딱정벌레류 곤충의 애벌레'란다. 주로 땅속에서 살며 반쯤 썩은 짚더미를 먹거나 식물의 뿌리를 갉아 먹고 산다고 한다. 사실 나는 굼벵이를 알고 있다. 무엇의 유충인지는 모르나 하얗고 토실토실 살이 오른 새끼손가락만 한 애벌레다. 보기만 하면 얼마나 먹음직스러운지 모른다. 다음에는 '마람'이란 말이 턱 걸린다. 이것도 맥락 속에서 초가 지붕과 관련된 듯싶다. 아나나 다를까, '이엉'의 방언으로 덮개의 어원이라고 한다. 그것 말고 이 시에서 어려운 말은 없다. 고종사촌? 동업자? 그보다는 '잠적'이 어려울 것이다. 그러나 이 말은 연예인이 잠적했다는 말을 종종 들어 보았을 테니, 한자로 쓸 수는 없을지라도 뜻은 어렴풋이 짐작할 것이다. 이처럼 뜻이라도 분명히 알자면, 표준 국어 대사전을 찾아볼 수 있는 인터넷 사이트 하나쯤은 즐겨찾기에 등록해 두어야 할 것이다. 나는 이곳 http://stdweb2.korean.go.kr/main.jsp을 즐겨 활용한다.

이만하면 모르는 단어가 거의 없으니 이제 시를 다른 글과 마찬가지로 읽으면 된다. 어떻게? 먼저 중심 소재를 찾는다. 당연 제목 그대로 '고종사촌 고재국'이 소재다. 얼핏 제목을 보고는 콩나물국이나 뭇국처럼 무슨 국 이름인 줄 알았겠지만, 사람 이름이다. 보통 사람 이름을 작품의 제목으로

정하는 경우는 드물다. 고대 소설에서야 『춘향전』이니 『허생전』이니 하며 이름을 제목으로 삼고 그의 일대기를 이야기하기도 했지만, 오늘날의 문학 작품에서는 주인공의 이름을 제목으로 삼는 경우가 거의 없다. 현대는 영웅적인 인물이 없기도 하지만, 영웅적이라고 해서 문학 작품에서 조명할 까닭도 없기 때문이다. 문학은 평범한 삶 속에 감추어진 진실을 탐구하는 것이 주된 일이기 때문이다. 소설에서 이름을 제목으로 삼는다면, 그 인물은 당연 풍자의 대상이거나 겉보기와 달리 엄청난 내공을 지닌 민중적 형상인 경우로 제한된다. 시에서는 너무나 평범한 나머지 평범함 속에 담긴 평범하지 않은 의미를 드러낼 경우 예외적으로 이름을 제목으로 내건다. 이 작품이 그러하다. 고재국은 그렇고 그런, 우리들 주변에서 흔히 볼 수 있는 사람이다. 평범한, 그래서 비범한.

작품에서 구성되는 고재국은 시적 화자의 '고종사촌'이다. '중학교 중퇴'의 학력이며, '쟈크 염색' 공장에 다니다 병에 걸렸고, 고향으로 내려와 굼벵이술을 담가 먹고는 1년 만에 나았다. 그리고 다시 동업자와 함께 스스로 공장을 차렸고, 잘 살다가 어느 날 예비군 훈련을 갔다 와 보니 동업자가 공장을 들어먹고 날아 버려, 미친 듯이 동업자를 찾아다닌다는 것이다. 그게 전부다.

그럼 다시 중심 소재로 돌아가자. 중심 소재는 글 속의 가장 중요한 소재를 의미한다. 그러나 모름지기 글이란 중심 소재만으로 쓸 수 있는 것은 아니다. 애초 글은 한계가 있기 때문이다. 글은 중심 소재가 되는 대상의 전모를 결코 드러낼 수 없다. 고작해야 어느 특정한 측면만 표현할 수 있을 뿐이다. 우리는 이를 화제(話題)라고 부른다. 화제란 대상의 특정한 측면, 곧 중심 소재의 무엇에 관해 말하고 있는가 하는 것이다. 이 시의 경우 '고재국'의 무엇? 그것은 곧 아직 끝나지 않았지만, '고종사촌 고재국의 삶'이 화제다. 사실 잘 모르겠으면 무조건 시는 '중심 소재의 삶'이라고 하면 된다. 어찌 삶을 말하지 않고 시가, 소설이, 문학이 무엇을 말할 수 있을까?

끝으로 시의 주제를 말할 단계가 되었다. 화제인 '고재국의 삶'을 시적 화자는 어떠하다고 평가하는가? 이것이 곧 주제다. 중학교를 중퇴하고, 공장에 다니다 병을 얻어 낙향하고, 굼벵이술로 겨우 기력을 회복해 다시 공장을 차려 한동안은 잘되었으나, 동업자가 엎고 날아 버렸다는 것을 통해 시적 화자는 삶이 어떻다고 평가하는가? 곧 삶이란 어처구니없게도 힘겨운 일이라는 것이다. 결국 이 시의 주제는 '고재국의 힘겨운 삶'이다. 그러나 이것만으로 끝나는 것은 아니다. 문학은 결코 개인의 삶을 표현하지 않기 때문이다. 문학이 우리에게 감동을 주는 것은 특정한 개인을 통해 삶 전반으로 확장해 가며, 마침내는 우리들 자신의 삶으로 귀착되기 때문이다. 따라서 '고재국'은 고재국으로 대표되는 특정한 인물이다. 그는 가난하고 힘겨운 삶을 이고 사는 우리네 이웃들 모두의 대표인 셈이다. 결국 '우리 이웃들의 힘겨운 삶'이 이 시의 주제인 것이다.

다시 정리해 보자. 시를 어떻게 읽을까의 첫 번째 단계는 언어의 의미를 명확하게 안다는 것이다. 이를 통해 시를 있는 그대로 이해하고, 이어서 시의 중심 소재, 화제, 주제를 차례대로 정리해 보면 된다. 이때 주제를 한층 일반화하여, 보편적인 삶의 의미를 담아내어야 함은 물론이다.

덧붙여 이 시만의 독특한 점 한 가지. 시가 산문과 다를 바 없이 줄글로 되어 있다는 점이다. 이른바 산문시다. 서정시가 갖는 기본적인 행과 연의 짜임과 달리, 산문 투로 씌어진 작품을 산문시라고 한다. 이 시가 산문시의 형식을 택한 것은 삶 그 자체를 이야기 형식으로 요약적으로 진술했기에, 굳이 행과 연의 구분을 필요로 하지 않았기 때문이다. 최두석은 이 시와 같은 이른바 '이야기시'로 서정시의 한계를 넘어서고자 의식적으로 노력한 시인이다.

또 한 가지. 인물이 중심이 되는 '이야기시'이기에 군데군데 드러나는 인물의 심리를 엿보는 것도 이 시를 읽는 묘미다. '농사일 뒷전에서 거들며', '내 선생 월급을 묻고는 미소짓는', 이 두 대목이다. '농사일 뒷전에서 거들며'에 나타난 심정은 아마도 '유난히 뚝심 세었던' 그로서는 견디기 힘든 참담한 '자괴감'이었을 것이다. 그리고 정반대로 공장을 운영하고부터는 살림이 피었고, '미소짓는'에서는 소박한 '자부심'이 엿보인다. 두 감정의 차이에도 불구하고, 결국은 '미쳐서 돌아다'니기는 하지만 말이다.

　마지막 또 하나. 이 시의 중심 소재인 '고재국'은 실존 인물일까? 아닐 것이다. 아무리 고종사촌이라고 해도, 고종사촌이 힘겨운 삶을 살고 있다고 해도, 그 사람 이름이 '고재국'일 리는 없다. 좋은 일도 아닌데 굳이 시를 통해 동네방네 드러낼 이름은 결코 아니기 때문이다. 시인이나 작가라고 해서 우리 이웃들의 삶을 만천하에 드러낼 권리는 결코 없는 법이다. 그렇다면 시인은 왜 '고재국'이란 이름을 지었을까? 그 속에는 시인과 동시대를 사는 인물에 대한 풍자가 은밀히 깃들어 있을지도 모른다. 5·18 광주 민주화 운동을 군홧발로, 총칼로 진압한 학살자 전두환의 아들도 같은 이름이다. 그는 아버지를 잘 만나, 혹은 너무나도 잘못 만나, 세상살이 풍파 한 번 안 겪고 지금껏 잘 먹고 잘살고 있다. 아버지 전두환은 천억 원이 넘는 벌금을 안 내고 있는 판에, 이에 아랑곳없이 그는 얼마나 많은 사업체를 꾸리고 있는지 모른다. *우리네 이웃들의 삶과 독재자 아들의 삶. 그 선명한 대비에 담긴 분노야말로 시인이 건네고 싶은 진짜 말인지도 모른다.

---

* http://cafe.daum.net/bandincline/O17V/55?docid

활 동

1. 이 시의 제목은 왜 사람의 이름인가?
2. 이 시의 주제는 무엇인가?
   • 중심 소재 :
   • 화제 :
   • 주제 :
3. 내가 사랑하는 혹은 존경하는 사람의 삶을 이 시처럼 요약적으로 정리해서 써 보자.
4. 다음 시를 읽고 시인이 이 시를 산문시로 쓴 까닭이 무엇인지 생각해 보자.

노래와 이야기

최두석

노래는 심장에, 이야기는 뇌수에 박힌다

처용이 밤늦게 돌아와, 노래로써

아내를 범한 귀신을 꿇어 엎드리게 했다지만

막상 목청을 떼어내고 남은 가사는

베개에 떨어뜨린 머리카락 하나 건드리지 못한다

하지만 처용의 이야기는 살아 남아

새로운 노래와 풍속을 짓고 유전해 가리라

징간보가 오선지로 비뀌고

이제 아무도 시집에 악보를 그리지 않는다

노래하고 싶은 시인은 말 속에

은밀히 심장의 박동을 골라 넣는다

그러나 내 격정의 상처는 노래에 쉬이 덧나

다스리는 처방은 이야기일 뿐

이야기로 하필 시를 쓰며

뇌수와 심장이 가장 긴밀히 결합되길 바란다.

••••

최두석의 「노래와 이야기」는 시로 쓴 시론이다. 왜 자신이 「고재국」과 같은 '이야기시'를 쓰는 가에 대한 스스로의 답이기도 하다. 먼저 이 시는 노래와 이야기의 본질적인 차이를 말하면서 시작된다. 노래는 마음으로, 이야기는 머리로 이해하는 것이라고 한다. 얼핏 시와 소설을 견줄 수 있지만, 다음 행을 보면 정작 시는 노래가 아님을 알 수 있다. 노래가 없는 가사만이 시라는 것이다. 따라서 시로는 역신을 무릎 꿇게 할 수 없다는 절망감을 표현한다. 그 절망을 넘어서 기 위해 시인은 자신의 시에 '은밀히 심장의 박동', 곧 노래의 힘을 새겨 넣고자 한다. 그러나 이마저도 쉽지 않다. '격정의 상처'로 표현된 출렁거리는 열정이 불러일으키는 삶의 상처가 노 래만으로는 가슴을 울릴 뿐, 머릿속을 치지는 못하기 때문이다. 결국 시인은 이야기시를 통해 심장과 뇌수, 가슴과 머리, 감성과 이성이 서로 긴밀하게 결합된, 통합적인 시를 쓰고자 한다는 것이다. 물론 필자는 「고재국」이 이에 걸맞은 시라고는 생각하지 않는다. 또 노래를 잃은 시가 반드시 이야기와 결합되어야 한다고 생각하지도 않는다. 그러나 그의 시도는 여전히 귀하다. 더욱이 그는 아직도 왕성하게 시를 쓰고 있는 시인이다. 나 역시 그가 언젠가는 이 시론에서 밝힌 참다운 이야기시를 들고 우리 앞에 수줍게 얼굴을 내밀기를 기다린다.

머슴 대길이
고은

새터 관전이네 머슴 대길이는

상머슴으로

누룩도야지 한 마리 번쩍 들어

도야지우리에 넘겼지요

그야말로 도야지 멱따는 소리까지도 후딱 넘겼지요

밥때 늦어도 투덜댈 줄 통 모르고

이른 아침 동네길 이슬도 털고 잘도 치워 훤히 가르마 났지요

그러나 낮보다 어둠에 빛나는 먹눈이었지요

머슴방 등잔불 아래

나는 대길이 아저씨한테 가갸거겨 배웠지요

그리하여 장화홍련전을 주룩주룩 비 오듯 읽었지요

어린아이 세상에 눈떴지요

일제 36년 지나간 뒤 가갸거겨 아는 놈은 나밖에 없었지요

1. 만약 조선 시대에 머슴으로 태어났다면 가장 고통스러운 점이 무엇일까 생각해 보자.
2. '민중' 이란 단어의 의미는 무엇인가?

대길이 이지씨한데는
주인도 동네 어른들도 함부로 대하지 못하였지요
살구꽃 핀 마을 뒷산 올라가서
홑적삼 처녀 따위에는 눈요기도 안하고
지겟작대기 뉘어놓고 먼 데 바다를 바라보았지요
나도 따라 바라보았지요
우르르르 달려가는 바다 울음소리 들리는 듯하였지요
찬 겨울 눈더미 가운데서도
덜렁 겨드랑이에 바람 잘도 드나들었지요
그가 말하였지요
사람이 너무 호강하면 저밖에 모른단다
남하고 사는 세상이란다

대길이 아저씨
그는 나에게 불빛이었지요
자다 깨어도 그대로 켜져서 밤새우는 긴 불빛이었지요

앞에서 소재, 화제, 주제를 찾는 방법을 배웠다. 이번에는 고은의 시를 통해 유사한 종류의 시를 읽는 방법을 생각해 보자.

이 시 역시 「고재국」과 마찬가지로 사람 이름을 시의 제목으로 내세운다. 인물이 시의 중심축에 놓여 있기 때문이다. 그러나 두 시는 동일하지 않다. '고재국'이 그저 이름일 뿐인 데 반해, '머슴 대길이'는 신분을 함께 드러내기 때문이다. 이는 결코 단순한 차이가 아니다. 읽어 보아 알겠지만 '고재국'이 우리네 이웃에서 언제나 마주칠 수 있는 평범한 사람인 데 반해, '머슴 대길이'는 결코 평범하지 않은 진정한 비범함을 자신 속에 담고 있다. '고재국'이 고단한 이웃의 삶을 상징하는 것에서 한 걸음 더 나아가 '머슴 대길이'는 이른바 민중적 형상을 온전하게 갖추고 있다.

이 대목에서 우리는 어쩔 수 없이 민중이 무엇인지 짚고 넘어갈 필요가 있다. 그것은 고은 선생의 시는 민중이란 단어를 사용하지 않고는 결코 설명할 수 없으며, 앞으로 펼쳐질 그의 후배들인 1970, 80년대의 시인들을 이야기할 수도 없기 때문이다. 먼저 민중은 대중이나 서민 따위의 말들과 비슷하기도 하고 다르기도 하다. '서민'은 경제적으로 힘겹게 살아가는 사람을 뜻한다. 반면 대중이라는 말은 문화적인 차원에서 쓰인다. 대중문화라는 말에서처럼 문화적으로 풍부한 소양을 갖추지 못한, 상업적인 문화를 즐기는 사람들을 일컫는다. 민중은 사실 이 모든 의미를 다 담고 있다. 민중은 서민과 마찬가지로 경제적으로 가난하고, 대중과 다를 바 없이 매체로부터도 소외되어 있다. 그러나 다른 점이 하나 있다. 민중은 정치적으로 억압받는다는 점이 여기에 덧붙여진다. 그뿐만이 아니다. 서민이나 대중과 달리 민중이란 말은 다양한 수탈과 소외, 억압을 넘어설 수 있는 힘을 지니고 있기도 하다. 민중은 수동적임과 동시에 능동적이며, 피억압자임과 동시에 해방의 주인공들이다. 조선의 백성에서 일제의 황국 신민으로, 1960, 70년대에는 배달의 기수로, 마침내 1980년대의 민중을 발견하기까지 한국사는 민중을 일으켜 세우기 위한 역사라고 해도 과언이 아니다. 앞의 '고재국'은 서민이나 대중이지만, '머슴 대길이'는 단연코 고은과 한국의 역사가 마침내 일구어 낸 민중인 것이다.

「머슴 대길이」는 고은의 시집 『만인보』에 실린 작품이다. 고은은 1980년대 초 전두환 정권이 거짓으로 만들어 낸 '김대중 내란 음모 사건'으로 여러 민주 인사들과 함께 구속되어 무기 징역을 선고받고 감옥에서 갇혀 지낸 적이 있다. 고난의 감옥에서 고은은 『만인보』라는 작품을 구상했다고 한다. 이른바 만 명(여기에서 만은 숫자 1만이기도 하고, 그 속의 모두를 말하는 것이기도 하다. 불교의 만다라는 우주 전체를 뜻한다.)의 사람, 곧 이 땅을 살다 간 모든 민중적 형상의 전모를 기록하고자 한 것이다. 「머슴 대길이」는 『만인보』의 첫째 권에 세 번째로 실린 작품이다. 첫 번째 작품은 「서시」로 『만인보』의 머리말 구실을 하고, 두 번째 작품이 자신을 있게 한 가족으로서의 '할아버지'를 소재로 쓴 것과 비교하면, 「머슴 대길이」야말로 그 뒤 2010년 오늘에까지 이어지는 30권의 『만인보』 전체를 이끄는 인물 형상이라고 할 수 있다. 이 작품은 시인 고은이 민중적 인물 형상을 어떻게 설정하는지 여실히 보여 주는 셈이다.

아니나 다를까, 「머슴 대길이」는 민중이란 도대체 어떤 존재인가를 분명히 보여 준다. 단순히 이론적인 규정이 아니라, 문학은 언제나 생생한 인물을 통해 이론을 앞질러 밝혀 보인다. 1연에서 먼저 '대길이'는 '상머슴'이다. 머슴 중에 가장 힘 좋고 일 잘하는 머슴이라는 말이다. 앞의 '고재국'이 뚝심 센 사람이었듯이. 이와 같은 속성은 민중의 가장 근원적인 바람이다. 옛이야기 속에 등장하는 주인공들이 모두 착하고 힘센 사람들이듯, 힘센 민중들만이 주인공이 될 수 있다. '대길이'는 다 성장한 누룩도야지를 '번쩍 들어' '멱따는 소리'와 함께 우리 안으로 혼자서 '후딱' 넘길 수 있는 인물이다. '밥때 늦어도' 툴툴거릴 줄 모르며, '동네길'도 훤히 '가르마'가 생길 정도로 깨끗하게 치울 줄 안다. 여기서 '밥때 늦어도'는 사소한 불편함 혹은 기본적인 최소한의 욕망을 뜻하며, '이른 아침'은 부지런함을, '동네길 이슬도 털고 잘도 치워'는 개인보다 공동체의 일에 기꺼이 나서며, '훤히 가르마 났지요'는 모든 일에 성심껏 최선을 다하는 결과의 흐뭇함을 의미한다. 힘 좋고, 대범하며, 사사롭지 않고, 성실한 것, 그것이 1연에서 그려 낸 '머슴 대길이'의 형상인 것이다.

그런데 1연은 그것만으로 완결되지 않는다. 이 멋진 형상들이 민중적이기는 하나 앞서 말한 억압을 '넘어설 수 있는 힘'에까지는 미치지 못하기 때문이다. 그래서 1연은 더 보충되어야 하고, 시인은 '그러나'로 이어지는 행들을 이어 붙여야만 했다. '낮보다 어둠에 빛나는 먹눈'이란 표현은 겉으로 보이는 '머슴 대길이'보다 보이지 않는 감추어진 진면목이 훨씬 중요함을 뜻한다. 그것은 깊고 까만 '빛나는 먹눈'으로 구체화된다. '먹눈' 속에 깃든 깊은 생각에 힘입어, 시적 화자인 '나'는 남들이 입에 올리는 '머슴 대길이'가 아니라 자기만의 '대길이 아저씨'를 만나 '가갸거겨'를 배웠다는 것이다. 그 덕분에 아이는 장화홍련전과 같은 민중의 수난사를 상징적으로 제시하는 긴 책을 어렵지 않게 읽게 되었으며, 비로소 세상에 눈뜰 수 있었던 것이다. '먹눈'의 힘으로 '까막눈'을 벗어났던 것이다. 더욱이 이때는 우리 말글을 쓰지 못하게 막느라 일제가 서슬이 퍼렇게 설치던 시대였다는 말이 은근슬쩍 1연의 마지막 행에 끼어듦으로써, '대길이 아저씨'의 '어둠에 빛나는 먹눈'은 더욱 빛을 발하게 된다.

민중적 형상이 단순히 억압받는 인물이 아니라, 억압을 넘어설 수 있는 힘까지 함께 갖추어야 하기에 이를 동시에 담아낸 것이다. 그런데 사실 이 1연만으로도 행갈이를 잘한다면 한 편의 시로서 전혀 손색이 없다. 그러나 고은 시인은 여기에서 멈추지 않았다. 왜냐하면 이 시 「머슴 대길이」야말로 30권 『만인보』 전체의 서시에 해당하기 때문이다. 이 땅을 살다 간 수많은 민중 모두를 상징적으로 열어 가는 인물을 평범한 한 편의 시로는 도무지 감당할 수 없었기 때문이다. 하여 시인은 어쩔 수 없이 이 아름다운 인물 형상을 한 편의 시가 아니라, 한 편 시의 1연으로 표현할 수밖에 없었다.

2연 앞부분에 이르러 시인은 신분 관계 속의 '머슴 대길이'에서 인격적 관계를 맺게 된 '대길이 아저씨'의 내면으로 파고든다.

> 대길이 아저씨한테는
> 주인도 동네 어른들도 함부로 대하지 못하였지요
> 살구꽃 핀 마을 뒷산 올라가서
> 홑적삼 저녀 따위에는 눈요기도 안하고
> 지겟작대기 뉘어놓고 먼 데 바다를 바라보았지요
> 나도 따라 바라보았지요
> 우르르르 달려가는 바다 울음소리 들리는 듯하였지요

이 부분에서는 먼저 '대길이 아저씨'를 누구도, 주종 관계에 있는 주인도, 상하 서열이 분명한 동네 어른들도 함부로 대하지 못하였다고 진술한다. 그리고 '홑적삼'이란 성적인 뉘앙스를 지닌, '처녀'로 상징되는 남녀의 그저 그렇고 그런 욕망은 아랑곳하지 않고, '마을 뒷산 올라가서' '먼 데 바다'를 바라보는 인물로 그려 낸다. 가슴속에 용틀임치는 더 넓은 세계를 향한 열망이, 자기의 한계를 넘어서고자 하는 더 큰 욕망이 꿈틀거리는 것이다. 시적 화자는 이를 곁에서 지켜보는 것만으로도 함께 '우르르르 달려가는 바다 울음소리'가 들리는 듯하였던 것이다. 그 울음소리는 나라를 잃고, 고작해야 지겟작대기 하나로 머슴을 살아야만 하는 '대길이 아저씨'의 마음속에서 소용돌이치는 울음일 것이다.

2연 뒷부분에서는 직접적으로 대길이 아저씨의 말을 들려준다. '찬 겨울', '눈더미', '겨드랑이에 바람' 등 점차 덧쌓이는, 참을 수 없는 추위에 떠는 나를 보고 '대길이 아저씨'가 직접 말을 건넨다. '사람이 너무 호강하면 저밖에 모른단다 / 남하고 사는 세상이란다'라고. '대길이 아저씨'는 이렇게 직접 등장함으로써 그가 그저 시적 화자의 낭만적인 기억으로 혹은 인물을 창조하기 위해 꾸며 낸 인물이 아니라, 생동하는 실제의 인물이었음을 생생하게 드러낸다. 그리고 이 인물의 말을 통해 '더불어 함께 사는 삶'을 조근조근 우리에게 일러 준다. 뿐만 아니라, 그러기 위해서는 '너무 호강하면 저밖에 모른다'고 함으로써 민중의 대척에 놓인 권력자의 면모를 살짝 보여 준다. 이제 민중적 형상은 권력을 쥔 억압자의 형상과 나란히 마주 서게 되며, 참된 사람이라면 의당 민중 속에서 고난 속에 성장하여, 더불어 함께 사는 삶을 살아야 한다는 가르침으로 정리해 보인다.

세 번째 연은 당연 마무리다. 앞의 두 연을 뭉뚱그리며 내용 전체를 요약한다. 이 연은 오직 하나의 초점만을 향한다. '불빛'의 이미지다. 언제까지나 켜진 채 밤을 지키는 '불빛'. 빛이 밝음을 뜻하는 것이라면, '불빛'은 밝음과 함께 뜨거움을 안고 있다. 그 밝음과 뜨거움이 시인 고은으로 하여금 한국 시단을 대표하는 세계적인 시인으로 이끈 불빛이었을 것이다.

이 시의 소재는 물론 '머슴 대길이'다. 화제는 '대길이 아저씨의 삶'이고, 주제는 '나의 불빛인 대길이 아저씨의 삶'이다. 이를 일반화하여 가지런하게 간추려서 '우리 역사를 밝히는 민중적 형상의 빛'이라고 하면 어떨까? 서정시의 '나'는 결국 '우리 모두'이며, 내 생애의 불빛이라면 우리 역사의 불빛이기도 하기 때문이다. 이 시에서는 다른 것이 전혀 필요 없다. 기초적인 어휘를 사용한 문장의 의미를 파악하고, 시에서 구체적으로 형상화된 인물이 어떤 사람인지 아는 것으로 충분하다. 그것이 곧 시의 주제이며, 시 전체를, 아니 30권의 『만인보』에 등장하는 수많은 인물 모두를 앞질러 엿보는 것으로 충분하다.

다만 한 가지, 이 시의 시적 화자는 아이다. 따라서 시의 종결 어미 역시 '~했지요'라고 쓰고 있다. 그런데 중요한 것은 종결 어미로 쓰인 '~했지요'라는 말의 특성이다. 다시 말하면 이 독특한 어조가 갖는 울림이 중요하다. 시인은 왜 흔히들 하는 대로 '~했어요'라고 하지 않고 '~했지요'라고 했을까? 그 작은 차이는 도대체 어떻게 다르게 나타날까? 답하자면 '~했어요'가 단순한 경험에 대한 보고이거나 주관적인 설명인 데 반해, '~했지요'에는 객관적인 관찰과 함께 은근한 자부심이 담겨 있다는 점이다. '사람이 꽃보다 아름다워요.'라는 말이 자기 생각을 드러내는 데 반해 '사람이 꽃보다 아름답지요.'라는 말은 자신의 생각은 당연 맞고 그에 동의해 주기를 기대한다. 두 어조의 차이는 꼭 그만큼 다르다. 서술과 전달, 주관적인 보고와 객관화된 주장, 거리를 둔 놀라움과 은근한 자부심. 그러니 어찌 말을 하는 것이 조심스럽지 않으랴.

 활동

1. 이 시의 짜임은 어떻게 이루어져 있는가?
2. 「머슴 대길이」의 주제는 무엇인가?
3. 이 시에 표현된 바람직한 민중의 형상은 무엇인가?

4. 다음 시에 나타난 민중의 형상은 어떠한가?

선제리 아낙네들
고은

먹밤중 한밤중 새터 중뜸 개들이 시끌짝하게 짖어댄다
이 개 짖으니 저 개도 짖어
들 건너 갈메 개까지 덩달아 짖어댄다
이런 개 짖는 소리 사이로
언뜻언뜻 까 여 다 여 따위 말끝이 들린다
밤 기러기 드높게 날며
추운 땅으로 떨어뜨리는 소리하고 남이 아니다
앞서거니 뒤서거니 의좋은 그 소리하고 남이 아니다
콩밭 김칫거리
아쉬울 때 마늘 한 접 이고 가서
군산 묵은장 가서 팔고 오는 선제리 아낙네들
팔다 못해 파장떨이로 넘기고 오는 아낙네들
시오릿길 한밤중이니
십릿길 더 가야지
빈 광주리야 가볍지만
빈 배 요기도 못하고 오죽이나 가벼울까
그래도 이 고생 혼자 하는 게 아니라
못난 백성
못난 아낙네 끼리끼리 나누는 고생이라
얼마나 의좋은 한세상이더냐
그들의 말소리에 익숙한지
어느새 개 짖는 소리 뜸해지고
밤은 내가 밤이다 하고 말하려는 듯 어둠이 눈을 멀뚱거린다

● ● ●

시의 어조는 의미에 덧붙여, 시의 리듬이나 정서와 밀접한 연관을 맺고 있다. 시의 어조는 곧 말하는 태도 혹은 분위기라고 할 수 있다. 객관적인지 주관적인지, 사실인지 느낌인지, 안타까움인지 건조함인지 등등이 어조의 도움으로 더욱 구체화된다. 어조는 시 전체에서 드러나기도 하지만 확인할 수 있는 가장 분명한 표시는 '종결 어미'이다. 「머슴 대길이」의 어조가 '~했지요'라고 하며 일종의 자부심과 객관성을 드러내는 데 반해, 「선제리 아낙네들」에는 객관적인 묘사와 단정적인 서술이 '들린다', '짖어댄다' 등에서 잘 드러나고, '가야지', '이더냐' 등의 종결형을 통해 계몽적인 어조를 띤다. 이 시가 민중의 일상적 삶을 객관적으로 기술하고, 그 삶을 통해 의미를 교훈적으로 전하고자 하는 의도가 어조를 통해 드러나는 것이다.

우리 동네 구자명씨
고정희

읽 기 전 에

1. 오늘날 여성과 남성은 과연 평등한가? 불평등한 사례를 하나 들어 보자.
2. 우리 주변의 인물이 시적 대상이 될 수 있는 까닭은 무엇인가?

맞벌이부부 우리 동네 구자명씨

일곱 달 된 아기엄마 구자명씨는

출근버스에 오르기가 무섭게

아침 햇살 속에서 졸기 시작한다

경기도 안산에서 서울 여의도까지

경적 소리에도 아랑곳없이

옆으로 앞으로 꾸벅꾸벅 존다

차창 밖으론 사계절이 흐르고

진달래 피고 밤꽃 흐드러져도 꼭

무저님저럼 솔고 있는 구자명씨

그래 저 십 분은

간밤 아기에게 젖물린 시간이고

또 저 십 분은

간밤 시어머니 약시중 든 시간이고

그래그래 저 십 분은

새벽녘 만취해서 돌아온 남편을 위하여 버린 시간일 거야

고단한 하루의 시작과 끝에서

잠 속에 흔들리는 팬지꽃 아픔

식탁에 놓인 안개꽃 멍에

그러나 부엌문이 여닫기는 지붕마다

여자가 받쳐든 한식구의 안식이

아무도 모르게

죽음의 잠을 향하여

거부의 화살을 당기고 있다

　이 시의 제목은 '우리 동네 구자명씨'이다. 앞선 「고재국」과 그 뒤를 이은 「머슴 대길이」와 나란히 이름으로 제목을 삼고 있다. 이미 밝힌 대로 이름으로 시의 제목을 삼는 일은 사실 드문 일이다. 다만 이 인물들이 단순한 개인이 아니라 일정한 사람들을 대표하는 한에서 가능할 뿐이다. 그런 점에서 '고재국'은 가난하고 폭폭한 삶에 휘청거리는 서민을 대표하며, '머슴 대길이'는 억압받지만 그것을 넘어설 힘을 갖춘 민중을 대표한다. 이처럼 개인이지만 특정한 사람들을 대표한다면 우리는 이를 전형적 인물이라고 말한다. 전형. '고재국'과 '머슴 대길이'는 개성을 지니고 있으면서 서민과 민중이란 보편성을 동시에 끌어안고 있는 전형적인 인물인 것이다. 그렇다면 우리의 '구자명씨'는?

　먼저 제목이 앞서 읽은 시들의 그것과 조금 다르다. 「고재국」이 그저 평범한 성과 이름으로, 공식적인 고유 명사만 덜렁 있었던 것과 달리, 「머슴 대길이」는 신분과 이름이 함께 제시되었다. 그 결과 민중적 성격이 한층 뚜렷해졌다. 그렇다면 「우리 동네 구자명씨」는? 먼저 '우리 동네'라는 한정으로 말미암아 '구자명씨'는 결코 타인이 아니라 오랫동안 알고 지내는 사람임을 알 수 있다. 같은 동네 사람으로서 알고 있으며, 어느 정도 속속들이 이해하고 있음을 뜻한다. 시적 화자 역시 구자명씨와 같은 동네 사람인 것이다. 제목만으로도 시 속에서 시인을 대신하는 목소리의 주인공인 시적 화자와 시가 탐구하는 시적 대상인 구자명씨, 이 둘의 관계는 공감에 바탕을 두었음을 알 수 있다. '우리 동네'라는 살가운 말이 안겨 주는 울림 때문이다.

　이제 구자명씨는 어떤 인물로 구성되는지 차근차근 살펴보자. 먼저 첫행에서 그녀는 남편과 함께 돈을 벌기 위해 일하는 '맞벌이부부'다. 남편과 아내가 모두 직장에 다녀야 하는 것이다. 두 번째 행에서 그녀에게는 일곱 달 된, 채 돌도 지나지 않은 아기가 있음을 드러낸다. 아기를 돌보기 위한 1 년간의 무급 휴직조차 허락되지 않는 직장을 다니거나, 그조차 누릴 수 없는 처지임이 엿보인다. 이 구자명씨가 '출근버스에 오르기가 무섭게 / 아침 햇살 속에서 졸기 시작한다'. 버스에서 조는 구자명씨가 시의 화제인 셈이다. 구자명씨를 자세히 관찰하는 시적 화자는 구자명씨와 같은 동네 사람일 뿐만 아니라, 같은 직장으로 출근하는 직장 동료이기도 하다. 더욱이 그 출근길은 '경기도 안산에서 서울 여의도까지', 막히지 않을 경우에도 버스로 최소 한 시간 이상은 달려야 하는 거리다. 그 시간 동안 우리의 주인공은 정신없이 꾸벅꾸벅 존다. 버스에 오르기 무섭게 졸기 시작하여, 버스에서 내리는 시간까지 쉼 없이 조는 것이다.

　무엇이 20대 후반, 아니면 30대 초반밖에 되지 않았을, 수줍음 많은 그녀를 남 눈치 볼 것도 없이 이렇게 푹 퍼져 졸게 만든 것일까? 다른 사람의 눈길뿐만 아니라 계절의 변화와 계절의 아름다움에도 아랑곳없이, 부처님처럼 눈을 감고 고개를 '옆으로 앞으로' 흔들며 졸게 만든 것일까? 당연 밤잠을 설치기 때문이다. 엄마로서 일곱 달밖에 안 된 젖먹이에게는 시시때때로 젖을 물려야 하고, 병들어 시난고난 앓는 시어머니는 때맞춰 약시중을 들어야 하며, 뒤늦게 잠깐이라도 눈 붙이려 들면 새벽녘에 만취한 남편이 끄윽끄윽 금방이라도 토할 듯한 얼굴로 들이닥친다. 그러니 어디 잠이나 편히 잘 수 있었겠는가? 그녀가 버스를 타고 나서 내릴 때까지 줄곧 꾸벅꾸벅 조는 것은 너무도 당연한 일인 것이다.

　이제 시는 마지막 부분을 남겨 두고 있다. 지금까지 너무나 선명하게 제시된 구자명씨의 삶의 고단함은 마지막 부분에 와서 다소 복잡하고 모호해진다. 사실적 진술에 뒤이어 시적 진술로 의미의 확장을 꾀한다. 다시 말하면 이 시의 앞부분(1~7행)은 시적 대상인 구자명씨가 처한 문제 상황이다. 그리고 가운데 부분(8~16행)이 문제 상황의 원인을 제시한다. 앞부분과 가운데 부분 그리고 마지막 부분(17행~끝)은 어떤 연관을 맺고 있을까? 가운데 부분과 앞부분이 원인과 결과라고 한다면, 마지막 부분은 문제 상황에 대한 시적 화자의 해석이자 평가라고 볼 수 있다. 서술적 진술을 뛰어넘은 시적 진술을 통해 구자명씨 개인을 보편적인 인물로 성큼 상승시켜 놓는 것이다. 이는 당연히 여성의 삶이다. 더욱이 가난한 여성의 삶이다. 서민으로서 겪는 고통과 여성으로서 겪는 이중의 고통 속에 구자명씨는 꼼짝없이 포박되어 있는 셈이다.

이를 시인은 '팬지꽃 아픔'과 '안개꽃 멍에'란 은유를 통해 제시한다. '팬지꽃'과 '안개꽃'은 모두 구자명씨를 비유한 것이다. 일반적으로 꽃은 여자를 일컫는 수사이기 때문이다. 그러나 이 꽃들은 화사하거나 아름답지 않다. 팬지꽃은 잠에 취해 흔들리며, 안개꽃은 밥을 먹는 식탁 위에 놓여 있으니 말이다. 정작 당사자인 그녀에게 버스에서 졸면서 시작하고 졸면서 끝나는 하루 치의 사회적 노동은 아픔이며, 식탁과 젖먹이 아기와 시어머니, 남편 등으로 점철되는 가사 노동은 벗어던질 수 없는 멍에로 포착된다.

이러한 여성의 사회적 억압, 가족 속에서의 억압은 단순히 구자명씨 개인에게 국한된 것이 아니다. '부엌문이 여닫기는 지붕마다', 곧 우리 사회의 모든 가정마다 '여자가 받쳐든 한식구의 안식'이 존재하며, 그 안식은 여자의 희생을 통해 유지되는 지극히 위태롭고 그릇된 안식일 뿐이라는 해석이며 평가다. 그러나 시적 화자는 여자의 희생이 쌓이고 쌓여 지탱되는 이 안식이야말로 현실을 죽은 듯이 받아들이기만 하며 잠자코 있는 여성들에게 여성의 억압이라는 현실을 거부하게 만드는 화살이 될 것이라고 말한다. 결국 이 상태가 지속된다면, 지금은 졸고 있는 구자명씨 역시 기어이 참지 못하고 거부하게 되리라는 것이다. 시는 엄중한 경고로 끝을 마무리한다.

사실 이 시를 쓴 고정희는 우리 시인들 중 보기 드물게 여성주의, 곧 페

미니즘적인 시를 썼다. 여류 시인이란 말은 있지만 남류 시인이란 말은 없 듯이, 시인 역시 남성 중심의 세계임이 분명하다. 하물며 시를 쓰는 사람들 도 이처럼 여성보다 남성이 압도적으로 많다면, 다른 곳에서는 오죽했으 랴. 여성이라는 이유만으로 차별 받고, 똑같이 사회적 노동을 하는데도 가 사 노동은 고스란히 여성의 멍에로 남겨진 사회가 온전한 사회가 아님은 물론이다. 시인 고정희가 누구보다 날카롭게 고통스러워하고 분노하고 있 음은 이 한 편의 시만으로도 넉넉히 이해할 수 있다. 시인은 '우리 동네'와 '출근버스'를 통해 시적 대상인 구자명씨와 스스로를 동일시함으로써 공 감(共感)하는 한편, 이 앳된 여성을 졸음으로 밀어넣은 현실에 공분(公憤) 하는 것이다. 그러니 '우리 동네 구자명씨'는 단순한 개인이 아니라 억압받 는 여성이며, 특히 산휴도 못 챙기고 일터로 나서야 할 만큼 가난한 여성의 대명사다. 가난할수록 억압은 더욱 가혹한 법이다. 그러니 그녀 또한 이중 으로 억압받는 여성 노동자로서 전형적 인물임은 물론이다.

그런데 이 시의 주인공은 하고많은 이름 가운데 하필이면 '구자명씨'일 까? 그것은 오래(久)도록 이어져 오면서 자명(自明)한 것으로 굳어져 버린 억압을 상징적으로 표현한 것은 아닐까. 그래서 '죽음의 잠' 속에 빠진 여성 들 스스로를 향한 외침은 아닐까 생각게 한다. 여성의 억압은 자명한 것이 아니라, 역사적 산물이며 사회적 산물이다. 그러니 시대가 달라지면 자명 하지 않게 될 수 있으며, 조금이라도 더 이성적인 사회라면 당연히 자명하 게 사라져야 할 폐습이라는 주장이다.

1. 이 시의 중심 소재, 화제, 주제를 정리해 보자.
   • 중심 소재 :
   • 화제 :
   • 주제 :
2. 이 시의 '구자명씨'가 전형적인 인물일 수 있는 까닭을 쓰라.
3. '구자명씨'가 처한 이중의 억압은 무엇인가?
4. 다음 시를 읽고 중심 소재, 화제, 주제를 쓰라.

그 많던 여학생들은 어디로 갔는가

문정희

학창 시절 공부도 잘하고
특별 활동에도 뛰어나던 그녀
여학교를 졸업하고 대학 입시에도 무난히
합격했는데 지금은 어디로 갔는가
감자국을 끓이고 있을까
사골을 넣고 세 시간 동안 가스불 앞에서
더운 김을 쏘이며 감자국을 끓여
퇴근한 남편이 그 감자국을 15분 동안 맛있게
먹어치우는 것을 행복하게 바라보고 있을까
설거지를 끝내고 아이들 숙제를 봐주고 있을까
아니면 아직도 입사 원서를 들고
추운 거리를 헤매고 있을까
당 후보를 뽑는 체육관에서
한복을 입고 리본을 달아주고 있을까
꽃다발 증정을 하고 있을까
다행히 취직해 큰 사무실 한켠에
의자를 두고 친절하게 전화를 받고
가끔 찻잔을 나르겠지
의사 부인 교수 부인 간호원도 됐을 거야

문화 센터에서 노래를 배우고 있을지도 몰라
그리고는 남편이 귀가하기 전
허겁지겁 집으로 돌아갈지도
그 많던 여학생들은 어디로 갔을까
저 높은 빌딩의 숲, 국회의원도 장관도 의사도
교수도 사업가도 회사원도 되지 못하고
개밥의 도토리처럼 이리저리 밀쳐져서
아직도 생것으로 굴러다닐까
크고 넓은 세상에 끼지 못하고
부엌과 안방에 갇혀 있을까
그 많던 여학생들은 어디로 갔는가

- 중심 소재 :
- 화제 :
- 주제 :

귀뚜라미
나희덕

높은 가지를 흔드는 매미소리에 묻혀
내 울음 아직은 노래 아니다.

차가운 바닥 위에 토하는 울음,
풀잎 없고 이슬 한 방울 내리지 않는
지하도 콘크리트벽 좁은 틈에서
숨막힐 듯, 그러나 나 여기 살아 있다
귀뚜르르 뚜르르 보내는 타전소리가
누구의 마음 하나 울릴 수 있을까.

지금은 매미떼가 하늘을 찌르는 시절
그 소리 걷히고 맑은 가을이
어린 풀숲 위에 내려와 뒤척이기도 하고
계단을 타고 이 땅밑까지 내려오는 날
발길에 눌려 우는 내 울음도
누군가의 가슴에 실려가는 노래일 수 있을까.

벼
이성부

벼는 서로 어우러져
기대고 산다.
햇살 따가와질수록
깊이 익어 스스로를 아끼고
이웃들에게 저를 맡긴다.

서로가 서로의 몸을 묶어
더 튼튼해진 백성들을 보아라.
죄도 없이 죄지어서 더욱 불타는
마음들을 보아라. 벼가 춤출 때,
벼는 소리없이 떠나간다.

벼는 가을 하늘에도
서러운 눈 씻어 맑게
다스릴 줄 알고
바람 한 점에도
제 몸의 노여움을 덮는다.
저의 가슴도 더운 줄을 안다.

벼가 떠나가며 바치는
이 넓디 넓은 사랑,
쓰러지고 쓰러지고
다시 일어서서 드리는
이 피묻은 그리움,
이 넉넉한 힘…….

작 품   이 해

　지금까지 우리는 사람 이름을 제목으로 삼은 세 편의 시를 읽었다. 그리
고 시편들에 등장하는 인물들은 한결같이 전형적인 인물이었음을 알게 되
었다. 평범함 속의 비범함, 개인의 개성 속에 깃든 삶의 보편성을 온몸으로
내뿜는 인물을 우리는 전형적 인물이라고 한다. 하여 이들 각자는 때로는
고난을 겪는 우리네와 다를 바 없는 가난한 이들을, 때로는 가장 낮은 곳에
서 불빛과도 같은 빛을 내뿜는 민중적 형상으로, 때로는 삶이 가하는 억압
과 함께 여성이라는 억압까지 고스란히 견디는 가난한 여성 노동자들을 대
표하였다.

　이제 우리는 한 걸음 더 나아가, 전혀 다른 시를 읽어 보려 한다. 하나는
「귀뚜라미」이고, 하나는 「벼」다. 그런데 사실 겉보기와는 달리 두 편의 시
는 앞서 살펴본 세 편의 시와 전혀 다른 작품이 아니다. '귀뚜라미'나 '벼'
를 그저 사람의 이름과 다를 바 없는 이름으로 생각하면 된다. 그것이 이 작
품들을 읽는 단서다. '귀뚜라미'는 귀뚜라미라는 이름을 가진 사람이며,
'벼'는 벼라는 이름을 가진 사람이라고 생각하면 된다. 다만 여기에서는 자
연 속에 존재하는 귀뚜라미와 벼의 속성을 최대한 끌어들여 함께 생각하기
만 하면 된다. 마치 '머슴 대길이'가 '머슴'이란 사회적 신분을 벗어날 수
없듯이, '구자명씨'가 여성 노동자를 벗어날 수 없듯이, 귀뚜라미는 가을
밤 우리의 귀를 적시는 풀벌레이며, 벼는 가을 들녘을 누렇게 물들이는 곡
식이라는 속성이 덧붙여져 있을 따름이다. 이렇게 전제하고 시를 읽으면,
사람의 이름을 제목으로 한 시와 이 두 편의 시는 그리 다를 바 없다.

　먼저 「귀뚜라미」를 살펴보자. 이 시의 시적 화자는 '귀뚜라미'다. '내 울
음'은 귀뚜라미의 울음이기 때문이다. 의인화 기법을 쓰기에 이미 귀뚜라
미는 사람이다. 어떠한 사람인가. 울음 우는 사람이다. 자신의 울음이 마침

내 노래가 되어 누군가의 가슴을 적시기를 희망하는 사람이다.

이 시는 3연으로 이루어져 있다. 짧은 도입과 서로 짝을 이루는 행을 갖춘 두 연이 이어진다. 도입은 '매미소리'와 '노래가 아닌 나의 울음'이 대립 짝을 이룬다. 그리고 이어지는 2연은 현재다. '콘크리트벽 좁은 틈'이란 힘겨운 현실 상황 속에서도 쉼 없이 '살아 있다'고 타전, 곧 신호를 보내는 중이다. 3연은 미래다. 언제나 그렇듯 계절은 바뀔 것이며, 가을이 천지에 가득 차면 매미소리 '걷히고' 내 울음 역시 누군가의 가슴에 담길 수 있으리라는 것이다. 물론 의문형으로 끝나지만, 간절한 바람은 여실히 느껴진다.

「귀뚜라미」는 시적 화자가 귀뚜라미인 데 반해, 「벼」는 시적 대상이 벼나. 동일한 의인화의 기법을 사용하고 있지만 시적 화자의 서술적이고 독백적인 말과 관찰자의 계몽적이고 평가적인 말이 서로 다르다. 「벼」는 크게 4연으로 이루어져 있다. 1연은 기대고 살고 어우러져 사는 벼의 외적 속성을, 2연은 한층 강화되어 서로 묶이기에 이르는 벼의 견고한 연대와 수확을, 3연은 스스로도 다스릴 줄 알고 가슴이 더운 줄 아는 벼의 내면적 속성을 제시한다. 그리고 전체적으로 통합하여 사랑, 그리움, 힘이란 속성을 다시금 부여함으로써 시는 끝을 맺는다. 시 자체가 벼의 이러저러한 민중적 속성을 바탕으로 주관적으로 의미를 해석하기에 이미지를 명료하게 연결하지는 못한다. 그럼에도 「머슴 대길이」에서 보인 민중적 형상이 '벼'라고 하는 시적 대상을 통해 잘 드러나 있다.

2

시의
함축적 의미

앞에서 우리는 시의 의미를 알기 위해 언어의 의미를 살펴보았습니다. 그런데 사실 언어의 의미는 생각처럼 단순하지 않습니다. 여러 종류의 의미가 있기 때문입니다. 먼저 사전적 의미와 문맥적 의미가 있습니다. 사전적 의미는 당연 사전에 설명되어 있는 의미지요. '길'이라는 단어를 찾아보면, 사전에는 "1) 사람이나 동물 또는 자동차 따위가 지나갈 수 있게 땅 위에 낸 일정한 너비의 공간, 2) 물건에 손질을 잘하여 생기는 윤기, 3) 물건 품질의 등급, 4) 길이의 단위. 사람의 키 정도의 길이를 한 길이라고 함" 등등으로 쭉 나열되어 있습니다. 그러니 사전적 의미는 그 단어가 가질 수 있는 의미의 총합입니다. 그런데 사전에 등재된 의미는 실제 사용된 의미는 아닙니다. 사용되기를 기다리는 잠재적인 의미입니다. 우리는 사전적 의미 가운데 문맥 속에서 한 가지의 의미로 고정시켜 사용합니다. 이를 문맥적 의미라고 합니다. '길을 잃다'는 첫 번째 의미, '길이 잘 들었네'는 두 번째 의미, '열 길 물속은 알아도 한 길 사람의 속은 모른다'는 네 번째 의미로 각각 사용된 것입니다.

사전적 의미, 문맥적 의미와 나란히 지시적 의미, 함축적 의미도 있습니다. 지시적 의미는 단어가 지시하는 말 그대로의 의미입니다. 주로 사전적 의미와 일치합니다. 지시적 의미로 '개똥밭'은 '개똥이 널려 있는 밭'이라는 말입니다. **함축적 의미**는 지시적 의미를 넘어 **특정한 문맥 속에서 새롭게 생겨난 의미**입니다. 앞의 '개똥밭'이 '개똥밭에 굴러도 이승이 좋다'라고 한다면 '아주 힘겨운 곳', '고생스러운 곳'이라고 할지라도 이승에서의 삶이 낫다는 뜻입니다. '눈물을 흘리다'의 눈물은 지시적 의미인 데 반해, '피도 눈물도 없는 사람'이라고 말할 경우, '피'와 '눈물'은 같은 뜻으로 '인간으로서 가져야 할 동정심'을 의미합니다. '눈물 젖은 빵'이라고 할 경우, '울면서 먹어 본 빵'이라는 의미로 '힘겨운 고생'을 함축합니다.

　물론 시에서 **중요한 의미는 함축적 의미**입니다. 시 속에서 새롭게 얻게 된 의미입니다. 앞에서 우리는 시가 하나의 게임이라고 했는데, 사실 시는 한 편 한 편이 모두 저마다 다른 게임입니다. 농구의 손과 축구의 발은 각기 동일한 함축적 의미를 갖습니다. '경기에서 사용할 수 있는 주요한 신체 기관'이란 점에서 같기 때문입니다. 반대로 농구의 '발'과 축구의 '손' 역시 같은 함축적 의미를 갖습니다. 똑같이 '반칙'의 의미를 갖기 때문입니다. 경기가 달라지면 규칙도 달라지고, 동일한 단어라도 서로 다른 함축적 의미를 갖게 됩니다. 예컨대 정현종 시인의 「섬」이란 시가 있습니다. 시는 아주 짧은 두 행으로 이루어져 있는데, '사람들 사이에 섬이 있다/ 그 섬에 가고 싶다'입니다. 여기에서 '섬'의 지시적 의미는 바다나 강에 외따로 떨어져 떠 있는 땅입니다. 그런데 그 섬이 사람들 사이에 있습니다. 더욱이 그 섬은 '가고 싶'은 섬이기도 합니다. 섬은 무엇을 함축하고 있을까요? 이 짧은 시로는 명확하게 해석하기 어렵습니다. 더는 어떠한 정보도 없기 때문입니다. 결국 상상력을 동원하여 여러 가지 의미로 읽는 수밖에 없습니다. '사람들 사이에' 있으니, 관계나 사랑, 그리움일 수 있지요. 진리일 수도 있겠습니다. 어떻게 해석하느냐에 따라 함축적 의미는 이 시처럼 무한정 달라질 수 있습니다.

　이제 우리는 몇 편의 시를 통해, 시의 핵심적인 의미인 함축적 의미를 차근차근 살펴볼 것입니다.

길
신경림

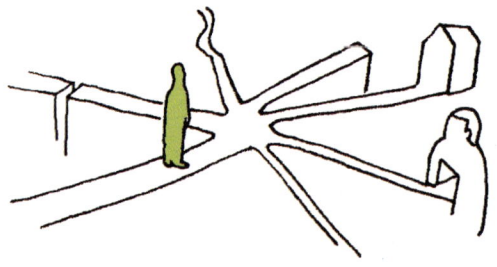

읽 기 전 에

1. 지시적 의미와 함축적 의미란 무엇인가?
2. '길'의 함축적 의미는 무엇인가?

사람들은 자기들이 길을 만든 줄 알지만
길은 순순히 사람들의 뜻을 좇지는 않는다
사람을 끌고 가다가 문득
벼랑 앞에 세워 낭패시키는가 하면
큰물에 우정 제 허리를 동강내어
사람이 부득이 저를 버리게 만들기도 한다
사람들은 이것이 다 사람이 만든 길이
거꾸로 사람들한테 세상 사는
슬기를 가르치는 거라고 말한다
길이 사람을 밖으로 불러내어
온갖 곳 온갖 사람살이를 구경시키는 것도
세상 사는 이치를 가르치기 위해서라고 말한다
그래서 길의 뜻이 거기 있는 줄로만 알지
길이 사람을 밖에서 안으로 끌고 들어가
스스로를 깊이 들여다보게 한다는 것은 모른다
길이 밖으로가 아니라 안으로 나 있다는 것을
아는 사람에게만 길은 고분고분해서
꽃으로 제 몸을 수놓아 향기를 더하기도 하고
그늘을 드리워 사람들이 땀을 식히게도 한다
그것을 알고 나서야 사람들은 비로소
자기들이 길을 만들었다고 말하지 않는다

　　이 시의 중심 소재, 곧 시적 대상은 제목에서 제시된 '길'이다. 시적 대상 그 자체만을 군더더기 없이 제목으로 제시한다. 사실 '길'은 시뿐만 아니라 문학에서 즐겨 사용하는 소재다. 그 자체로 풍부한 함축을 안고 있는 낱말이기 때문이다. 문학이 삶을 더 빛나고 향기롭게 만드는 것이라면, 당연 어떤 길이 진정한 인간의 길인지 탐구할 수밖에 없다. 이 문장에서도 역시 '길'은 지시적 의미의 길이 아니라 삶의 도리나 방향을 뜻한다. 함축적으로 사용된 것이다. 사실 처음, 중간, 끝으로 이루어진 소설은 모두 삶의 '길 찾기'라고 할 수 있다. 반면 시간이 흘러가지 않는 특정한 순간의 깨달음을 노래하는 시는 '길'에서 시인이 보고, 느끼고, 생각한 것들의 조각이다. 삶 속에서 마주친 아름다운, 추한, 슬픈, 고통스러운 것들에 대한 생각과 느낌인 것이다.

　　그렇다면 '길'을 시적 대상이자 제목으로 삼은 이 작품은 무엇을 말하고 있는가? 이 시에는 세 부류의 사람들이 등장한다. 첫 번째는 '자기들이 길을 만든 줄' 아는 사람들이다. 상투적인 통념으로 처음을 열어 보이는 것이다. 여기에서 길은 말 그대로 지시적 의미이다. 그러나 두 번째 행에 이르러 '길'은 '사람들의 뜻을 좇지는 않는 어엿한 존재로 인격화된다. 그저 단순한 길이 아니라 스스로 생각하는 존재인 '길'로 의인화되어 제시되며, 이때부터 시적 대상을 넘어 스스로 주체가 된다. 그리하여 막다른 벼랑에 사람들을 세우기도 하고, 스스로를 지워 버림으로써 사람들이 버릴 수밖에 없게 만들기도 한다. 여기서 '길'은 '세상을 알게 해 주는 것'을 함축한다. 이 경험을 겪고서야 두 번째 사람들이 등장한다. '세상 사는/ 슬기', '세상 사는 이치'를 길에서 배워야 한다고 짐짓 다 깨달은 것처럼 건방을 떨기도 하는 사람들이다. 그러나 이 역시 길을 자기들이 만든 줄 아는 어설픈 인간의 관점이기는 마찬가지다. 길 위에서 삶을 배워야 한다고 생각하지만 이들에게 길은 여전히 밖을 향해 있다. 물론 '밖'이란 세상의 함축이다. 시적 화자는 길이 밖으로 세상을 만나게 하기보다 오히려 '안으로 나 있다'고 말한다. 여기서 '안'은 사람의 내면을 함축한다. 길은 세상으로 나아가는 길이지만, 그 길은 똑같이 되돌아오는 길, 자기를 향한 길이기도 하기 때문이다. 안을 향함으로써 길은 모름지기 '스스로를 깊이 들여다보게 한다'는 것이다. 세 번째 유형의 사람들, 곧 길이 안으로 나 있음을 아는 사람들에게 길은 '꽃향기'와 '나무 그늘'을 건네준다. '삶의 기쁨'과 '삶의 여유'를 건네는 것이다. 그제야 사람들은 결코 길을 자기들이 만들었다고 말하지 않는다는 것이다. 여기서 길은 지시적 의미의 길이 아니라, 세상의 밖에서 스스로의 안으로 들어서게 만드는 자기 성찰의 방도를 함축하기에 이른다.

'사람이 책을 만들고, 책이 사람을 만든다'는 말이 있다. 앞의 '책'은 말 그대로 지시적 의미의 책이다. 그러나 뒤의 '책'은 책에 담긴 지혜를 함축한다. 이와 마찬가지로 '길' 역시 사람이 만든 것이나, 사람을 만드는 것이기도 하다. 이는 세상을 향해 뻗어 있어, 세상살이의 지혜와 이치를 깨닫게 해 주기 때문만은 아니다. 정작 중요한 길은 '안으로 나 있'는 길이다. 스스로를 성찰하고 되짚어 보게 만드는 길이야말로 사람이 만든 길이 아니라 사람을 만들기도 하는 길인 것이다. 어쩌면 애초에 길은 세상 밖으로 나아가기 위한 것이 아니라, 세상을 자신 속으로 끌어들이기 위한 것인지도 모른다. 이 시는 지시적 의미에서 시작하여, 1차적인 함축적 의미인 '삶의 지혜', '삶의 도리' 등을 뜻하는 데에서, 그리고 이로부터 한 걸음 더 나아가 '안'으로 나 있는 '길'을 언급함으로써 세상에서 세상을 배우는 차원을 넘어, 세상에서 스스로를 돌이켜 보는 한층 섬세한 길을 제시하는 것이다.

이 같은 상상력은 신경림이 즐겨 사용하는 것이다. '쓰러진 자의 꿈'이란 시집의 제목 역시 쓰러진 자라고 해서 꿈조차 없었던 것이 아님을 밝혀 준다. 사람들이 미처 생각지 않았던 이면을 들추어 보여 준다. 현재의 통념을 뒤집어, 새로운 깨달음을 안겨 주고자 하는 것이다.

신경림은 사실 '길'의 시인이라고 불러도 무방하다. 그의 대표작인 「목계장터」를 비롯하여 「농무」 등의 시편들은 한결같이 길을 전제로 떠남과 머무름, 머무르는 자의 울분 등을 노래하였다. 그것은 어쩌면 우리 현대사 전체가 더 넓은 세상을 향한 길이었기에 당연한 것인지도 모른다. 길은 시인에게도 매우 상징적인 의미로 존재해 온 것이다. 그러나 삶의 후반부에 이르러, 이 시에서 시인은 비로소 밖으로 향한 길이 아니라 내면으로 되돌아오는 길, 내면으로 향하는 길을 발견한다. 이러한 새로운 발견이야말로 그의 시가 지금도 거듭 갱신하고 있음을 보여 준다. 그의 시는 아직도 성장하는 중이다.

활 동

1. 이 시의 주제는 무엇인가?
2. 다음 구절 속 '꽃'과 '그늘'의 함축적 의미는 무엇인가?
   꽃으로 제 몸을 수놓아 향기를 더하기도 하고
   그늘을 드리워 사람들이 땀을 식히게도 한다
   • 꽃 :   • 그늘 :
3. 이 시에서 길은 다양한 의미로 사용되고 있다. 다음 문장 속 '길'의 의미는 각각 무엇인가?
   • 사람들은 자기들이 길을 만든 줄 알지만 :
   • 길의 뜻이 거기 있는 줄로만 알지 :
   • 아는 사람에게만 길은 고분고분해서 :

4. 다음 시와 시의 해설을 읽고 빈칸을 채워 보자.

봄길

정호승

길이 끝나는 곳에서도

길이 있다

길이 끝나는 곳에서도

길이 되는 사람이 있다

스스로 봄길이 되어

끝없이 걸어가는 사람이 있다

강물은 흐르다가 멈추고

새들은 날아가 돌아오지 않고

하늘과 땅 사이의 모든 꽃잎은 흩어져도

보라

사랑이 끝난 곳에서도

사랑으로 남아 있는 사람이 있다

스스로 사랑이 되어

한없이 봄길을 걸어가는 사람이 있다

● ● ● ●

비유적 의미

겉으로 보아 이 시의 시적 대상은 '봄길'이다. 그런데 이 시의 시적 대상은 봄길이 아니라 봄길을 걸어가는 사람이다. '길이 끝나는 곳'에서 '길이 되'듯, '사랑이 끝난 곳'에서 '사랑으로 남아 있는 사람'이며, 스스로 '사랑'이기도 한 사람이다. 그 자신이 곧 '봄길'인 것이다. 다시 말하면 '봄길'과 같은 사람이다. '봄길'은 어떠한가? 연초록 풀잎들이 싹을 틔우고, 향긋한 봄 냄새로 가득 찬 길일 것이다. 지극한 아름다움을 함축한다. 그렇다면 '봄길이 되는' 사람은? 봄길같은 사람이다. 시는 '길이 끝나는 곳'으로부터 시작한다. 이는 절망적인 상황이다. 그러나 막다른 길에서도 희망은 있다. 그리고 그 희망은 언제나 사람이 열어 간다. 그 자신이 바로 길이되는 사람. 스스로가 '봄길과 같이' 아름다움을 뿜어내는 사람. 흐르다가 멈춘 강물, 날아가 돌아오지 않는 새들, 흩어져 버린 꽃잎 등 (   )이 끝난 시점에도 그 자신이 사랑이고 희망인 사람이, 삶이 있다는 것이다. 봄길과도 같이 사람들에게 아름다움과 희망을 건네는 사람에 대한 예찬이 이 시의 주제이리라. 이와 같이 은유로 '봄길인 사람'과 같은 비유적 의미는 직유인 '(   )' 사람으로 파악하면 쉽다.

사랑하는 별 하나
이성선

읽 기 전 에

1. '별'의 함축적 의미는 무엇일까 생각해 보자.

2. 나 자신을 구체적인 사물에 비유한다면, 어떤 사물에 비유할 수 있을까?

나도 별과 같은 사람이

될 수 있을까

외로워 쳐다보면

눈 마주쳐 마음 비쳐주는

그런 사람이 될 수 있을까

나도 꽃이 될 수 있을까

세상일이 괴로워 쓸쓸히 밖으로 나서는 날에

가슴에 화안히 안기어

눈물짓듯 웃어주는

하얀 들꽃이 될 수 있을까

가슴에 사랑하는 별 하나를 갖고 싶다

외로울 때 부르면 다가오는

별 하나를 갖고 싶다

마음 어두운 밤 깊을수록

우러러 쳐다보면

반짝이는 그 맑은 눈빛으로 나를 씻어

길을 비추어 주는

그런 사람 하나 갖고 싶다

　사뭇 감성적인 제목을 달고 있는 이성선의 시다. 「사랑하는 별 하나」.
왜 별을 사랑할까? 여기에서도 당연히 별은 밤하늘에 떠 있는 반짝이는 별
임과 동시에 시에서 부여받는 또 다른 함축을 지닌다. 이 시는 앞에서 살펴
본 정호승의 「봄길」과 마찬가지로 비유적 의미를 지닌다. 시는 먼저 '별과
같은 사람'이란 직접적인 직유를 통해 비유적 의미로 제시된다. 어떤 사람
인가? 외로울 때 쳐다보게 되는 사람이다. 그리고 쳐다보면 눈을 마주쳐
바라봐 주는 사람이며, 마주치는 눈길만으로도 외로운 마음을 환하게 밝
혀 주는 사람이다. 별 같은 사람이란 그저 홀로 반짝이는 존재가 아니라,
따스하게 응대해 주고 또 위로를 건네는 존재다. 시적 화자는 자신 역시 누
군가에게 그러한 존재가 될 수 있을까 묻는 것으로 시작한다.

　두 번째 연은 별에서 한 걸음 더 나아가 지상의 별인 '꽃'에게로 향한다.
이 연에서는 직유가 아닌 은유로 비유적 의미를 드러낸다. 1연의 '별과 같
은'과 달리 곧바로 '꽃이 될 수 있을까'라고 묻는다. 물론 '별'과 '꽃'은 넓
은 범위에서 보면 동일한 함축적 의미를 지닌다. 괴로울 때 '가슴에 화안히
안기어' '눈물짓듯 웃어주는' 존재이다. 화단의 붉은 꽃으로는 담을 수 없
는, 하얀 들꽃만이 가질 수 있는 함축과 잘 어울린다.

　세 번째 연은 서로 짝을 이루는 1, 2연과 달리 직접적인 바람을 담아낸
다. '가슴에 사랑하는 별 하나를 갖고 싶다'는 단정적인 진술이 그것이다.
앞의 1연을 반복하고 있으나, 1연에서 스스로가 별과 같을 수 있을까 물은
데서 더 나아가, 별 하나를 갖고 싶다고 반복한다. 물론 그 별은 외로울 때
'다가오는' 별이다. 1연의 마주 보고 외로운 사람을 환히 비쳐 주는 별이다.

　네 번째 연의 '마음 어두운 밤 깊을수록'에서 어두운 밤은 외로움과 괴
로움을 함축한다. '우러러 쳐다보면'에서는 애틋한 갈망이 함축되어 있으

며, '반짝이는 그 맑은 눈빛'은 별빛의 함축적 의미이고, '길을 비추어 주
는'에서 길은 '삶의 방향'을 함축한다. 마지막 '그런 사람 하나 갖고 싶다'
라고 함으로써 별 자체에 대한 갈망이 아니라, '별과 같은' 사람에 대한 그
리움을 제시하면서 시는 마무리된다.

우리는 이 시의 '별'과 '들꽃'처럼 어떤 속성을 구체적으로 제시해 주는
대상을 객관적 상관물이라고 한다. 시적 화자가 갖고 싶은 사람을 비유를
통해 선명하게 밝혀 주는 대상이다. 시에서는 객관적인 상관물을 통해 함
축적 의미를 명료하게 밝혀 보인다.

또 이 시에서 알아 두어야 할 것은 전형적인 기승전결의 짜임을 갖추고
있다는 것이다. 먼저 도입이 제시되고, 도입과 나란히 짝을 이루어 이어지
는 '승'이 펼쳐진다. '별'과 '꽃'이 여기에 해당한다. 세 번째 연에서 전환이
이루어지는데, 앞의 '내가 ~ 될 수 있을까'에서 '나는 ~을 갖고 싶다'로 발
상의 전환이 나타난다. 그리고 기와 승, 전환을 함께 묶어, '별과 같은' 그
런 사람 하나를 갖고 싶다고 말함으로써 결을 삼는다. 이처럼 이 시는 기승
전결의 짜임이 무엇인지 잘 보여 준다.

🧐 활동

1. '별'과 '꽃'의 함축적 의미는 각각 무엇인가?
2. 이 시의 짜임이 기승전결의 4단 구성인 까닭을 설명하라.
3. '별'에 새로운 함축적 의미를 부여하고, 그 의미에 맞게 이 시 1연의 다음 두 행을 채
   워 보자.

   나도 별과 같은 사람이
   될 수 있을까
   _____
   _____
   그런 사람이 될 수 있을까

바위
유치환

내 죽으면 한 개 바위가 되리라

아예 애련(愛憐)에 물들지 않고

희로(喜怒)에 움직이지 않고

비와 바람에 깎이는 대로

억년(億年) 비정(非情)의 함묵(緘默)에

안으로 안으로만 채찍질하여

드디어 생명도 망각하고

흐르는 구름

머언 원뢰(遠雷)

꿈꾸어도 노래하지 않고

두 쪽으로 깨뜨려져도

소리하지 않는 바위가 되리라

애련(愛憐) 사랑하고 불쌍하게 생각하는 감정.
희로(喜怒) 기뻐하고 성내는 감정.
함묵(緘默) 입을 굳게 다물고 있음.
원뢰(遠雷) 멀리서 울리는 우렛소리.

읽 기 전 에

1. '바위' 하면 떠오르는 함축적 의미는 무엇인가?

2. '내 죽으면 한 개 바위가 되리라' 처럼 나는 무엇이 되고 싶은가?

유치환의 대표작 「바위」이다. '내 죽으면'이란 가정 아래, '바위'가 되고 싶다는 바람을 적극적으로 표현하고 있다. 시적 화자에게 '바위'는 삶을 대하는 이상적인 태도를 상징한다. 곧 변함없이 스스로의 자리를 지키며 감정에 휘둘리지 않는 존재를 의미한다. 이렇게 볼 때, '바위'는 화자의 의지를 함축적으로 대신하는 대상이며, 이를 '객관적 상관물'이라 함은 이미 배운 바 있다.

이 시는 아주 어려운 한자어를 사용하고 있다. 그것이 이 시의 서술상의 특성이다. 한자어부터 알아야 함축적 의미를 알 수 있는 것이다. 개인적인 애틋한 감정에 사로잡히지 않고, 기뻐하고 성내는 즉각적인 감정에도 흔들리지 않고, '비와 바람'이란 현실적인 시련에 몸을 맡긴 채, 이 감정들에 굳은 침묵으로 일관한 채, 내면을 채찍질, 곧 단련시키며, 마침내 존재 자체도 잊어버리겠다는 것이다. 시시각각 모양을 달리하며 흘러가는 '구름'이 함축하는 세상사나 멀리서 천둥 치는 소리, 곧 호기심이나 두려움에 휩쓸리지 않으며, 마음속 이상을 품기는 하지만 겉으로 드러내지 않고, 존재 자체가 끝나는 상황에서도 고통을 표현하지 않는 바위가 되겠다는 것이다. 이처럼 이 시에서 바위는 모든 세상일과 감정의 동요에 초연한 동양적인 정신을 표현한다.

그러나 사실 이 시는 '내 죽으면'이라고 시작됨으로써 현실 속에서는 이 모든 것이 결코 이루어질 수 없는, 그저 바람일 뿐임을 제시한다. 오히려 현실은 격렬한 감정의 변화와 요동치는 현실에 대응하는 동요 속에서 삶이 이루어지기 때문이다. 그것은 피할 수 없는 인간의 본성이다. 그럼에도 '바위'에 삶을 견줌으로써 청마 유치환은 삶의 지향을 한 자락 펼쳐 보인다.

1. 이 시에서 한자어를 많이 사용한 까닭은 무엇일까?
2. '바위'의 함축적 의미는 무엇인가?
3. 이 시를 통해 알 수 있는 시적 화자가 삶을 보는 관점은 무엇인가?

숲
정희성

숲에 가 보니 나무들은
제가끔 서 있더군
제가끔 서 있어도 나무들은
숲이었어
광화문 지하도를 지나며
숱한 사람들이 만나지만
왜 그들은 숲이 아닌가
이 메마른 땅을 외롭게 지나치며
낯선 그대와 만날 때
그대와 나는 왜
숲이 아닌가

간격
안도현

숲을 멀리서 바라보고 있을 때는 몰랐다
나무와 나무가 모여
어깨와 어깨를 대고
숲을 이루는 줄 알았다
나무와 나무 사이
넓거나 좁은 간격이 있다는 걸
생각하지 못했다
벌어질 대로 최대한 벌어진,
한데 붙으면 도저히 안되는,
기어이 떨어져 서 있어야 하는,
나무와 나무 사이
그 간격과 간격이 모여
울울창창 숲을 이룬다는 것을
산불이 휩쓸고 지나간
숲에 들어가보고서야 알았다

시를 이해하는 데에 가장 중요한 것은 단연코 시어의 의미이다. 그리고 이 의미는 고정되어 있지 않고 시마다 다르다고 하였다. 이미 다른 게임이기 때문이다. 시 속에서 새롭게 형성된 언어의 의미를 우리는 함축적 의미라고 불렀다. 그리고 이 함축적 의미는 비유적 의미를 통해 가장 잘 드러난다고 하였다. '길'과 '별'과 '바위'는 사전에 있는 지시적인 의미가 아니라, 각각 시에 따라 '자기 성찰', '빛나는 존재', '침묵하는 존재' 등으로 폭넓은 함축적 의미를 지니는 것을 알게 되었다.

이제 마무리를 겸해 두 편의 시를 읽어 보자. 정희성의 「숲」과 안도현의 「간격」이다. 이들이 공통적으로 탐구하는 시적 대상은 '숲'이다. 숲은 결코 나무와 분리할 수 없다. '숲은 보고 나무는 보지 못한다'거나 '나무를 보고 숲을 보지 못한다'는 말은 각각 이들이 개인과 집단, 부분과 전체를 상징적으로 함축하고 있음을 뜻한다. 먼저 정희성의 시에서 '제가끔 서 있'는 나무들에서부터 시작한다. 여기서 나무들은 당연 개인들이다. 개인들이 제가끔 서 있다는 것은 개개인의 개성을 제가끔 지녔음을 뜻한다. 그러나 시인은 제가끔 서 있음에도 나무들은 숲, 곧 공동체로 존재함을 발견한다. 이어서 시인은 광화문 지하도를 지나는 숱한 사람들을 보며, '공동체'로 함께 연대하지 못하는 것을 안타깝게 탄식한다. '메마른 땅'은 '비정한 현실'이며, '낯선 그대와 나'는 그저 고립된 개개인으로 머물 뿐 결코 숲이 되지 못하고 있음을 되뇐다. '~ 아닌가'라는 말 속에는 되어야 하는 당위를 충족시키지 못하는 현실에 대한 강한 비판적 의식이 깃들어 있다.

반면 안도현이 초점을 두고 있는 것은 시의 제목에서처럼 '간격'이다. 겉으로 보아 숲이란 공동체는 하나로 견고하게 묶여 있는 듯이 보인다. 그러나 이는 다만 '멀리서 바라보고' 있을 때 그러할 뿐이다. 멀리서 바라본 세계는 진실과는 거리가 멀다. 그것은 통념이거나 관념일 뿐이다. 오히려 '최대한 벌어진 간격'이 있어야만, 그 간격과 간격이 모여야만 비로소 숲을 이룬다는 것을 발견한다. 그러나 시인의 이러한 발견은 뒤늦은 것이다. '산불이 휩쓸고 지나간', 곧 숲을 상실한, 곧 더는 공동체의 역할을 하지 못하는 우리 사회의 일면을 비판적으로 성찰한다. 역시 후회와 자탄이 정서적으로 깔려 있다.

물론 두 시는 모두 공동체나 개인 어느 한편을 무시하지 않는다. 정희성의 「숲」에서 '제가끔'과 안도현의 「간격」에서 '간격'은 동일한 함축적 의미를 갖는다. 그러나 이 두 편의 시가 초점을 두고 있는 방향은 다르다. 정희성이 개성에서 공동체로 나아가려고 하는 반면, 안도현은 공동체에서 개성으로, 다시금 진정한 공동체로 진행된다. 이는 두 시가 모두 공동체의 회복을 주장하나, 두 사람의 목소리가 계몽적인 목소리와 자기 성찰적 목소리로 달라지는 지점을 만들기도 하는 것이다. 물론 두 편의 시에서 나무와 숲은 당연히 의인화된 객관적 상관물이며, 개성과 공동체를 함축적으로 의미한다.

3

시의
대립적 의미

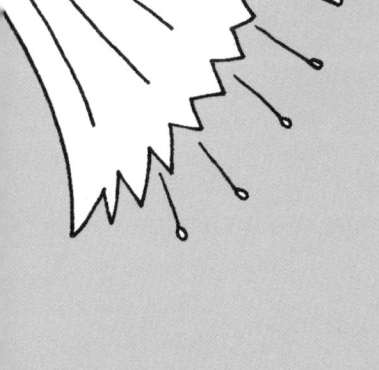

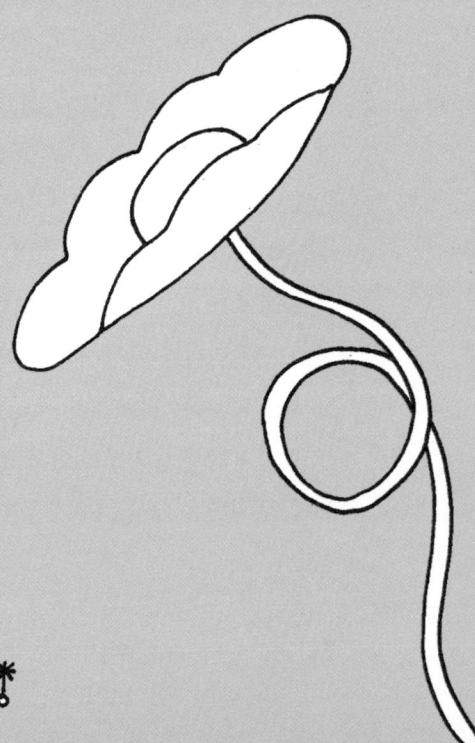

언어의 의미는 지시적 의미와 함께 함축적 의미가 있음을 살펴보았습니다. 그리고 함축적 의미가 시 한 편 한 편 속에서 매번 달라지는 것도 알게 되었습니다. 특히 시가 함축적 의미를 제시하는 방식으로는 '비유적 의미'를 효과적으로 활용한다는 것도 배웠습니다. 이번에는 한 걸음 더 나아가, 시 전체 속에서 함축적인 의미들이 서로 어떻게 관계를 맺는지 살펴볼 차례입니다. 앞서 이성선의 시에서 '별'과 '꽃'은 동일한 함축적 의미를 갖는다고 했습니다. 이와 반대로 상반되는 짝을 이루는 것을 대립적 의미라고 할 수 있습니다.

대립적 의미란 정희성의 시에서 '나무'와 '사람' 등과 마찬가지로 의미상으로 반대되는 관계에 놓인 단어를 가리킵니다. 이른바 단어와 단어의 관계 속에서 서로 대립되는 짝을 이루는 단어들이랍니다. 시는 일반적으로 말하고자 하는 바를 한층 선명하게 드러내기 위해 동일한 함축으로 층을 두껍게 합니다. 동일한 의미를 하나하나 덧쌓아 올려 변화 속에서 반복함으로써 의미를 확장하고 강화합니다. 함축적 의미가 그 같은 경우겠지요. 아울러 시는 서로 대립적인 함축을 마주 세움으로써 시가 말하고자 하는 중심적인 대상의 특성을 선명하게 돋보이게 만듭니다. 나무는 숲이 되는데 왜 사람은 숲을 이루지 못하는가라고 함으로써 숲을 중심으로 나무와 사람을 대립시키고, 그리하여 현재의 모습을 잘 드러낼 수 있게 됩니다.

물론 모든 시가 대립적 의미로 이루어져 있는 것은 아닙니다. 그러나 때로는 어떤 시가 의미 대립의 구조로 이루어져 있음을 알면 시를 훨씬 쉽게 파악할 수 있습니다. 예컨대 앞서 읽은 유치환의 「바위」는 '내 죽으면'이란 말에서 삶과 죽음의 의미 대립 속에서 긴장 관계를 형성합니다. 현실과 이상의 대립일 수도 있습니다. 바위라는 객관적인 상관물을 통해 잘 드러나는 굳고 견고한 속성은 그 대립짝으로 애련이나 희로, 구름과 원뢰 등을 내세움으로써 한층 구체적으로 의미를 제시할 수 있는 것입니다.

여기에서 우리는 강은교의 「우리가 물이 되어」, 복효근의 「목련 후기」, 김수영의 「풀」 등의 시편들을 통해 대립적인 의미가 어떻게 시를 아름답게 만드는지 살펴볼 것입니다.

우리가 물이 되어
강은교

우리가 물이 되어 만난다면
가문 어느 집에선들 좋아하지 않으랴.
우리가 키큰 나무와 함께 서서
우르르 우르르 비오는 소리로 흐른다면.

흐르고 흘러서 저물녘엔
저혼자 깊어지는 강물에 누워
죽은 나무뿌리를 적시기도 한다면.
아아, 아직 처녀인
부끄러운 바다에 닿는다면.

그러나 지금 우리는
불로 만나려 한다.
벌써 숯이 된 뼈 하나가
세상에 불타는 것들을 쓰다듬고 있나니

만리 밖에서 기다리는 그대여
저 불 지난 뒤에
흐르는 물로 만나자.
푸시시 푸시시 불꺼지는 소리로 말하면서
올 때는 인적 그친
넓고 깨끗한 하늘로 오라.

이 시는 비유적 의미로 시의 제목을 삼았다. 우리는 결코 물이 될 수 없기 때문이다. 물이 된다는 것은 '우리＝물'의 은유적 관계를 형성한다. 그렇다면 물의 비유적 의미, 함축적 의미는 무엇일까?

시는 먼저 '가문 어느 집'을 등장시킴으로써 '물'의 긍정적인 의미를 포착한다. 물은 단비와 같이 가뭄을 해소하는 생명의 이미지로 자리 잡는다. 여기서 이미지란 함축을 구체적으로 보여 주는 대상을 지칭한다. 생명의 함축을 물이란 이미지로 표현했다는 말이다. 이는 다음 장에서 자세히 살펴볼 것이다. 이 생명의 함축은 '물'에 내재된 가장 중요한 함축이기도 하다. 모든 수목을 자라게 하고, 모든 생명체의 목을 적시는 존재이다. 따라서 '좋아하지 않으랴'라는 반문은 너무나 당연하다. 다음 '키큰 나무'는 '풍요로운 성장'을 의미한다. 성장을 돕고 지켜보며 함께 '우르르 우르르' 비오는 소리를 내며 흐른다면 어찌 좋아하지 않을 수 있을까? 오랜 해갈을 적시는 비는 이 시에 나타난 물의 가장 뚜렷한 이미지화인 것이다.

두 번째 연에서 이는 한층 확장되고 강화된다. '저물녘'은 하루의 노동이 끝난 시간이며, '저혼자 깊어지는 강물에 누워'는 충만한 안식을 뜻한다. 자신의 소명을 묵묵히 기쁜 마음으로 수행한 다음, 이제 편안히 누워 깊고 충만한 안식 속에서 스스로를 성장시킨다. 심지어 그 충만한 내면의 성찰은 '죽은 나무뿌리'로 상징되는 주검의 세계조차 '적시'기에 이른다는 것이다. 더욱이 여기에서 또 나아가 '아아'라는 감탄을 동반할 수밖에 없는 '처녀인／부끄러운 바다'는 마침내 물이 도달하고자 하는 귀착점, 곧 생의 완결을 뜻한다. 물이 강물이 되어 바다에 닿는 것을 완벽한 승화로 파악하는 것이다.

하지만 세 번째 연은 '그러나'로 연결된다. 전환이 이루어지는 것이다.

앞의 두 연이 모두 '~한다면'의 가정으로 서술된 데 반해, '지금'으로 파악되는 현재의 시간 속 전환은 '불'이란 정반대의 이미지를 끌어 온다. 여기에서 불은 물과 대립되기는 하나 부정적인 것만은 아니다. '벌써 숯이 된 뼈'라는 표현에 기댈 때, 그 또한 열정적인 하나의 성취로 파악될 수 있기 때문이다. 문제는 방법의 차이이지 본질의 차이는 아닌 것이다. 물이 완만하고 충만한 완성이라고 한다면, 불은 격정적이고 고통을 동반하는 성장이다. 그럴 때에야 '세상에 불타는 것들을 쓰다듬'을 수 있기 때문이다.

아마도 청춘의 열정을 떠올리면 이 시를 한층 더 잘 이해할 수 있을 것이다. 물과 불은 생명과 죽음과 마찬가지로 단순히 정반대의 대립을 의미한다기보나, 대립적인 의미이기는 하나 성장의 서로 다른 두 경로란 점에서 의미상의 대립일 뿐 극단적인 대립은 아니다. 당연 청춘은 뜨거워야 한다. 물불 가리지 않는 대신, 물보다는 불을 선택해야 할 시점이라고 시인은 말하고 싶은 것이다. 그 질풍노도의 시기를 거쳐야만, 격정의 한 시기를 거쳐야만 비로소 우리는 '흐르는 물'로 만날 수 있다는 것이다. 그리고 이 뜨거움을 지나온 이들만이 비로소 세상의 소란스러움을 떠나 '인적 그친' 가장 '넓고', 가장 '깨끗한 하늘'로 올 수 있다는 것이다.

그러므로 이 시에서 물과 불은 생명과 죽음, 생성과 파괴, 긍정과 부정 등의 절대적인 대립적 의미로 존재하지 않고, 성장을 향한 넉넉함과 격렬함, 부드러움과 뜨거움, 안온함과 격정이란 대립항으로 존재한다. 그리고 시인은 기꺼이 물 대신 불을 선택하는 것이다. 이처럼 이 시는 의미 대립을 기본적인 구도로 설정하여 시상을 전개한다. 물론 시상의 전개는 앞서 살펴본 전형적인 기승전결의 짜임이다.

이 시에서는 특히 '아아'의 감탄사와 '우르르 우르르', '푸시시 푸시시'의 의성어를 효과적으로 사용한다. 이를 통해 역동적인 느낌을 주며, '~ 만나자', '~ 오라' 등의 청유형, 명령형 종결 어미와 조화를 잘 이룬다.

1. 이 시에서 '불'의 이미지를 긍정적으로 해석할 수 있는 근거는 무엇인가?
2. 이 시에 나타난 '물'과 '불'의 대립적 의미는 각각 무엇인가?
3. 이 시의 짜임에 맞게 각 연의 의미를 요약적으로 말해 보자.
   • 기 : 물이 되어 만나고 싶은 바람
   • 승 :
   • 전 :
   • 결 : 격정을 지나온 완전한 만남의 희구
4. 다음 시에 나타난 의미 대립을 있는 대로 찾아보자.

시

강은교

모기 소리보다도 작게
십이월 햇빛 내리는 소리보다도 작게

낮달 뜨는 소리보다도 작게
노을 지는 소리보다도 작게

그렇게 그렇게

바람 소리보다는 크게
바다 우는 소리보다는 크게

벼락 소리보다는 크게
눈물 출렁이는 소리보다는 크게

공기의 소리이게
떠돌 곳도 없이 가득 떠도는.
별의 소리이게
눈뜨지 않고도 하늘 한가운데 눈뜨는.

소리 없는 소리이게
그렇게 그렇게

나를 엎드리게 해 다오
구름 밑 흙 속속
시여
캄캄한 밝음이여.

목련 후기
복효근

읽 기 전 에

1. '목련'이 연상시키는 것은 무엇인가?
2. '아름다운 만남'처럼 '아름다운 이별'도 가능할 수 있을까?

목련꽃 지는 모습 지저분하다고 말하지 말라
순백의 눈도 녹으면 질척거리는 것을
지는 모습까지 아름답기를 바라는가
그대를 향한 사랑의 끝이
피는 꽃처럼 아름답기를 바라는가
지는 동백처럼
일순간에 져버리는 순교를 바라는가
아무래도 그렇게는 돌아서지 못하겠다
구름에 달처럼은 가지 말라 청춘이여
돌아보라 사람아
없었으면 더욱 좋았을 기억의 비늘들이
타다 남은 편지처럼 날린대서
미친 사랑의 증거가 저리 남았대서
두려운가
사랑했으므로
사랑해버렸으므로
그대를 향해 뿜었던 분수 같은 열정이
피딱지처럼 엉켜서
상처로 기억되는 그런 사랑일지라도
낫지 않고 싶어라
이대로 한 열흘만이라도 더 앓고 싶어라

　시의 제목은 '목련 후기'이다. 후기란 모든 일이 끝난 다음, 그 일에 대해 남은 이야기와 단상들을 적은 것이다. 일종의 뒷담화? '목련 후기'란 목련꽃이 피고 진 다음에 떠오르는 단상들을 적은 것이다. 시적 대상은 '목련'이며, 첫 행부터 '지는 모습'이 제시된다. 아마 목련은 봄을 가장 뜨겁게 맞는 나무 중의 하나일 것이다. 빈 가지에 솜털에 싸인 듬직한 꽃눈이 열리고, 딱딱한 눈을 열고, 그 속에 겹겹이 싸인 희디흰 순백의 꽃잎을 등불처럼 환히 펼치며 피어오른다. 그러나 그 아름다운 꽃이 지는 모습은 참담하다. 누렇게 색이 바래고…….

　시는 피는 꽃이 아니라 지는 꽃을 거론하며 '지저분하다고 말하지 말라'고 경고하는 것으로 시작한다. 이와 나란히 '순백의 눈'과 '질척거리는 것'이 대립의 짝을 이룬다. 목련꽃과 눈, 지저분하다와 질척거린다는 동일한 함축이다. '사랑의 끝'까지 아름다울 수는 없다는 것이다. 이어서 목련꽃은 동백과 대립적이 축을 이룬다. 동백은 질 때 꽃을 뎅강 송이째 떨어뜨린다. 이를 장렬하고 장엄한 최후를 뜻하는 '순교'라고 부른다고 해서 과장은 아니다. 시적 화자는 그렇게 아름다울 수 없다고 선언한다. '구름에 달처럼' 역시 목련과 대립적 의미를 갖는다. 여유자적, 삶을 초월한 자의 느긋함을 함축한다. 그리고 이 목련이야말로 '청춘이여'라는 것과 동일한 함축이다. 이 행에 이르러 비로소 '목련'은 구체적인 함축을 갖는다. 청춘의 '열정'으로, 그 열정 뒤의 상처로 명료한 함축을 얻는 것이다.

　아픈 상처들로 남아 있는 '기억의 비늘들'과 '타다 남은 편지'처럼 날리는 '미친 사랑의 증거'는 동일한 함축이다. '피딱지처럼 엉켜서' '상처'로 기억되는 것 역시 져버린 목련 꽃잎과 같은 의미를 가진다. 반면 '청춘', '분수 같은 열정' 등은 피어오른 목련꽃과 대응할 것이다. 이처럼 이 시는 전편에 걸쳐 '하얗게 핀 목련꽃'과 '지는 모습'의 대립짝으로 존재한다. 그와 나란히 '흰눈'이, 그 반대편에 '동백'이 있으며, 열정적인 과거와 상처투성이의 현재를 대립시킴으로써 의미를 덧쌓아 가고 마침내는 의미를 선명하게 부조해 낸다.

전체적으로 설의에 기대어 묻는 그대는 '~라는가'와 나는 '~ 못하겠다'는 대립쌍도 존재한다. 시적 화자는 '이대로 한 열흘만이라도 더 앓고 싶어라'라고 마무리 지음으로써 사랑의 상처조차 기꺼이 끌어안고자 한다. 이 시에 내재된 정서는 '열정적'이다. 그 뜨거움으로 상처를 끌어안고자 한다.

이 시의 소재는 '목련'이며, 화제는 '지는 목련'이다. 이를 구체적인 의미로 연결하면, '시는 목련'을 함축하는 '청춘의 열정이 불러일으키는 상처'가 화제이며, 주제는 이를 두려움 없이 껴안으라는 것이다. '청춘의 열정이 불러일으키는 상처를 두려워 말라'라고 정리할 수 있다.

활동

1. 목련꽃과 동백꽃이 피고 지는 모습을 떠올리며, 공통점과 차이점을 말해 보자.
2. '목련꽃'과 '지는 목련꽃'이 각각 함축하는 것은 무엇인가?
3. 다음 다양한 시적 소재들을 '목련꽃'과 '지는 목련꽃'에 연결해 보자. 그 어느 것에도 연결되지 않는 것들도 찾아보자.

   순백의 눈, 사랑의 끝, 지는 동백, 구름에 달, 기억의 비늘들, 타다 남은 편지, 미친 사랑의 증거, 사랑, 분수 같은 열정, 피딱지, 상처, 앓고 싶어라

   • 목련꽃 :
   • 지는 목련꽃 :
   • 관계없음 :

4. 다음 시를 읽고 시의 의미를 중심으로 해석해 보자.

목련이 진들
박용주

목련이 지는 것을 슬퍼하지 말자
피었다 지는 것이 목련뿐이랴
기쁨으로 피어나 눈물로 지는 것이
어디 목련뿐이랴
우리네 오월에는 목련보다
더 희고 정갈한 순백의 영혼들이
꽃잎처럼 떨어졌던 것을

해마다 오월은 다시 오고
겨우내 얼어붙었던 이 땅에 봄이 오면
소리없이 스러졌던 영혼들이
흰 빛 꽃잎이 되어
우리네 가슴 속에 또 하나의
목련을 피우는 것을

그것은
기쁨처럼 환한 아침을 열던
설레임의 꽃이 아니요
오월의 슬픈 함성으로
한잎 한잎 떨어져
우리들의 가슴에 아픔으로 피어나는
순결한 꽃인 것을

눈부신 흰 빛으로 다시 피어

살아있는 사람을 부끄럽게 하고

마냥 푸른 하늘도 눈물짓는

우리들 오월의 꽃이

아직도 애처로운 눈빛을 하는데

한낱 목련이 진들

무에 그리 슬프랴

박용주는 이 시를 쓸 당시 중학교 2학년이었고, 이 시로 광주를 기리는 문학상인 '오월문학상'
을 받았다. 시적 대상은 '목련이 지는 것'이다. 이를 시인은 '슬퍼하지 말자'고 말한다. 새로운
꽃을 피우기 때문이다. 그 꽃은 '소리없이 스러졌던 영혼들'이 피우는 또 하나의 '흰 빛 꽃잎'
의 '목련'이다. 그 꽃은 '설레임'이 아니라 '부끄러움'과 '눈물', '애처로움'으로 핀다. 그런데
목련이 지는 것이 무에 그리 슬프겠는가라고 읊조린다. 좋은 시다.

풀
김수영

풀이 눕는다
비를 몰아오는 동풍에 나부껴
풀은 눕고
드디어 울었다
날이 흐려서 더 울다가
다시 누웠다

풀이 눕는다
바람보다도 더 빨리 눕는다
바람보다도 더 빨리 울고
바람보다 먼저 일어난다

1. '풀' 과 대립적 의미를 가질 수 있는 대상은 무엇인가?
2. '풀' 에 연상되는 단어를 세 가지 떠올려 보자.

날이 흐리고 풀이 눕는다

발목까지

발밑까지 눕는다

바람보다 늦게 누워도

바람보다 먼저 일어나고

바람보다 늦게 울어도

바람보다 먼저 웃는다

날이 흐리고 풀뿌리가 눕는다

　　김수영의 시 「풀」을 해설해야 하는 것은 불행이다. 이미 너무나 많은 평
론가들이 이러쿵저러쿵 자신만의 빛나는 해설들을 해 왔기 때문이다. 너
나없이 다룬 작품을 다시금 다룬다는 것은 어쩔 수 없이 화장기 없는 맨얼
굴을 드러내는 것과 다를 바 없다. 뚜렷이 비교되기 때문이다. 사실 더 잘
할 자신도 없다. 다만 고등학생인 독자에게 맞출 수 있다는 것만이 이 해설
의 장점일 것이다. 그런데 사실 고등학생인 독자에게 맞춘다는 것은 자신
만의 해석을 감행하는 것보다 훨씬 어렵다. 그래서 이래저래 불행하다. 어
쩌면 독창적인 해석보다 그저 기존의 해석을 명확하게 정리하는 것이 필요
한지도 모른다.

　　이 시의 시적 대상, 곧 중심 소재는 '풀'이다. 새로울 것도 없고 신비할
것도 없는, 들에 산에 지천으로 넘쳐나는 흔해 빠진 풀이다. 시인은 풀에
어떤 새로움을 덧붙일 수 있을까? 시의 중심 소재가 별, 나무, 숲, 꽃, 물,
불 등 그 무엇이든 간에 이미 그것은 단순한 별, 나무, 숲, 꽃, 물, 불이 아님
을 익히 배웠다. 그럼 이 '풀'의 함축적 의미는 무엇인가? '풀'은 도대체 어
떠한 속성을 지닌 사람인가? 흔하디흔한 소재에 시인은 어떤 새로운 함축
을 덧붙였는가?

　　김수영의 「풀」을 읽는 방법은 크게 두 가지로 엇갈린다. 이는 함축적 의
미를 파악하는 결이 서로 다른 데에서부터 갈라진다. 먼저 한쪽에서는
'풀'을 사람의 속성으로 읽는다. 늘 해 오던 방식이다. 또 다른 쪽에서는
'풀'을 생명으로, 존재로 읽는다. 테두리를 살아 있는 모든 것으로 한껏 넓
혀서 해석하는 것이다.

　　'풀'을 인격화한 상징으로 읽을 때 이 시는 풀과 바람의 대립적인 의미
를 중심으로 읽을 수 있다. 풀은 흔히들 생각하듯 나약한 존재이며, 바람은

시련이나 역경을 함축한다. 이를 사람으로 읽으면 민중과 억압 세력의 대립으로 확대 해석된다. 이 대립 속에서 풀은 '눕다(패배)/일어나다(승리)', '울다(슬픔)/웃다(기쁨)', '늦게 누워도(수동성)/먼저 일어나고(능동성)', '늦게 울어도/먼저 웃는다' 등의 한층 명료한 대립이 펼쳐진다. 결국 김수영의 「풀」은 1960년대라는 아주 이른 시기에 민중의 역동성을 파악한 선지적인 시라는 해석이다.

이 해석은 당연 시대적 현실을 배경에 깔고 있다. 1950년대 초반 전쟁을 치르고, 이승만이 독재 정권을 유지하기 위해 전전긍긍하고, 그에 대한 반발로 4·19혁명이 일어난다. 4·19혁명은 지식인들의 뜨거운 호응을 받있는데, 그 문학적 성취가 최인훈의 『광장』과 김수영의 「풀」이다. 이 해석은 김수영이란 시인에 기댄 바 또한 없지 않다. 김수영은 현실은 물론 자신에 대해서도 엄정한 비판의 시선을 거두지 않았으며, 한국 현대시에 민주주의의 열망을 아로새긴 시인이었다. 이 두 가지 외재적인 접근이 '풀'의 상징을 민중으로 해석하게 만든 것이다.

반면 '풀'을 생명 혹은 존재 등으로 확장하는 해석, 또는 엄밀하게 풀이란 생명체에 집중하는 해석은 시 그 자체의 내적 긴장을 한결 중시한다. 시를 시 그 자체로 읽어야 한다는 원칙에 충실한 독법이다. 이 해석이 기대고 있는 근거는 먼저 '동풍'의 의미 해석이다. 시에서 '동풍'은 '비를 몰아오는 동풍'이다. 비와 연결된다면 동풍은 결코 풀과 대립각을 세울 이유가 없다는 것이다. 생물의 생태는 이를 보증한다. 풀은 결코 동풍과 대립적으로 존재하지 않고, 비를 맞이하는 풀은 기꺼이 환호작약하는 생명의 약동으로 반응한다. 뒤에 이어지는 '나부껴'라는 경쾌한 흔들림이 이를 다시금 확증한다. 이것으로 미루어 보면, '눕다/일어나다', '울다/웃다', '늦게 누워도/먼저 일어나고', '늦게 울어도/먼저 웃는다'가 기본적인 대립쌍이다. 삶의 순환 속에서 이질적인 대립들이 서로 통합되고 모순적인 것들이 융합되는, 생명체에 내재된 역동성을 엿볼 수 있다는 것이다.

이와 같은 해석은 마지막 연에서 다시금 더 강화된다. '발목까지 / 발밑까지 눕는다' 라는 구절로 미루어 볼 때, 시적 화자는 풀밭에서 관찰하는 위치에 있지 풀에 대해 생각을 펼쳐 보이는 것은 아니라는 것이다. 사유가 아닌 관찰은 '풀뿌리가 눕는다'는 발견으로 정교하게 진척된다. 따라서 시적 화자는 '풀'에서 상징적인 의미를 끌어내기보다, 관찰을 통해 새로운 발견을 드러내고자 하는 것이 핵심이라는 것이다. 시의 외부에 놓이는 민중으로까지 '풀'의 함축을 확장하는 것은 해석의 과잉이거나 결여라는 주장이다.

그렇다면 과연 함축적 의미 해석은 정답이 있는 것인가? 풀은 민중인가 생명인가? 문제는 해석의 일관성이다. 문학 작품은 말이다. 시라고 해서 예외가 아니다. 시 역시 시적 대상에 관한 시인의 말이다. 그러나 지시적 의미로 연결된 명료한 말이 아니라, 울림과 깨침을 중시하는 직관과 상상에 바탕을 둔 말이다. 따라서 그만큼 모호할 수밖에 없다. 해석이 달라질 수 있음은 이에 기인한다. 문학 작품은 그 자체로 완결된 것이 아니라 독자의 해석을 통해 비로소 의미가 확증된다. 문제는 여전히 해석 행위의 일관성이다. 민중이나 생명 그 무엇으로 읽든지 간에 해석과 근거가 명확하게 연결되면 된다. 시 자체에 주목하는 내재적 관점이 시 외부의 현실이나 작가에 주목하는 외재적 접근보다 우월한 해석일 수는 없다. 거듭 말하지만 얼마나 일관되고, 그 근거가 얼마나 명확한가에 달려 있을 뿐이다. 그렇기만 하다면 어떤 해석을 틀렸다고 말할 수는 없다. 시는 그만큼 울림이 풍부하기 때문이다.

그럼에도 이 시가 기본적인 의미의 대립쌍으로 이루어져 있음은 분명하다. '풀'과 '동풍'이 대립적인지는 의견이 엇갈리나, '눕는다 / 일어난다', '운다 / 웃는다', '늦게 / 먼저' 등의 대립짝으로 견고하게 구조화되어 있는 것이다. 시는 '풀'이란 아주 익숙한 시적 대상을 기본적인 동사(눕는다 / 일어난다, 운다 / 웃는다)와 일상적인 언어 속의 부사(늦게 / 먼저)를 사용하는 가운데 점층적인 의미를 구축한다. '풀'의 함축적인 의미가 무엇이든지 간에, 이 시 「풀」이 한국 현대시가 길어올린 빛나는 별임은 분명하다.

 활 동

1. 이 시의 대립적 의미를 서로 연결하라.
2. '풀'의 함축적 의미를 해석하는 두 관점은 각각 무엇이며 그 근거는 무엇인가?
3. '풀'의 함축적 의미를 달리 생각할 수는 없는가? 있다면 그 근거는 무엇인가?

봄은
신동엽

봄은
남해에서도 북녘에서도
오지 않는다.

너그럽고
빛나는
봄의 그 눈짓은,
제주에서 두만까지
우리가 디딘
아름다운 논밭에서 움튼다.

겨울은,
바다와 대륙 밖에서
그 매운 눈보라 몰고 왔지만
이제 올
너그러운 봄은, 삼천리 마을마다
우리들 가슴 속에서
움트리라.

움터서,
강산을 덮은 그 미움의 쇠붙이들
눈녹이듯 흐물흐물
녹여버리겠지.

대장간의 유혹
김광규

제손으로 만들지 않고
한꺼번에 싸게 사서
마구 쓰다가
망가지면 내다 버리는
플라스틱 물건처럼 느껴질 때
나는 당장 버스에서 뛰어내리고 싶다
현대 아파트가 들어서며
홍은동 사거리에서 사라진
털보네 대장간을 찾아가고 싶다
풀무질로 이글거리는 불 속에
시우쇠처럼 나를 달구고
모루 위에서 벼리고
숫돌에 갈아
시퍼런 무쇠낫으로 바꾸고 싶다
땀흘리며 두들겨 하나씩 만들어낸
꼬부랑 호미가 되어

소나무 자루에서 송진을 흘리면서
대장간 벽에 걸리고 싶다
지금까지 살아온 인생이
온통 부끄러워지고
직지사 해우소
아득한 나락으로 떨어져내리는
똥덩이처럼 느껴질 때
나는 가던 길을 멈추고 문득
어딘가 걸려 있고 싶다

시우쇠 무쇠를 불려서 만든 쇠붙이의 하나.

　지금까지 우리는 시의 대립적 의미를 살펴보았다. 시적 대상은 대립을 통해 한층 선명하게 자신의 속성을 드러낼 수 있다. 이제 신동엽의 「봄은」과 김광규의 「대장간의 유혹」을 통해 대립적 의미를 다시금 확인해 보자.

　먼저 신동엽의 시 「봄은」에서 시적 대상은 '봄'이다. 봄은 계절이며, 시간의 변화 속에서 반드시 오는, 오고야 마는 것이다. 여기서 봄은 조국의 산하에 다가오는 따스한 기운이며, 곧 분단 시대에 종지부를 찍을 통일을 상징적으로 표현한다. 시의 첫 번째 연에서 봄은 '남해'에서도 '북녘'에서도 오지 않는다고 했다. 이는 곧 외세를 함축한다. 바다 건너나 저편 대륙에서 결코 오지 않으며, 봄은 '제주에서 두만까지', '우리가 디딘/아름다운 논밭'에서 움튼다. 곧 우리네 조국 강산과 우리의 일상적 삶의 터전인 논밭에서 움튼다는 것이다. 여기에서 '남해'와 '북녘'은 '제주', '두만', '아름다운 논밭'과 대립적인 짝을 이룬다. 다음 이어지는 겨울 역시 '봄'과 대립된다. 바다와 대륙, 매운 눈보라는 삼천리 마을, 우리들 가슴 속, 너그러움과 역시 대립적인 짝을 이룬다. '미움의 쇠붙이들' 역시 전쟁을 연상케 하는 소재이며, 이 시가 통일에 대한 강렬한 염원을 봄에 기대어 표현하고 있음을 알게 해 준다.

　이 '쇠붙이'의 의미는 김광규의 「대장간의 유혹」에서는 전혀 다른 함축을 가진다. 시는 먼저 '플라스틱 물건'을 제시한다. '제손으로 만들지 않고' 공장에서 제작되어 돈을 주고 사게 되는 일회용품, 소모품을 연상케 한다. 스스로가 귀한 존재가 아니라 자본주의 사회의 소모품으로 느껴질 때, 꽉 막힌 좁은 버스라는 제한된 공간을 벗어나고 싶다는 것이다. 그 반대편에는 '털보네 대장간'이 있다. 뜨거운 열도 속에서 대장장이의 손으로 정성껏 만들어 내는 곳을 떠올린다. 어려운 고통의 과정을 거쳐, 정성스러운 손

길을 거쳐 만들어지는 '무쇠낫', '꼬부랑 호미' 등 '땀흘리며 두들겨 하나씩 만들어낸' 연장이 되어 '대장간 벽'에 걸리고 싶다고 말한다. 스스로가 '플라스틱 물건'과 함축적 의미가 동일한 '똥덩이'처럼 느껴질 때, 자신의 존재 자체를 귀하게 다룰 줄 아는 대장장이의 대장간 벽에 걸리기를 소망하는 것이다.

　두 편의 시는 모두 현재와 미래, 현실과 꿈을 이야기한다. 당연히 이들이 파악하는 현실은 부정적이다. '매운 눈보라'가 몰아치는 분단된 현실이며, 사람을 일회용품처럼 인식하는 자본주의 현실에 살고 있기 때문이다. 현실을 비판적으로 인식하는 가운데 두 작품은 '봄'이란 다가올 새로운 세상을 꿈꾸고, '무쇠낫'이나 '호미'가 되어 대장간 벽에 걸리기를 희망한다. 단정적인 서술에 기대어 선언적으로 말하는 「봄은」과 달리 '～싶다'라는 간절한 바람을 담고 있는 「대장간의 유혹」은 서술의 특성은 다르나, 현재를 넘어 꿈을 염원한다는 점에서 동일한 의미를 함축하는 작품이다. 그리고 현재와 미래라는 주요한 대립적 의미를 통해 시상을 전개한다는 점에서도 유사하다.

두 번째 이야기

시는
어떻게
말하는가

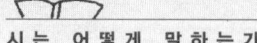

지금까지 시의 의미를 중심으로 중심 소재, 곧 시적 대상과 화제, 주제를 찾는 방법들을 배웠습니다. 그리고 의미의 다양한 양상인 함축적 의미, 비유적 의미, 대립적 의미 등을 함께 생각해 보았고요. 무슨 말을 하는지 모르고서야 어찌 시를 읽을 수 있을까요. 그래도 여기까지 온 여러분들은 적어도 시가 건네는 말을 몰라 어리둥절하지는 않을 것입니다.

이제 한 걸음 더 나아갈 차례입니다. 의미를 넘어, 시가 어떻게 노래하는가를 생각해 볼 것입니다. 시 또한 언어 예술이므로 무엇을 말하는가와 함께 어떻게 말하는가가 아주 중요합니다. 어쩌면 예술을 예술답게 만드는 것은 내용이라기보다 형식입니다.

그런데 이에 앞서 형식을 조정하는 내용, 곧 시의 주제와 함께 정서를 살펴보고자 합니다. 정서는 시의 다양한 형식을 결정하는 중심축입니다. 중심축이 바로잡혀야 형식이 어떻게 작동하는지 알 수 있습니다. 그런 점에서 정서는 시의 본질이라고까지 말할 수 있습니다. 시가 담아내는 마음의 결이 정서이며, 이는 그리움, 슬픔, 안타까움, 노여움 등 다양한 감정적인 상태를 뜻합니다. 그러나 감정과 달리 정서는 잘 정돈된 감정이며, 폭발적으로 드러내기보다 안으로 감추어져 있는 것이 일반적입니다. 정서를 명확하게 이해한 다음, 우리는 비로소 제대로 된 형식을 탐구할 수 있습니다.

시가 말하는 방식에서 다음으로 주목할 것은 율격입니다. 시는 음악과 아주 가까워, 반복을 통해 리듬감을 획득합니다. 행과 연의 배열을 통해 같은 글자 수를 반복하기도 하고, 호흡을 반복하기도 한답니다. 그리고 같은 단어를 반복하거나, 같은 통사적 구조를 반복함으로써 리듬감을 주기도 하지요.

또한 시는 음악이자 그림이기도 합니다. 이미지를 선명하게 드러냄으로써 우리에게 아름다운 한 폭의 그림을 선사하기도 한답니다. 물론 시에 따라 음악적 특성을 강조하는 시가 있는 반면 이미지를 한층 더 중시하는 시가 있기도 합니다. 그러니 시를 읽으며, 무엇이 더 강조되었는지 찾아야 합니다.

이 세 가지를 잘 익혀 두면, 우리는 시에 한결 가깝게 다가설 수 있습니다. 삼각형으로 말하면, 정서가 꼭짓점에 있습니다. 그리고 정서를 잘 드러내기 위해 시는 때로는 음악적 자질인 율격을, 때로는 회화적 자질인 이미지를 선택합니다. 그런 점에서 형식은 따로 떨어져 존재하기보다 내용과 긴밀하게 결합된 채 존재하는 것입니다.

자, 이제 정서부터 시작해 볼까요?

1

시의 정서

정서란 감정의 상태를 의미합니다. 우리는 언제나 일정한 감정에 휩싸여 있습니다. 슬픔과 기쁨, 그리움과 쓸쓸함, 외로움과 안타까움 등 다양한 마음의 상태에 놓여 있는 셈입니다. 일상생활에서 감정은 희로애락 정도일 것입니다. 그러나 시는 한층 섬세하게 감정을 포착합니다. 슬픔도 다양한 빛깔을 지니고 있으며, 시는 슬프다는 말로 다 풀어낼 수 없는 독특한 자신만의 슬픔을 표현하려고 합니다.

사랑도 다르지 않을 것입니다. 누구에게나 사랑은 특별하고 독특한 것입니다. 그러나 말은 고작해야 사랑한다는 말밖에 없습니다. 우리는 말로 사랑을 표현할 수는 있습니다만, 그것은 결코 나만의 사랑이라고 할 수는 없습니다. 언어는 언제나 마음을 다 담아낼 수 없는 제한된 도구일 뿐입니다. 그래서 시가 있는 것인지도 모릅니다. 말로 다 할 수 없는 것을 말하기 위해 시가 존재하는 것입니다. 누구나 하는 사랑이 아니라 자신만의 사랑을 전하기 위해 시가 존재하는 것입니다. 어쩌면 시는 사랑한다는 말을 사용하지 않고 사랑한다는 느낌을 전달하는 놀이와 같습니다.

시는 처음, 중간, 끝이 있는 이야기와 달리 시간이 흘러가지 않습니다. 멈추어 있는 것이지요. 이 멈춰 있는 순간에 갖게 되는 느낌이 시의 핵심입니다. 그 느낌이 곧 정서인 것이지요. 감정과는 같기도 하고 다르기도 합니다. 감정은 불쑥 솟구치는 것인 데 반해, 정서는 잘 다듬어진 감정입니다. 폭발적으로 드러내는 것이 아니라, 잘 정돈된 마음의 상태입니다. 그렇기 때문에 우리에게 감동을 주는 것입니다.

우리는 여기에서 감정이 섬세하게 드러난 세 편의 시를 중점적으로 읽어 갈 것입니다. 이용악의 「그리움」, 황지우의 「너를 기다리는 동안」, 김영랑의 「모란이 피기까지는」 등이 선택한 시입니다. 그러고 보니 두 편의 시가 그리움의 정서를 표현하고 있네요. 아마도 그리움이야말로 시의 가장 깊은 곳에 있는 정서이기 때문일 것입니다. 「모란이 피기까지는」의 정서는 서러움입니다.

그리움
이용악

눈이 오는가 북쪽엔
함박눈 쏟아져내리는가

험한 벼랑을 굽이굽이 돌아간
백무선 철길 우에
느릿느릿 밤새워 달리는
화물차의 검은 지붕에

연달린 산과 산 사이
너를 남기고 온
작은 마을에도 복된 눈 내리는가

잉크병 얼어드는 이러한 밤에
어쩌자고 잠을 깨어
그리운 곳 차마 그리운 곳

눈이 오는가 북쪽엔
함박눈 쏟아져내리는가

　　이용악은 1914년 함경북도 경성에서 태어났다. 몹시 가난한 농사꾼의
아들로 태어났음에도 그는 서울에서 학교를 다니고 다시 유학하여 일본의
조치 대학(上智大學)에서 공부하였다. 그러니 그 과정에서 그가 홀로 겪
어야 했을 고생이 얼마나 심했을지는 능히 짐작할 수 있다. 이용악의 시
곳곳에 배어든 유랑하는 이의 궁핍한 삶은 전적으로 그 자신의 체험에 바
탕을 두고 있다. 그러나 그가 시작 활동을 펼쳤던 일제 강점기의 유랑하는
삶은 그 혼자만의 독특한 체험은 아니었다. 동시대를 살았던 이 땅의 가난
한 이들 모두가 겪어야 했던 피할 수 없는 삶의 조건이었다. 개인적 체험
이 민족의 보편적 체험과 결합함으로써 그의 시는 문학사에 오롯이 자리
잡을 수 있었다.

　　그러나 정작 그의 시는 문학사에 자리매김되는 것조차 쉽지 않았다.
1940년대 초 정치적인 이유로 감옥에 갇히기도 했던 그는 광복 후 서울 '조
선문학가동맹'에서 왕성하게 활동하였으며, 한국 전쟁이 일어나자마자 월
북하여 1971년 북한에서 생을 마감하였다. 결국 북한에서 활동한 경력으
로 말미암아 그가 감옥에 갇힌 것처럼 그의 시 역시 갇히게 되고, 1980년대
후반에 들어서야 시인으로 다시금 세상에 얼굴을 내밀게 된다. 그나마 이
순정한 서정시를 다시금 만날 수 있어 다행이 아닐 수 없다.

　　이 시에는 온통 함박눈이 퍼붓고 있다. 이용악의 고향이 함경북도 경성
이니, 지도에서 찾아보면 청진 아래 작은 도시이다. 무산과 회령, 온산과
경원 등 함경북도의 오랜 도시들 사이에서 떨어져 나온 작은 도시인 것이
다. 지금 그곳에 눈이 쏟아져 내린다. 그 눈은 백무선 철도를 달리는 화물
차 검은 지붕 위에도, 자신이 살다 떠난, 그리운 이 남겨 둔 곳, 작은 마을에
도 내린다. '복된 눈'은 바람도 없는, 쨍하니 차가운 겨울 밤하늘에서 내려

소복소복 쌓이고 또 쌓인다. 그러나 시인은 그곳에 없다. 아마도 서울과 같은 도시에서 불현듯 잠이 깨어 일어나 앉아 있을 것이다. '잉크병 얼어드는' 차가운 밤. 몸을 옹송그린 채 시인은 창호 너머 눈 내리는 소리를 듣고 있다. 그 눈은 어김없이 함경북도의 고향 마을에 내리던 눈을 떠올리게 한다. 쏟아 붓듯 내리던 함박눈이 시린 겨울밤처럼 날카롭게 가슴을 파고드는 것이다. 그리고 가슴의 가장 깊은 곳에 '남기고 온' 너가 있다. 세월이 흘러도 영원히 늙지 않은 채, 열여덟아홉의 아리따운 처녀 아이 하나, 눈 속에 남겨져 있는 것이다.

이 시에 내재된 정서는 그리움이다. '그리운 곳 차마 그리운 곳'이란 반복적인 토로는 성서석 울림의 깊이를 선명하게 보여 준다. 그 그리움의 정처는 당연 고향이다. 추상적인 고향이 아니라 '복된 눈'이 '철길 우에', '화물차의 검은 지붕에', '산과 산 사이' '작은 마을에' 쏟아져 내리는 고향이다. 난분분 날리는 흰 눈발 속에, 마치 수묵화를 친 듯 정경이 생생하게 그려져 있다. 그리고 풍경의 한 귀퉁이에 '남기고 온 너'가 있는 것이다. 그리움은 '너'로 압축되고, '북쪽' '작은 마을'로 확장된다. 쏟아지는 함박눈 속에 묻혀 있는 고향의 산하와 풍경, 사람이 또렷하게 또 간절하게 떠오르는 것이다.

선명한 이미지, 간절한 그리움과 함께 이 시에서 돋보이는 것은 율격이다. 도치로 시작되는 첫 번째 행의 '오는가'는 그리운 탄식을 넘어 깊은 울림을 동반하며, 이어지는 행에서 의미를 누적시키고 또 구체화하는 가운데 리듬감은 더욱 풍부하게 이어진다. '지붕에', '작은 마을에'로 연결되는 의미의 등치와 반복에 이어, 다시금 '복된 눈 내리는가'로 변주되고, 마지막 연의 동일한 반복으로 수미 상관을 맺으며 완벽한 리듬감을 갖는다.

싸움터에서 거친 목소리로 시를 토해 내던 이용악, 전쟁과 함께 월북하여 오랫동안 잊혀야만 했던 이용악에게 이처럼 깊은 서정성을 갖춘 내면이 함께 깃들어 있다는 것은 의외다. 아니다. 오히려 그 깊은 서정성으로 말미암아 비로소 그의 삶은 시대와 정면으로 맞설 수 있었던 것이다. 뜨거운 그리움 없이 어떻게 역사를, 시대를 말할 수 있을 것인가.

 활 동

1. 이 시의 핵심적인 정서는 무엇인가?
2. 이 시의 정서가 닿는 궁극적인 대상은 무엇인가?

3. 다음은 같은 정서를 표현한 시다. 이 시에서 고향에 대한 그리움이 어떤 이미지로 제시되었는가?

고향 앞에서
오장환

흙이 풀리는 내음새
강바람은
산짐승의 우는 소릴 불러
다 녹지 않은 얼음장 울명울명 떠나려간다.

진종일
나룻가에 서성거리다
행인의 손을 쥐면 따듯하리라.

고향 가차운 주막에 들러
누구와 함께 지난날의 꿈을 이야기하랴.
양구비 끓여다 놓고
주인집 늙은이는 공연히 눈물지운다.

간간이 잰내비 우는 산기슭에는
아직도 무덤 속에 조상이 잠자고
설레는 바람이 가랑잎을 휩쓸어간다.

예 제로 떠도는 장꾼들이여!
상고(商賈)하며 오가는 길에
혹여나 보셨나이까.
전나무 우거진 마을
집집마다 누룩을 듸듸는 소리, 누룩이 뜨는 내음새……

모란이 피기까지는
김영랑

모란이 피기까지는

나는 아직 나의 봄을 기다리고 있을 테요

모란이 뚝뚝 떨어져버린 날

나는 비로소 봄을 여읜 설움에 잠길 테요

오월 어느날 그 하루 무덥던 날

떨어져 누운 꽃잎마저 시들어버리고는

천지에 모란은 자취도 없어지고

뻗쳐오르던 내 보람 서운케 무너졌느니

모란이 지고 말면 그뿐 내 한해는 다 가고 말아

삼백 예순날 하냥 섭섭해 우옵네다

모란이 피기까지는

나는 아직 기다리고 있을 테요 찬란한 슬픔의 봄을

1. '모란'이 어떤 꽃인지 인터넷으로 찾아보자.
2. 식민지 시대의 시는 왜 비관적인 시가 많을까 생각해 보자.

시적 대상은 모란이다. 모란은 꽃잎이 크고 소담스러운 자줏빛이다. 시인은 '모란이 피기'를 기다린다. 봄이 왔으되 '모란'이 없는 봄은 아직 봄이 아니다. 따라서 기다림의 대상인 모란은 시적 화자의 간절한 그리움의 대상이다. 그러나 핀다는 것은 언제나 진다는 것을 동반한다. '모란'이 지면 비로소 '봄을 여읜 설움'에 잠긴다고 했으니, 모란은 시적 화자에게는 봄 그 자체다. 이는 봄을 기다리는 보람이기도 하다. 그에게는 모란으로 봄이 열리고, 봄이 지나며, 모란으로 한 해가 간다. 수미 상관의 마지막 행은 도치와 역설로 '찬란한 슬픔의 봄'을 유독 강조하면서 끝을 맺고 있다.

이 시를 장악하는 정서는 명시적으로 '설움'으로 표현되어 있다. '우옵네다' 역시 직설적으로 표현된 정서다. 그렇다면 이 정서를 이끌어 낸 '모란'의 의미는 무엇일까? 더러 '조국의 독립'이라고 해석하기도 하나, 시문학파의 일원으로 순수시 창작에 몰두한 김영랑과는 어울리지 않는다. 그저 미적 대상, 곧 완전하고 순수한 지고의 미적 대상으로 모란이 설정된 것으로 보아야 한다. 낯선 대상에 대한 순수미를 추구한 것이 이 작품의 본질이다. 낭만적인 아름다움에 흠뻑 심취한 작품이며, 어조 역시 간절하고 애상적인 여성적 어조를 통해 서러움의 정서를 잘 표현하였다. 전체적으로 기다림에서 상실감으로, 다시 기다림으로 이어지는 반복과 순환의 구조도 눈여겨볼 만하다.

활 동

1. 이 시에서 '모란'이 함축하는 의미는 무엇인가?
2. 이 시의 짜임을 세 단계로 나누어 제시하라.
3. 이 시의 정서를 어조와 연결해서 설명하라.

4. 다음 시를 읽고, 시에 나타나는 주된 정서를 말해 보자.

플라타너스
김현승

꿈을 아느냐 네게 물으면,
플라타너스,
너의 머리는 어느덧 파아란 하늘에 젖어 있다.

너는 사모할 줄을 모르나,
플라타너스,
너는 네게 있는 것으로 그늘을 늘인다.

먼 길에 올 제,
호올로 되어 외로울 제,
플라타너스,
너는 그 길을 나와 같이 걸었다.

이제 너의 뿌리 깊이
나의 영혼을 불어넣고 가도 좋으련만,
플라타너스,
나는 너와 함께 신이 아니다!

수고로운 우리의 길이 다하는 어느 날,
플라타너스,
너를 맞아줄 검은 흙이 먼 곳에 따로이 있느냐?
나는 오직 너를 지켜 네 이웃이 되고 싶을 뿐,
그곳은 아름다운 별과 나의 사랑하는 창이 열린 길이다.

너를 기다리는 동안
황지우

읽 기 전 에

1. 누군가를 기다려 본 적이 있는가? 기다리는 동안 어떤 생각이 떠올랐는가?
2. 내가 기다리는 '너'가 사람이 아니라면 무엇일 수 있을까?

네가 오기로 한 그 자리에

내가 미리 가 너를 기다리는 동안

다가오는 모든 발자국은

내 가슴에 쿵쿵거린다

바스락거리는 나뭇잎 하나도 다 내게 온다

기다려본 적이 있는 사람은 안다

세상에서 기다리는 일처럼 가슴 애리는 일 있을까

네가 오기로 한 그 자리, 내가 미리 와 있는 이곳에서

문을 열고 들어오는 모든 사람이

너였다가

너였다가, 너일 것이었다가

다시 문이 닫힌다

사랑하는 이여

오지 않는 너를 기다리며

마침내 나는 너에게 간다

아주 먼데서 나는 너에게 가고

아주 오랜 세월을 다하여 너는 지금 오고 있다

아주 먼데서 지금도 천천히 오고 있는 너를

너를 기다리는 동안 나도 가고 있다

남들이 열고 들어오는 문을 통해

내 가슴에 쿵쿵거리는 모든 발자국 따라

너를 기다리는 동안 나는 너에게 가고 있다.

　누군가를 기다려 본 적이 있는가? 갑자기 비가 쏟아지는 날 엄마가 우산을 들고 오기를 학교 현관 앞에서 오두마니 기다리거나, 동네 놀이터에서 마음속 가득 담아 둔 친구가 오기를 기다려 본 적이 있는가? 기다리는 마음은 어떠했는가? 늦게 오는 이를 향해 마구 화가 솟구친다면, 그것은 정서가 되지 못한 감정일 것이다. 그 감정을 추스르고 엄마나 친구에 대한 염려 혹은 걱정에까지 마음이 미친다면 그것은 정서일 것이다.

　「너를 기다리는 동안」은 황지우의 시다. 황지우는 다양한 실험적 기법으로 시를 썼으나, 여기에서만큼은 한 치의 어긋남도 없이 전통적인 서정시의 말법에 충실하다. 그만큼 절실한 느낌이었으니 그렇게 할 수밖에 없었을 것이다. 시적 화자는 너를 기다리고 있다. 오기로 약속한 그 자리에 미리 가서 기다린다. 그동안 모든 발자국은 혹여 너인가 싶어 쿵쿵 가슴을 두들긴다. 심지어 나뭇잎 바스락거리는 소리조차 귀를 뗄 수 없다. 기다리는 이에게 모두 것이 다 기다림의 대상임에랴. 그런 기다림을 겪어 본 사람은 안다. 기다림만큼 가슴 아린 일은 어디에도 없는 것이다. 무어라 딱 꼬집어 말할 수 없이, 가슴 한켠이 무지근히 짓눌러 오는 듯한 느낌. 답답하기도 하고 간절하기도 한 가슴 아림. 그 가슴 아림 속에서 '네가 오기로 한 그 자리'는 반복된다. 너의 부재를 강조하면서. 너는 결국 '너였다가/ 너였다가, 너일 것이었다가' 안타까운 조바심만 남기고 '문이 닫힌다'.

　그러나 시는 '사랑하는 이여'라는 그리움 속의 나직한 탄식을 계기로 전환된다. 그저 기다리기만 하는 것이 아니라, '마침내 나는 너에게 간다'라고 함으로써, 기다림의 대상과 주체가 뒤섞인다. 이제 기다림 대신 '간다'라는 능동적인 동사와 '오고 있다'라는 현재 진행을 통해 두 주체는 서로를 향해 오고 간다. '너를 기다리는 동안'은 단순히 기다리는 시간일 뿐만 아니라, 그 자체가 너를 향해 나아가는 시간임을 자각하기에 이르는 것이다. 따라서 현재의 기다림과 미래의 만남은 뒤섞인 채 하나로 통일된다. 기다림이 만남을 위한 어쩔 수 없는 과정이며, 만남 역시 기다림의 결과이기에 기다림마저 기대와 두근거리는 설렘으로 맞을 수 있다는 것이다.

우리말의 기다린다, 온다, 간다 등 가장 기초적인 어휘를 바탕에 두고, 기다리는 동안 일어나는 마음의 움직임을 정확하게 포착한 이 시는 주요한 구절인 '너를 기다리는 동안'을 지속적으로 반복하면서 기다림의 절실함을 강조하며, '너에게 가고', '너는 오고 있다' 역시 반복함으로써 기다림의 자세를 능동적으로 전환한다. 또한 '너였다가 / 너였다가, 너일 것이었다가'에서는 미묘한 반복과 변주를 통해 기다림의 안타까운 정서를, '마침내 나는', '아주 먼데서', '아주 오랜 세월을 다하여', '아주 먼데서' 등 부사어의 반복을 통해 역시 행위의 지속성을 강조한다. 시는 이 모든 간절하고 단순한 행위를 반복을 통해 '가슴 애린' 기다림과 그 속의 그리움을 나타내고, 기다림 속에서도 너를 향해 나아가는 새로운 자각으로 희망에 가득 차 있다는 점에서 단순히 기다림을 강조하는 여타의 시와 다르다.

황지우의 이 시를 읽으면 새삼 누군가를 기다리는 일이 소중하게 다가온다. 가슴 아린 일이지만 그 순간조차 충만한 시간으로 변할 수 있음을 알려 준다. 이처럼 시는 미처 알지 못한 새로운 함축을 시적인 정서에 부여함으로써 새롭게 눈뜨게 한다. 황지우가 누누이 강조한 것처럼 시는 언어의 문제이기 이전에 사물을 보는 관점의 문제인 것이다. 기다림 역시 어떻게 보는가에 따라 시가 되기도 하고 단순히 감정에 머물기도 하는 것이다.

1. 이 시에서 전환이 일어나는 행은 어디인가?
2. 이 시의 주된 정서는 무엇인가?
3. 이 시에서 '기다림'에 담은 새로운 함축적 의미는 무엇인가?
4. 다음 시에 나타난 주된 정서는 무엇인가? 겉으로 표현된 정서와 안에 감추어진 정서를 각각 말해 보자.

그날이 오면
심훈

그날이 오면, 그날이 오면은
삼각산이 일어나 더덩실 춤이라도 추고
한강물이 뒤집혀 용솟음칠 그날이
이 목숨이 끊지기 전에 와주기만 할 양이면,
나는 밤하늘에 날으는 까마귀와 같이
종로의 인경을 머리로 들이받아 울리오리다,
두개골은 깨어져 산산조각이 나도
기뻐서 죽사오매 오히려 무슨 한이 남으오리까

그날이 와서 오오 그날이 와서
육조 앞 넓은 길을 울며 뛰며 뒹굴어도
그래도 넘치는 기쁨에 가슴이 미어질 듯하거든
드는 칼로 이 몸의 가죽이라도 벗겨서
커다란 북을 만들어 둘처매고는
여러분의 행렬에 앞장을 서오리다,
우렁찬 그 소리를 한 번이라도 듣기만 하면
그 자리에 꺼꾸러져도 눈을 감겠소이다

• 표현된 정서 :
• 감추어진 정서 :

시에서 그날은 당연 '조국 광복의 날'이다. 시인으로서의 심훈이 담고 있던 강렬한 바람과 이를 회복하기 위한 의지가 잘 드러난 시다. 두 연은 서로 짝을 이룬다. 함축적 의미 역시 동일하게 짜여져 있으며, 고어투로 말함으로써 선비의 기개를 잘 보여 준다. 정서는 겉으로는 기쁨이라고 했으나, 이는 가정이나 미래라는 점에서 현재의 정서는 전혀 다르다. 그 정서는 무엇일까 생각해 보자.

별국
공광규

가난한 어머니는
항상 멀덕국을 끓이셨다

학교에서 돌아온 나를
손님처럼 마루에 앉히시고

흰 사기그릇이 앉아 있는 밥상을
조심조심 받들고 부엌에서 나오셨다

국물 속에 떠 있던 별들

어떤 때는 숟가락에 달이 건져 올라와
배가 불렀다

숟가락과 별이 부딪치는
맑은 국그릇 소리가 가슴을 울렸는지

어머니의 눈에서
별빛 사리가 쏟아졌다.

추억에서
박재삼

진주장터 생어물전에는
바다 밑이 깔리는 해 다 진 어스름을,

울엄매의 장사 끝에 남은 고기 몇 마리의
빛 발(發)하는 눈깔들이 속절없이
은전(銀錢)만큼 손 안 닿는 한(恨)이던가
울엄매야 울엄매,

별밭은 또 그리 멀리
우리 오누이의 머리 맞댄 골방안 되어
손 시리게 떨던가 손 시리게 떨던가.

진주 남강 맑다 해도
오명가명
신새벽이나 밤빛에 보는 것을,
울엄매의 마음은 어떠했을꼬,
달빛 받은 옹기전의 옹기들같이
말없이 글썽이고 반짝이던 것인가.

　　두 편의 시는 어머니를 중심 소재로 삼고 있다. 자연 어머니에 대한 그
리움을 자아내는 시편임은 분명하다. 그러나 단순한 그리움만이 아니라
어린 시절을 되돌아보는 시인의 마음속 생생한 이미지가 분명하게 아로새
겨져 있다. 구체적으로 그 이미지는 어떤 이미지이며, 정서의 형상화에 어
떻게 작동하는지 살펴보자.

　　'별국'은 작품 속에서 미루어 보면 별이 떠 있는 국이다. 가난한 어머니
가 내오신 '멀덕국'은 건더기 없이 국물만 있는 말간 국이다. 그래도 학교
라는 신성한(?) 곳에서 돌아온 나를 '손님처럼' 귀하고 소중하게 앉히고는,
밥상을 '조심조심 받들고' 최대한의 정성과 보살핌을 베푼다. '마루에'는
시의 상황을 만들기 위한 장소이자, 어머니의 급한 마음을 담고 있는 공간
이기도 하다. 그렇게 받은 멀덕국에 '별들'이 떠 있다. 시인은 이를 한 행으
로 처리함으로써 이 시행으로 집중하는 효과를 얻는다. 어떤 날은 달이 국
물과 함께 올라, 어머니의 정성에 잔뜩 배가 불렀다고 말한다. 그럼에도 여
전히 가난한 어머니는 숟가락과 그릇, 숟가락과 별이 부딪치는 소리로 '별
빛 사리', 곧 안타까운 마음의 결정체가 쏟아졌다는 것이다. 안타까운 가난
이 빚어내는 눈물인 게다. 이 시에는 시각적 이미지와 청각적 이미지가 함
께 제시된다. '국물 속에 떠 있던 별들'과 '숟가락에 달이 건져 올라와', '별
빛 사리' 등 언제나 반짝이는 천상의 이미지들이 어머니의 사랑과 설움과
함께 연결된다.

　　「추억에서」 역시 비슷한 이미지들로 가득 차 있다. '진주장터 생어물
전'은 어머니가 일하는 곳이다. 해가 다 지고, 바다 밑 같은 어스름이 밀려
와도 어머니는 장사를 접을 수 없다. '남은 고기 몇 마리' 눈깔들은 '은전만
큼' 한스럽게 손에 잡히지 않는다. 어머니가 되돌아오는 별이 총총하게 뜬

밭은 멀기도 멀어, 기다리는 오누이의 골방까지 가득 채우고, 기다림 속에서 시린 손을 떨게 만든다. 어쩔 수 없는 가난이 온 가족을 어둡게 짓누르고 있는 것이다. 그럼에도 진주 남강은 맑디맑고, 고작 신새벽 별빛 속에서 그 빛을 들여다보는 것인데, 남강과 별빛을 보는 어머니의 마음이 말없이 글썽이고 반짝였지 않았을까 돌이켜 생각해 보는 것이다. 이 시의 정서 역시 공광규 시의 '어머니의 사랑과 안타까움'과 마찬가지로 안타까운 마음과 그럼에도 빛나는 사랑, 희망에 '글썽이고 반짝이던 것'은 아니었을까?

이 시의 이미지는 시각적 이미지로 충만해 있다. '바다 밑' '어스름' 등 거의 모든 시행마다 선명한 시각적 이미지가 돋보이며, 특히 '달빛 받은 옹기전의 옹기들같이'라는 비유와 짝을 이루는 '말없이 글썽이고 반짝이던' 어머니의 마음은 아름답다.

두 작품 모두 되돌아보는 회상의 시점이기에 윤색된 측면도 없지 않을 것이다. 그럼에도 추억은, 그 추억에서 자리 잡고 있는 '별빛 사리'와 '옹기전의 옹기들'은 언제나 '나'와 오누이의 마음속에 글썽이며 빛나고 있을 것이다.

2

시의 율격

율격이란 시의 음악성을 뜻합니다. 보통 운율이란 말로 시의 음악성을 설명하지만, 우리 시에는 자음, 모음과 같은 음운의 반복을 통한 운은 아주 드물고, 글자 수나 호흡을 통한 율이 더욱 주도적이기에 율격이란 말을 음악성을 대표하는 말로 씁니다. 율격은 무엇보다 반복을 통해 형성됩니다. 글자 수의 반복(음수율), 같은 위치에 같은 낱자의 반복(음위율), 같은 호흡의 반복(음보율)과 함께 같은 낱말이나 구절, 같은 문장 형식 곧 통사 구조의 반복 등을 들 수 있습니다. 반복과 그 반복에 변화를 주는 변형이야말로 리듬감을 형성하는 기본적인 방법입니다.

음악적 자질은 시의 핵심적인 자질입니다. 시의 형식이 줄글로 이루어진 산문과 다른 점도 이러한 음악성과 관련이 있습니다. 시는 기본적으로 행과 연으로 이루어져 있습니다. 이는 그저 단순히 보기 좋게 나열한 것이 아니라, 한 편의 시에 형식을 부여한 것입니다. 행과 연은 마치 산문의 문장과 단락에 뚜렷하게 드러나듯이, 의미의 마디들입니다. 그리고 리듬의 마디이기도 합니다. 행과 연의 구분을 통해 시는 한층 선명하게 의미를 전달하고, 한층 풍부한 리듬감을 얻습니다. 우리 시의 율격 역시 행과 연을 기본적인 단위로 설정하는 것도 이 때문입니다.

모든 예술은 음악의 상태를 동경한다고들 말합니다. 음악이 가장 최상의 예술이라는 것이지요. 음악은 사람들로 하여금 **빠져들게** 하는 힘이 있습니다. 최고의 문학예술이 되고자 하는 시가 음악과 더욱 가까운 것도 이 때문입니다. 음악을 지향함으로써 시는 의미를 넘어 소리의 울림 그 자체를 전달하고자 합니다.

자, 그렇다면 개별적인 한 편 한 편의 시는 어떻게 자신만의 리듬을 창조할까요? 특히 음수율과 음보율, 단어나 구의 반복, 통사 구조의 반복 등을 꼭 기억하면서 시를 읽어 보도록 합시다.

목계장터
신경림

읽 기 전 에

1. 알고 있는 시 가운데 노래가 된 시를 한 편 예로 들어 보자.

2. 율격이란 무엇이며, 율격은 어떻게 나타나는가?

하늘은 날더러 구름이 되라 하고
땅은 날더러 바람이 되라 하네
청룡 흑룡 흩어져 비 개인 나루
잡초나 일깨우는 잔바람이 되라네
뱃길이라 서울 사흘 목계 나루에
아흐레 나흘 찾아 박가분 파는
가을볕도 서러운 방물장수 되라네
산은 날더러 들꽃이 되라 하고
강은 날더러 잔돌이 되라 하네
산서리 맵차거든 풀속에 얼굴 묻고
물여울 모질거든 바위 뒤에 붙으라네
민물 새우 끓어넘는 토방 툇마루
석삼년에 한 이레쯤 천치로 변해
짐부리고 앉아 쉬는 떠돌이가 되라네
하늘은 날더러 바람이 되라 하고
산은 날더러 잔돌이 되라 하네

　신경림은 시집 『농무』(1973)로 세상에 선을 보였다. 이 시집은 1970년 대를 상징하는 산업화 시대, 몰락의 길을 걸을 수밖에 없는 농민들의 스산한 삶을 구체적으로 상세하게 담아내는 한편, 그 속에서 사는 민중들의 정서를 따뜻하고 깊이 있는 시선으로 형상화하였다. 「목계장터」가 실린 두 번째 시집 『새재』(1979)는 이와 같은 초기 시의 지향을 민요적 가락에 담아 내고자 하였으며, 이는 시의 음악적 자질을 최대한 발현한 성공적인 실험으로 평가된다.

　이 시의 제목은 '목계장터'이다. 한때는 꽤나 흥성스러운 장터였으며, 서울로 가는 물산들이 한번쯤 거쳐 가는 곳이었다고 한다. 흥성거리는 배경을 염두에 두고 시를 읽을 일이다. 시는 전체적으로 4음보의 음보율을 갖추고 있다. 전형적인 민요의 가락이다. 예컨대 「진도아리랑」의 첫 소절처럼 '사람이 / 살면은 / 몇백 년 / 사나 // 개똥같은 / 세상이나 / 둥글둥글 / 사세'에서처럼 4음보의 가락은 민요의 가락인 것이다. '하늘은 / 날더러 / 구름이 / 되라 하고 // 땅은 / 날더러 / 바람이 / 되라 하네' 역시 잘 정제된 4음보의 율격이며, 시 전체는 이 율격을 엄격하게 준수함으로써 안정적인 리듬감을 갖추고 있다. 이는 다른 한편으로 민요에 깃든 세계, 곧 민중들의 애환과 설움을 시가 적극적으로 받아안고 있음을 뜻한다.

　이 시는 4음보의 율격과 함께 엄격한 대구가 돋보인다. 대구는 자연스럽게 통사 구조를 반복하게 된다. '~은 / 날더러 / ~이 / 되라 하고'라는 문장의 짜임이 반복되는 것이다. 이러한 짜임은 자연스럽게 함축적 의미 또한 동일하게 등치시키며, 약간의 변주를 통해 확장하고 구체화하는 양상을 보인다. 예컨대 '~이 되라'라고 권고하는 '하늘', '땅', '산', '강', 다시 '하늘', '산' 등 권고의 주체는 모두 이 땅의 자연이다. 더욱이 천지(天地)

와 산하는 민중적 삶의 터전이며, 민중이 우러르는 외경스러운 존재이기도 하다. 시적 화자는 외경스러운 존재의 권고를 운명적으로 받아들인다. 물론 세부를 조금 더 들여다보면 천지와 산하는 다를 수 있다. 스케일이 다르며, 따라서 요구하는 것 역시 조금은 다르다. 그저 표표히 떠돌아다니는 '구름'과 '바람'이 되라고 하지 않고, 현실과 선을 살짝 잇댄 채 '방물장수'와 '들꽃', '잔돌'이 되라고 한다.

자연이 권하는 삶의 모습은 '구름', '바람', '잔바람' 등의 은유로 제시된다. 구체적으로는 '방물장수'로 드러나며, 모두 정처 없이 떠돌아다니는 '서러운' 존재들이다. 더욱이 '잔바람'은 존재감이 '미미하다'는 함축을 함께 거느린다. 너러 그다음 이어지는 '들꽃'과 '잔돌'을 정착의 이미지로 읽는 이들이 없지 않으나, 이 또한 명확하게 '구름'이나 '바람'과 동일한 함축적 의미를 갖는다. 아니 정확히 말하면, '구름'과 '바람'이 아니라, '잔바람'과 '서러운 방물장수'와 엄밀히 짝을 이룬다. 이는 뒤에 이어지는 '산서리', '물여울' 등 세상의 고된 시련을 조금은 피할 수 있겠지만, 결국에는 그에 휩쓸려 정처를 놓쳐 버리기도 한다는 점에서는 그다지 다를 것 없다. 시적 화자는 다만, '석삼년에 한 이레쯤 천치로 변해 / 짐부리고 앉아 쉬는', 숨을 돌릴 수 있는 일시적인 휴식이 허락되기를 바랄 뿐이다. 이는 결코 정착의 희망을 피력한 것이 아니다. 자신에게 주어진 운명을 기꺼이 받아안으며, '떠돌이'로서의 유랑하는 삶을 어쩔 수 없이 승인하고자 하는 긍정적 태도를 엿볼 수 있다. 어쩌면 시적 화자는 꽉 막힌 답답한 농촌에서의 삶보다 자신의 속에 꿈틀거리는 방랑벽에 기대어 떠돌이로서의 삶을 정당화하고 싶은 것인지도 모른다.

활 동

1. 이 시에 나타난 율격과 함께 그것의 의미 기능을 말해 보자.
2. 이 시를 '유랑과 정착의 대립적 의미'로 읽는 관점이 있다. 이를 시의 맥락 속에서 비판해 보자.

왕십리
김소월

읽 기 전 에

1. 김소월의 작품 중 기억나는 것을 한 편 떠올려 보자.
2. 김소월을 한국을 대표하는 시인이라고 말하는 까닭은 무엇일까?

비가 온다
오누나
오는 비는
올지라도 한 닷새 왔으면 좋지.

여드레 스무날엔
온다고 하고
초하루 삭망(朔望)이면 간다고 했지.
가도 가도 왕십리 비가 오네.

웬걸, 저 새야
울려거든
왕십리 건너가서 울어나다고,
비맞아 나른해서 벌새가 운다.

천안에 삼거리 실버들도
촉촉히 젖어서 늘어졌다네
비가 와도 한 닷새 왔으면 좋지.
구름도 산마루에 걸려서 운다.

　　김소월은 한국의 현대시사에서 가장 중요한 시인 중 한 사람이다. 그는 생전 단 한 권의 시집(『진달래꽃』)을 출간하였음에도, 그 한 권이 식민지 시대 전체의 문학사를 획기적으로 변모시켰다. 그저 서구의 현대시 이론을 적용하기 급급한 시가 아니라, 민족적 정서와 형식을 현대시로 어떻게 창조적으로 계승할 수 있는지 보여 주었다. 이러한 평가는 김소월의 잘 알려진 「진달래꽃」이나 「산유화」에 그치지 않는다. 그의 시집에 실린 한 편 한 편의 시가 모두 어떠한 평가에도 뒤처지지 않는다. 여기 소개한 「왕십리」 역시 나란히 키를 세울 만큼 아름다운 시다.

　　시는 '비가 온다'는 사실에 대한 진술로부터 시작한다. 그리고 '오누나' 라고 자신의 내면으로 사실을 받아들이는 탄식이 뒤따른다. 이어지는 '오는 비는'에서는 사실을 승인하고 다음 행의 '올지라도'는 전환을 준비한다. 그리고 한 닷새 오기를 바란다. 비가 오는데 이 비가 한 닷새 계속 왔으면 하고 바라는 것이다.

　　시인 김소월은 고작해야 4행에 불과한 시의 첫 연에서 '오다'라는 기본 동사를 바탕으로 '온다-오누나-오는-올지라도-왔으면' 등 어미를 다채 롭게 변화시킴으로써 정서의 미묘한 변화를 보여 준다. '오다'라는 기본 동사가 반복됨으로써 이루어지는 정서의 지속성을 유지한 채, 어미의 변화로 말미암아 일어나는 섬세한 변화는 새로운 정서를 환기시킨다. 반복과 변화가 교차하면서 정서를 한층 폭넓게 펼쳐 보이고, 한층 깊이 있게 탐색하는 셈이다.

　　이 시는 전체적으로 7·5조의 음수율을 기본으로 약간의 변화를 주는 것이 눈에 띈다. 7·5조는 우리 시의 기본 형식이 아니라는 주장도 있으나, 형용사 혹은 부사를 덧붙이고 명사에 조사를 넣으면 3·4 혹은 4·4조가 되며,

여기에 기본적인 서술어 다섯 자가 잇따라 나온다는 점에서 우리 시 율격의 변형이라고 보아도 무방하다. 김소월의 시가 당시에는 '민요조'라는 장르로 발표되었다는 점에서도 전통적인 민요의 창조적 계승이라고 보아야 할 것이다. 그리고 김소월은 시의 내용을 억지로 형식 속에 묶어 두려고 하지 않았다. 이 시의 1연에서 보듯 행갈이를 통한 변주는 오히려 의미를 강화하면서 개별적인 시행에 집중하도록 만든다. 2연도 다르지 않다. '여드레 스무날엔 / 온다고 하고'라고 하여 한 행을 두 행으로 나눴다. 3음보를 주조로 하며 마음의 출렁거림을 표현하고 있으나, 때로는 2음보로 촉박함을 더한 것으로 보인다.

비가 온다는 사실에서부터 더 내렸으면 좋겠다는 바람까지 단숨에 도달한 시는 2연에 이르러, 28일엔 온다고 하고 초하루에 간다고 했으니 한 닷새 남짓 온다고 했다는 인용과 함께 왕십리에 줄곧 비가 내린다고 말한다. 여기에서 오고 가는 주체가 비인지, 작품 속에 감추어진 임인지는 명확하지 않다. 다만 '비'라고 하더라도 그 비가 임에 대한 그리움을 떠올리게 하고, 또 임과의 이별을 지속시키는 정서적 대상임은 분명하다. 그 비가 줄곧 내리는 것이다.

그러나 3연에 이르러 비는 비로소 그친다. 전체적으로 도치된 문장으로, '비맞아 나른해서 벌새(벌판의 새)가 운다'라는 표현에서 비가 이제 막 그쳤음을 알 수 있다. '웬걸'이란 당혹스러움으로 받아들이는 새의 울음 역시, 비와 다를 바 없이 임에 대한 그리움을 불러일으키고, 울고 싶은 자신의 감정을 표현해 주는 매개물이다. 그리하여 서정적 주체는 그 정서와 감정을 차단하고자 저 멀리 가서 울어 주기를 바란다.

4연에서 시상은 다시 성큼 건너뛰어 여기저기 오가는 사람들이 들를 수밖에 없는 천안 삼거리를 떠올리며 임이 오시는 길을 좇는다. 그리고 촉촉이 비에 씻긴 실버들을 떠올린다. 아마도 한 닷새 비가 왔으면 좋겠다는 바람은 임이 오지 않는 까닭이 내리는 비에 있다고 말하고 싶은 것이리라. 그러나 비는 그쳤고, 비를 몰아왔던 '구름'은 자신의 외롭고도 그리운 마음을 대변하는 듯 산마루를 벗어나지 못한 채, 맴돌고 맴돌던 왕십리를 벗어나지 못한 채 그저 울고만 있다는 것이다.

이 시를 둘러싸고 다양한 해석이 분분하다. 비가 계속 내리고 있다거나 비가 3연에서부터 멈추었다거나, 온다고 하고 간다고 한 주체가 비인지 임인지, 난데없이 천안 삼거리가 나오는 이유 등등, 심지어 벌새가 벌판을 나는 새인지 열대 지방에 사는 작은 새인지도 의견이 분분하다. 그럼에도 여기의 해설은 어느 한 가지 관점으로 의미를 통일적으로 구성해야 한다는 점에서 적절한 선에서 해석한 것이다. 다만 시적 화자가 홀로 있다는 것, 임은 약속을 저버리고 오지 않으며, 그 원인이 비 때문이라고 스스로를 위안하고 싶으나 그마저 비가 그쳐 버려 그럴 수 없게 되었다는 점, 구름이 산마루에 걸려 울고 싶은 자신의 심정을 대변해 주는 듯 느껴진다는 점 등이 그나마 시를 이해하는 데 도움이 된다.

활 동

1. 이 시의 음수율과 음보율은 각각 무엇인가?
2. 이 시에서 나타나는 통사 구조의 반복을 찾아보자.
3. 이 시의 의미를 파악한 다음, 이를 산문으로 고쳐 써 보자.

4. 다음 시에 나타난 율격과 그것의 효과를 말해 보자.

못잊어
김소월

못잊어 생각이 나겠지요,
그런대로 한세상 지내시구려,
사노라면 잊힐 날 있으리다.

못잊어 생각이 나겠지요,
그런대로 세월만 가라시구려,
못잊어도 더러는 잊히오리다.

그러나 또한긋 이렇지요,
"그리워 살뜰히 못잊는데,
어쩌면 생각이 떠지나요?"

• 율격:
• 율격의 효과:

● ● ●

3음보는 앞이 무겁거나 뒤가 무겁다. 그래서 언제나 요동친다. 그만큼 역동적이고. 민요 중에
서도 노동요나 놀이요가 3음보다. 민요 가운데에서 유장한 가락 속에 마음속 느낌을 노래하는
것들은 4음보를 선택한다. 반면 4음보는 앞뒤의 균형이 잘 맞는다. 따라서 안정적인 구조를 갖
추고 있다. 유교적 이념을 드러내는 시조가 4음보를 택하는 것은 선비로 상징되는 균형 감각
때문이다.

선운사에서
최영미

읽 기 전 에

1. '선운사'는 무엇으로 유명한가?
2. 시의 행과 연이 율격의 단위이며 의미의 단위라는 말은 무엇을 뜻하는가?

꽃이
피는 건 힘들어도
지는 건 잠깐이더군
골고루 쳐다볼 틈 없이
님 한번 생각할 틈 없이
아주 잠깐이더군

그대가 처음
내 속에 피어날 때처럼
잊는 것 또한 그렇게
순간이면 좋겠네

멀리서 웃는 그대여
산 넘어 가는 그대여

꽃이
지는 건 쉬워도
잊는 건 한참이더군
영영 한참이더군

　단순히 언어의 의미를 안다고 해서 시가 이해되는 것은 아니다. 시에는 언어 너머의 경험과 지식이 필요하다. 시가 어려운 것도 이 때문이다. 이 시도 다르지 않다. 시의 제목인 '선운사에서'의 선운사가 전라북도 고창에 있는 오래된 절이라는 사실을 아는 것으로는 부족하다. 문화적 상징도 작동하기 때문이다. 무엇보다 선운사는 동백꽃으로 유명한 절이다. 그리고 동백꽃은 붉은 꽃잎이란 열정과 꽃송이 전체가 떨어진다는 인상적인 결별의 의미를 담고 있다. 선운사, 동백꽃, 이별 등이 제목에 담긴 상징적 의미인 것이다.

　시를 이해하는 데에는 작가도 중요하다. 작가는 삶의 경험에서 저마다 다른 시적인 것을 발견하고, 이를 상상력에 기대어 자신만의 독특한 주제를 전달하고자 한다. 따라서 작가에 따라 선택하는 경험이 다르며, 똑같은 경험을 선택하더라도 부여하는 의미가 달라진다. 작가는 시를 구성하는 중요한 하나의 축인 셈이다.

　이 시를 쓴 최영미는 1992년 『창작과비평』이란 잡지에 「속초에서」를 비롯하여 7편의 시를 발표하면서 등단하였고, 첫 시집 『서른, 잔치는 끝났다』를 출간했다. 그런데 첫 시집이 드물게도 아주 많이 팔리면서 이른바 베스트셀러 작가가 되었다. 물론 시집이 많이 팔렸다는 사실이 시집의 뛰어남을 보증하는 것은 아니다. 그렇지만 많은 독자에게 사랑을 받았다는 사실만큼은 인정해야 한다. 최영미의 시집이 독자의 사랑을 받은 까닭은 솔직함에 있다. 에둘러 말하지 않고, 자신의 느낌을 있는 그대로 털어놓음으로써 시대의 무게에 힘겨워하던 젊은이들의 사랑을 받았다. 시집의 제목으로 쓰인 「서른, 잔치는 끝났다」 역시 잔치로 상징되는 열정적인 한 시대가, 곧 1980년대가 끝났음을 토로한다. 이 작품 「선운사에서」의 이별하고

만 연인 역시 역사의 저편으로 저물어 버린 한 시대와 연결되어 있다.

시는 산문과는 달리 행과 연으로 이루어져 있는 것이 겉으로 드러나는 특징이다. 겉으로 드러난 이 형식적 특징은 일정한 기능을 수행한다. 시의 행과 연은 마치 산문의 문장과 단락처럼 의미를 명확하게 구분하기 위해 활용된다. 행은 문장처럼 의미의 작은 단위이며, 연은 단락처럼 의미의 조금 더 큰 단위인 셈이다. 뿐만 아니라 시의 행과 연은 리듬감을 안겨 주는 율격의 단위로 작용한다. 행과 연 속에서 언어를 동일하게 반복함으로써 일정한 리듬을 얻는 것이다.

예컨대 「선운사에서」 첫 번째 연의 '꽃이 / 피는 건 힘들어도 / 지는 건 잠깐이너군'에서 알 수 있듯, '꽃이'란 첫 행은 의미의 초점을 군더더기 없이 제시한다. 그리고 '피는'과 '지는'이란 양상에 따라 행을 나눔으로써 의미를 명료하게 만든다. '피는', '지는'과 '힘들어도', '잠깐이더군'이 서로 의미의 대립을 이루는 것은 물론이다. 뿐만 아니라 '피는 건 힘들어도'와 '지는 건 잠깐이더군'의 두 행은 문장 구성의 짝을 맞춤으로써 리듬감을 부여한다. 이처럼 시는 행과 연을 통해 의미를 구분하고 리듬감을 얻는 것이다.

이렇게 보면 1연 4행과 5행의 '쳐다볼 틈 없이'와 '생각할 틈 없이', 3행과 6행의 '잠깐이더군', 3연의 '멀리서 웃는 그대여'와 '산 넘어 가는 그대여' 역시 반복되며 리듬감을 준다. 마지막 연은 다시 첫 연과 같은 짜임을 지닌 채 '꽃이'와 '피는 건', '지는 건', '잊는 건'이 서로 짝을 이루며, '힘들어도', '쉬워도', '잠깐이더군', '한참이더군', '영영 한참이더군'이 반복되며 강조된다. 그러니 이 시는 시의 행과 연이 가지는 역할을 충분히, 또 아름답게 활용하였다는 점에서 형식적으로 잘 짜여진 시라고 볼 수 있다.

연의 흐름도 인상적이다. 이 시는 첫 연에서 소재와 함께 소재의 특정한 속성을 제시하고 이를 부연 설명한다. 한층 더 상세하게 '골고루 쳐다볼 틈 없이', '님 한번 생각할 틈 없이'로 '잠깐'의 의미를 구체화한다. 그리고 꽃은 2연에서 '그대'로 직접 연결된다. 꽃의 의미가 '그대'로 확장된 것이다.

1연의 '님'이 2연에서 '그대'로 변화된 것에 주목해 보자. 두 낱말의 차이는 무엇인가? '님'은 일반적인 사랑하는 사람인 데 반해, '그대'는 구체적으로 존재하는 사랑하는 사람이다. 2연에서 자신의 이야기를 시작한 것이다. 물론 1연과 2연은 서로 '피는 건', '지는 건'에 이어 '잊는 것'이 덧붙여짐으로써 의미가 확장된다. 이어지는 3연에서는 기존의 의미나 리듬감에서 벗어나 '그대여'에 초점을 맞추어 집중한다. 시를 이끌어 가는 생각의 흐름에 전환이 일어난다. 그리고 마지막 4연에서는 다시금 꽃과 연결되어 '잊는 건 한참이더군'이란 새로운 인식으로 마무리된다.

이처럼 이 시는 기승전결이란 고전적인 짜임 속에서 시상을 전개한다. 먼저 대상을 제시하고, 대상을 구체화한 다음, 새로운 대상으로 확장하고, 이어서 앞의 '꽃'과 '그대'를 하나로 묶어 마무리하는 구조인 셈이다. 다시 말하면, 첫 연에서 시는 꽃이 피고 지는 것을 노래한다. 그리고 '그대'를 끌어들여 그대를 잊는 것으로 초점을 구체화한다. 이어서 꽃과 분리하여 그대를 향한 그리움을 표현하고, 다시금 꽃과 그대를 통일하여 '잊는 것'의 어려움을 드러낸다. 이 기승전결의 짜임은 처음, 중간, 끝의 논리적인 삼단 구성과 달리 전통적인 우리 시의 짜임이다. 그리고 이 전통적인 구조는 자연스럽게 전통적인 정서와 연결된다. 이 시의 기본 바탕을 이루는 그리움의 정서, 그리움을 안타깝게 드러내는 정서야말로 우리 고유의 정서이기 때문이다.

더욱이 이 정서는 시의 어조를 통해 한층 섬세하게 드러난다. 이 시는 평범한 서술형이 아니라 '~이더군', '~겠네', '~여' 등 독백의 형태로 시의 종결형을 선택했다. 갈망과 탄식이 내밀하게 시의 정서를 휩싸고 있는 것이다. 그리고 이 갈망과 탄식이야말로 동백꽃이 피고 지는 선운사에서 겪을 수 있는 적합한, 유일한 정서인 셈이다. 그러니 이 시의 짜임과 어조는 시의 정서와 긴밀하게 결합되어 서로를 토닥거린다는 평가가 가능하다.

이 정서를 바탕으로 시의 구체적인 내용을 살펴보자. 시에서 시인은 꽃이라는 주어와 피고 진다는 동사를 님과의 만남과 이별로 일반화하여 제시한다. 그리고 이를 또 다른 구체적인 경험인 자신 속에서 피어나고 진, 만나고 이별하게 된 '그대'와 연결한다. 선운사에서 동백꽃이 피고 지듯, 시적 화자인 시인의 내면에서 '그대'로 지칭되는 한 사람이 피고 지고, 만나고 헤어진 것이다. 그러나 한 존재와의 진정한 결별은 기억에서 지우는 것이며, 더 정확히 말하면 고통이 없는 채 기억하는 것이다. 그러나 현실은 그렇지 못하다. '만남과 헤어짐'이나 '피고 짐'은 분명하나 동백꽃의 이미지가 지속적으로 우리 안에서 지워지지 않듯, 그대 역시 잊히지 않고 내 안에서 쉼 없이 고통을 자아내며 소용돌이친다. 선운사에서 피고 지고 잊히지 않는 꽃과 내 안에서 사랑하고 헤어지고, 그럼에도 여전히 그리움으로 남아 있는 그대가 서로 짝을 이루기에 이른다. 만남과 이별에 고통이 덧붙여진 것이다. 결코 닿을 수 없는 '멀리서'와 여전히 사랑을 담고 있는 '웃는'과 사랑의 기억을 과거로 돌리며 단절되어 가는 '산 넘어 가는'과 그리움을 여전히 떨쳐내지 못한 채 반복되는 '그대여'에 힘입어.

이처럼 이 시는 기승전결의 안정적인 구조와 독백의 어투, 거듭되는 문장 형식의 반복과 변주로 안타까운 그리움의 정서를 강화하고 확장한다. 1연과 4연이 동일한 통사적 짜임을 갖추고 있음이 그 예이다. 이와 함께 '멀리서 웃는 그대여/산 넘어 가는 그대여'와 같이 빈번하게 나타나는 대칭적인 통사적 흐름이 시에 통일성을 부여하고 안정적인 리듬감을 준다. 아울러 '피고, 지고, 잊는' 움직임이 꽃과 그대와 나란히 진전되면서 의미의 확장을 꾀하는 견고한 짜임을 보여 준다.

우리 시에서 이별을 노래한 작품은 적지 않다. 아니 너무 많아서 헤아리기조차 힘들 지경이다. 그러나 이 시처럼 이별 뒤 잊히지 않는 안타까운 그리움을 잘 표현한 시는 많지 않다. 더욱이 이 시는 이러한 정서를 아주 단순한 동사만으로 쉽게 또 아름답게 드러낸다. 수식도 기교도 없이 기초적인 어휘와 문장만으로도 섬세하게 마음의 읊조림을 표현한다. 이를 통해 우리가 경험한, 혹은 경험하게 될 마음의 한 자락을 선명하게 돋을새김하고 있는 것이다. 어쩌면 최영미의 시집이 20여 년 전 독자의 마음을 사로잡은 까닭 역시 이와 같이 보편적인 울림을 갖는 순정한 서정시가 있었기에 가능했던 것은 아닐까.

활 동

1. 이 시 1연의 '님'과 2, 3연의 '그대'는 의미 함축이 어떻게 다른가?
2. 시의 짜임을 생각하며 빈칸을 채워 보자.

   꽃이 피다   님을 만나다   (   )
   (   ) 님과 헤어지다   순간의 이별
   꽃을 잊다   (   )   (   )

3. 이 시에서 반복을 통해 획득되는 리듬감을 모두 나열해 보자.
4. 다음 시를 읽고 시의 정서와 어조, 율격을 설명하라.

   낙화

   조지훈

   꽃이 지기로서니
   바람을 탓하랴.

   주렴 밖에 성긴 별이
   하나 둘 스러지고

   귀촉도 울음 뒤에
   머언 산이 다가서다

촛불을 꺼야 하리
꽃이 지는데

꽃 지는 그림자
뜰에 어리어

하이얀 미닫이가
우련 붉어라.

묻혀서 사는 이의
고운 마음을

아는 이 있을까
저어하노니

꽃이 지는 아침은
울고 싶어라.

- 어조 :
- 정서 :
- 율격 :

• • •
시의 제목 '낙화'에서처럼 첫 행에서 '꽃이 진다'. 동이 터 오고, 새벽빛에 먼 산이 다가선다. 귀촉도 울음으로 정밀함은 오히려 강조되고, 성긴 별빛 속에 밝음 역시 강조된다. 꽃이 지는데, 촛불을 끄니 방문이 붉어지는 듯싶다. 세상을 등지고 살아가는 고운 마음, 곧 시끄러운 세상과 단절되어 살고자 하는 마음이 자연의 애처로운 아름다움 속에서 더욱 처연하게 느껴진다. 꽃 지는 아침 울고 싶은 심정이 고스란히 묻어난다. 조지훈의 잘 정제된 형식미와 감정을 최대한 억제하는 간결한 묘사가 돋보인다. 그럼에도 시 속에 꿈틀거리는 마음의 출렁임은 어조와 연결되어 풍부하게 표현된다.

겨울밤
박용래

잠 이루지 못하는 밤 고향집 마늘밭에 눈은 쌓이리.

잠 이루지 못하는 밤 고향집 추녀밑 달빛은 쌓이리.

발목을 벗고 물을 건느는 먼 마을.

고향집 마당귀 바람은 잠을 자리.

봄비
이수복

이 비 그치면
내 마음 강나루 긴 언덕에
서러운 풀빛이 짙어오것다.

푸르른 보리밭길
맑은 하늘에
종달새만 무에라고 지껄이것다.

이 비 그치면
시새워 벙글어질 고운 꽃밭 속
처녀애들 짝하여 새로이 서고

임 앞에 타오르는
향연과 같이
땅에선 또 아지랑이 타오르것다.

　두 시의 공통점은 율격의 측면에서 통사 구조의 반복이 두드러진다는 점이다. 「겨울밤」은 '잠 이루지 못하는 밤'이 1, 2행에 반복되고 이어서 '고향집 ~(에) ~은 쌓이리'로 반복된다. 4행의 '고향집 ~(에) ~은 ~하리' 역시 동일하다. 그러니 4행으로 이루어진 짧은 시 전체가 동일한 통사에 바탕을 두고 짜여져 있으므로, 의미의 반복과 확장을 꾀한다. 「봄비」 역시 '~에 ~이 ~이것다'가 반복된다. 전환에 해당하는 3연만 다른 율격이다. 하지만 이 또한 전체적으로 7·5조의 음수율을 바탕으로 1, 3연의 1행들이 변형이며, 나머지는 모두 동일한 3음보의 7·5조로 안정된 형식이다.

　두 편의 시가 지닌 공통적인 자질은 기승전결의 짜임이다. 「겨울밤」은 단지 4행으로만 이루어져 있음에도 각각의 행들은 여러 연들로 이루어진 작품과 다를 바 없는 밀도로 견고한 구조를 갖추고 있다. 첫 행과 둘째 행은 기와 승에 해당하며, 셋째 행은 전환으로 마지막 행은 첫 행, 둘째 행과 동일한 통사적인 흐름을 지닌 채 전환을 끌어안고 있다. 잘 짜여진 시의 구조를 보여 주는 셈이다. 이와 함께 「봄비」 역시 기승전결의 짜임이기는 다를 바 없다. '짙어오것다', '지껄이것다'에 이어지는 두 연은 기와 승에 해당하고, '새로이 서고'는 시상에 전환이 일어나며, 다시금 마지막 연의 '타오르것다'는 기승, 전환을 함께 통합하는 어조와 시상의 전개를 동시에 담아내고 있다. 이처럼 두 편의 시는 그리움과 애틋함이란 전통적인 정서를 안정적인 구조 속에 풀어내고 있는 것이다.

　이와 같은 안정된 형식은 내용으로서의 정서 자체를 조정한다. 열정적인 감정보다 차분히 성찰하는 어조를 갖추며, 정서 또한 깊고 그윽한 느낌을 준다. 「겨울밤」의 어조인 '~리'는 공간적인 추측이다. 멀리 떨어진 고향에 대한 그리움이 잘 드러나 있고, '잠 이루지 못하는 밤'이 그리움의 정도를 깊게 만든다. '발목을 벗고 물을 건느는'이라는 매우 감각적인 표현은 고향에 대한 그리움을 생생하게 불러일으키고, '눈', '달빛'과 고요한 '바람'이 한데 어울려 그윽하고 정밀한 아름다움을 느끼게 한다.

「봄비」의 어조는 '~것다'라는 경쾌한 느낌이다. 이는 시간적인 추측으로 역시 봄을 기다리는 애상적인 마음이 잘 드러난다. 특히 이 시에서의 봄은 현실 속에서 경험하는 봄이 아니라, '내 마음 강나루 긴 언덕'이란 표현을 통해 자신의 내면에 움터 오르는 봄의 기운을 말하는 것이 독특하다. 따라서 봄의 정취가 그저 단순하지만은 않다. '서러운 풀빛'과 '타오르는 / 향연'은 임이 이미 앞서 가고 없으며, 홀로 맞는 봄은 '종달새', '처녀애들'과 대립적인 의미를 형성하며 애잔한 슬픔을 담아낸다. 따라서 '~것다'의 경쾌한 어조는 오히려 자신이 처한 상황을 역설적으로 더욱 선명하게 드러내는 장치로 작동한다.

두 시가 가진 정서와 율격의 상호 연관을 생각하며 시를 다시 읽어 보자.

3

이미지와
비유

시에 나타난 음악적 특성, 곧 율격은 시의 형식 중 가장 중요한 측면 중의 하나입니다. 그런데 율격과 나란히 시의 또 다른 중요한 자질은 이미지라고 할 수 있습니다. **이미지는 시가 전하고자 하는 말을 구체적이고 감각적으로 표현함으로써 뚜렷한 심상을 독자의 마음에 새깁니다.** 율격이 음악과 관련을 맺고 있다면, 이미지야말로 모든 예술이 가진 공통적 특성이기도 합니다. 이미지의 구체성은 경험의 구체성과 다를 바 없이 선명하게 경험됩니다. 아니, 오히려 경험보다 더 생생하게 경험하게 해 줍니다. 그것이 예술의 힘이며, 시와 문학의 힘입니다. 이 힘으로 말미암아 시는, 문학은, 예술은 경험과 나란히 삶이 무엇인지를 알고 느끼게 해 주는 것입니다.

예를 들어 볼까요. 앞서 읽은 박용래의 시 「겨울밤」입니다.

잠 이루지 못하는 밤 고향집 마늘밭에 눈은 쌓이리.
잠 이루지 못하는 밤 고향집 추녀밑 달빛은 쌓이리.
발목을 벗고 물을 건느는 먼 마을.
고향집 마당귀 바람은 잠을 자리.

이 시의 첫 행에 나타나는 '고향집 마늘밭'은 시각적 이미지입니다. 겨울에 심는 밭작물은 사실 마늘밖에 없습니다. 심고 나서 볏짚이나 쌀겨를 덮어 둡니다. 그림처럼 구체적인 모습이 눈에 떠오릅니다. 물론 마늘밭을 한 번도 본 적이 없는 사람은 이 이미지가 선명하지 않을 것입니다. 그러나 박용래 시인과 같은 시대를 산 사람들에게는 이 한 구절만으로도 갑자기 눈앞에 마늘밭이 딱 나타납니다. 경험하지 못한 사람들도 다음에 이어지는 '눈은 쌓이리'는 알 수 있을 것입니다. 밭에 쌓인 눈. 이 또한 시각적 이미지입니다. 다음 행의 '고향집 추녀밑' 역시, '달빛' 역시 시각적 이미지입니다. 그렇다면 '발목을 벗고 물을 건느는'에 나타난 이미지는? 당연 피부로 느끼는 촉각적 이미지입니다. 선뜩한 차가움이 뼛속 깊이 스며드는 느낌입니다. 마지막 행의 '바람'은? 이것은 오히려 '잠을 자리'와 연결되어, 바람조차 불지 않는 아주 적막한 청각적 이미지가 표현되어 있습니다. 4행만으로 이루어진 이 짧은 시에 시인은 시각적, 촉각적, 청각적 이미지를 통해 고향 마을을 직접 경험하는 듯이 선명하게 표현한 것입니다. 우리네 마음의 심상을 구성해 내는 것입니다.

구체적인 느낌을 불러일으킨다는 점에서 비유 역시 이미지와 직결됩니다. 이미지를 한층 구체적인 대상으로 연결함으로써 생생하게 만듭니다. 더욱이 비유는 이미지가 갖는 심상에 덧붙여 의미를 함께 건넵니다. '사과 같은 내 얼굴'은 내 얼굴의 시각적 이미지를 구체적으로 강조함과 동시에 '사과'에 담긴 붉고 동그스름한 어여쁜 속성을 얼굴에 부여합니다. 이미지를 구체화하고 의미를 지정하는 역할을 비유가 하는 것입니다. '내 얼굴'이란 어디로 튈지 모르는 공의 방향과 목표 지점을 명확하게 설정해 주는 것이 비유입니다. 이 장에서는 이미지와 함께 비유를 살펴볼 것입니다. 참으로 이미지와 비유는 율격과 함께 시의 가장 중요한 요소 중 하나이므로 꼼꼼하게 알고 넘어가야 합니다. 하긴 지금까지 얘기한 모든 것이 어느 것 하나 중요하지 않은 것이 없기는 하지만요.

성탄제
김종길

어두운 방 안엔
바알간 숯불이 피고,

외로이 늙으신 할머니가
애처로이 잦아드는 어린 목숨을 지키고 계시었다.

이윽고 눈 속을
아버지가 약을 가지고 돌아오시었다.

아 아버지가 눈을 헤치고 따 오신
그 붉은 산수유 열매—

나는 한 마리 어린 짐생,
젊은 아버지의 서느런 옷자락에
열(熱)로 상기한 볼을 말없이 부비는 것이었다.

1. 시에 주로 등장하는 인물은 어머니가 많다. 아버지가 등장하는 기억나는 시가 있는가? 있다면 무엇인가?
2. 아버지는 어머니와 다른 어떤 함축적 의미를 지니는가?

이따금 뒷문을 눈이 지고 있었다.
그날 밤이 어쩌면 성탄제의 밤이었을지도 모른다.

어느새 나도
그때의 아버지만큼 나이를 먹었다.

옛 것이라곤 찾아볼 길 없는
성탄제 가까운 도시에는
이제 반가운 그 옛날의 것이 내리는데,

서러운 서른 살 나의 이마에
불현듯 아버지의 서느런 옷자락을 느끼는 것은,

눈 속에 따 오신 산수유 붉은 알알이
아직도 내 혈액 속에 녹아 흐르는 까닭일까.

작 품 이 해

　오랜만에 함축적 의미를 중심으로 이 시를 읽어 보자. 시의 제목은 '성탄제'다. '성탄제', 곧 예수가 탄생하신 날이다. 정확하게는 밤이다. 동방 박사가 별을 보고 찾아왔으니. 성탄제의 함축적 의미는? 축복? 구원? 구원이다. 기독교식으로 말하면, 인류의 죄를 사(赦)하고자 신의 아들이 지상에 내려온 날이다. 왜 시의 제목이 '성탄제'일까? 일단 시를 읽어 보기나 하자. '어두운 방 안'은 침울한 느낌을 준다. 뭔가 문제가 있는 공간적 배경이다. 그런데 웬걸, 다음에 이어지는 행에 '바알간 숯불'이 등장한다. 따스한 느낌이 확 끼쳐 온다. '외로이 늙으신 할머니'는 할아버지의 부재와 함께 손주에 대한 지극 정성의 사랑을 떠올린다. '잦아드는 어린 목숨'은 곧 시적 화자가 몹시 앓고 있음을 함축한다. 숨을 할딱거리며 몸을 뒤채곤 한다. '어두운 방 안'의 함축과 '애처로이 잦아드는'의 함축은 동일하다. 그래도 할머니는 숯불과 대응하며 이 암담한 상황을 발갛게 밝히고 있다. 다음 연의 '눈 속'은 으레 눈이 그러하듯 시련과 고난을 의미한다. '아버지'가 약'을 가져온다. 구원의 손길인 것이다. 이 시의 제목이 '성탄제'인 이유가 밝혀진다. 그 약은 숯불처럼 바알간 '산수유 열매'다. 감탄사를 앞에 달아 둘 만큼, 생각만으로도, 동정녀 마리아가 아이를 낳은 것처럼, 기적처럼 구원의 열매를 구해 오신 게다. 나는 그저 찬 옷자락, 곧 힘겨웠던 과정을 느끼며, 아픈 뒤끝의 열을 옷자락에 부비는 것이다. 여기서 옷자락은 아버지 그 자체다. '뒷문을 눈이 치고'는 세상의 아주 힘겨운 삶이다. 그러나 문을 칠 뿐, 방 안까지 들어서지는 못한다. 그곳은 할머니와 아버지가 지키는 공간이기 때문이다. 그래서 '성탄제'를 떠올린다. 아기 예수를 죽이고자 로마 병정들이 집집마다 샅샅이 뒤졌음에도, 마구간의 구유에서 한 생명이 탄생하듯, 그곳은 외부의 어떤 거친 눈보라도 막아 내는 안온한 절대의 공간이기 때문이다. 이제 시간은 훌쩍 지나 시적 화자가 어른이 되었음을 말한다. 다시 계절과 시간은 성탄제에 가까웠고 구원과 무관하게 도시는 흥청거리나 그 옛날의 사랑을 떠올리게 하는 눈이 내린다. 이제 이 눈의 함축은 추억의 매개물이다. 과거와 현재를 연결하는 고리인 것이다. 나는 불현듯 아버지 그 자체인 아버지의 옷자락을 느낀다. 오래된 그이의 사랑을 느낀다. 이제 시적 화자, 곧 시인은 명료하게 말함으로써 감동을 덜어내는 대신 여운을 오래도록 간직한 채, 질문의 늪 속에 우리를 빠뜨린다. 여기까지가 함축을 중심으로 읽은 시다. 이 시의 시적 대상, 곧 중심 소재는 '아버지'다. 대상의 초점인 화제는 '산수유를 따 오신 아버지'다. 그리고 주제는 '아버지에 대한 그리움'이다.

이 시를 이미지를 중심으로 다시 읽어 보자. 먼저 '어두운 방 안'은 시각적 이미지다. '바알간'이란 색채어까지 덧붙임으로써 '숯불' 역시 시각적 이미지이며, 어두운 가운데 불타는 숯불이기에 그 이미지는 훨씬 강렬하다. 다음 이어지는 '잦아드는 어린 목숨'을 지키는 '외로이 늙으신 할머니'야말로 그 숯불과 다름없는 함축이며 이미지다. 다음 연은 설명이며, 그다음 연 역시 흰 눈과 붉은 산수유 열매의 대비가 눈부신 시각적 이미지다. 다음 연의 '서느런', '열로 상기한', '부비는' 등은 모두 촉각적 이미지다. 구체적인 움직임과 마주침이 여실하게 포착된다. 다음 연의 '뒷문을 눈이 치고'는 청각적이다. 이는 보이지 않는 소리로만 존재하기 때문이다. 거친 외부의 폭력은 그저 소리로만 형상화된다. 시각적이 되는 순간 구체적인 나머지 시상을 흐트러뜨리기 때문이다. 그다음의 '반가운 그 옛날의 것'은 이미지가 없으나, 그래도 그것이 함축적 의미로 눈이기에 여전히 시각적이다. 다음에는 촉각이다. 몸으로 느끼는 감각이야말로 가장 분명하고 확실하며, 어느새 30년도 더 지난 그때로 시적 화자를 되돌려 놓는다. 시는 끝으로 '숯불'만큼 선명한 시각적 이미지인 '산수유 붉은 알알이'를 제시함으로써 시 전체의 핵심적인 이미지, 아버지의 사랑을 뜻하는 객관적 상관물로 마무리를 짓는다.

　시의 마지막에 나타나는 '산수유'는 객관적 상관물임과 동시에 비유라고 해도 상관없다. 물론 그 비유의 원관념은 아버지의 사랑이다. '숯불' 역시 비유이기도 하다. '할머니의 존재 혹은 사랑'이다. 가엾은 손주 혹은 아들을 지켜 내고자 하는 가족의 사랑이 잘 드러나 있는 셈이다. 함축적 의미와 뚜렷한 이미지와 비유에 힘입어.

 활 동

1. 이 시는 과거와 현재의 두 부분으로 나뉜다. 현재가 시작되는 연은 어디인가?
2. '서느런 옷자락'으로 알 수 있는 것은 무엇이며, 그것의 함축적 의미는 무엇인가?
3. '산수유'의 이미지는 무엇이며, 무엇을 상징하는가?

4. 이 시에 나타난 '아버지'와 다음 시에 나타난 '아버지'의 이미지를 서로 비교하라.

아버지의 등을 밀며
손택수

아버지는 단 한번도 아들을 데리고 목욕탕엘 가지 않았다
여덟살 무렵까지 나는 할 수 없이
누이들과 함께 어머니 손을 잡고 여탕엘 들어가야 했다
누가 물으면 어머니가 미리 일러준 대로
다섯살이라고 거짓말을 하곤 했는데
언젠가 한번은 입속에 준비해둔 다섯살 대신
일곱살이 튀어나와 곤욕을 치르기도 하였다
나이보다 실하게 여물었구나, 누가 고추를 만지기라도 하면
잔뜩 성이 나서 물속으로 텀벙 뛰어들던 목욕탕
어머니를 따라갈 수 없으리만치 커버린 뒤론
함께 와서 서로 등을 밀어주는 부자들을
은근히 부러운 눈으로 바라보곤 하였다
그때마다 혼자서 원망했고, 좀더 철이 들어서는
돈이 무서워서 목욕탕도 가지 않는 걸 거라고
아무렇게나 함부로 비난했던 아버지
등짝에 살이 시커멓게 죽은 지게자국을 본 건
당신이 쓰러지고 난 뒤의 일이다
의식을 잃고 쓰러져 병원까지 실려온 뒤의 일이다
그렇게 밀어드리고 싶었지만, 부끄러워서 차마
자식에게도 보여줄 수 없었던 등
해 지면 달 지고, 달 지면 해를 지고 걸어온 길 끝
적막하디적막한 등짝에 낙인처럼 찍혀 지워지지 않는 지게자국
아버지는 병원 욕실에 업혀 들어와서야 비로소
자식의 소원 하나를 들어주신 것이었다

묵화
김종삼

물먹는 소 목덜미에
할머니 손이 얹혀졌다.
이 하루도
함께 지났다고,
서로 발잔등이 부었다고,
서로 적막하다고.

1. 수묵화가 지닌 특성은 무엇인가?
2. 이 시의 제목이 '묵화'인 까닭을 추리해 보자.

작 품   이 해

　이 시의 제목 '묵화'는 먹으로 그린 그림, 곧 수묵화다. 먹을 갈고, 그에 물을 더해 옅고 짙음을 표현한다. 당연 먹으로 그린 형태뿐만 아니라, 먹으로 표현하지 않은 여백 또한 적극적으로 그림의 의미 형성에 작용한다. 시는 언어로 한 폭의 수묵화를 치고 있다. 단연 시각적 이미지가 압도적이다.

　시는 먼저 '물먹는 소'를 등장시킨다. 긴 노동 끝에 갈증을 풀기 위해 물을 먹는 소. 할머니는 그 곁에 서서 소의 잔등을 쓰다듬는다. 그러나 시는 애써 동작을 지운 채, '얹혀졌다'라는 손의 위치와 상태만을 묘사함으로써 이미지의 한순간만을 포착한다. 언제나 시간에 기대어 제시되는 언어가 이미지에 집중하려고 의식적으로 움직임을 지운 것이다.

　그다음 시는 만화의 말풍선처럼 소와 할머니가 주고받는, 아니 할머니가 건네는 말을 집어넣는다. 간접 인용으로 되어 있다. 따라서 이 말은 할머니가 직접 건네는 말이 아니라, 시인이 상상으로 개입해 간 부분이다. 경험한 것에 상상을 덧붙이는 것이다. 그러니 시인의 마음을 대상에 밀어 넣은 것이다. 우리는 이러한 상상을 투사라고 한다. 대상에 시인의 생각을 투사해 보는 것이다. 예컨대 사랑하는 사람의 개를 부러워하는 마음과 같다고나 할까. 저 개는 좋겠다, 저 여자와 함께 사는. 이런 식이다. 개에게 자신의 마음을 투사해 보는 상상력.

　그러나 할머니가 건네는 말은 결코 낭만적이지 않다. '이 하루도 / 함께 지났다고, / 서로 발잔등이 부었다고, / 서로 적막하다고.'로 끝맺는다. 소와 할머니는 하루를 함께 지냈다. '이 하루도'에서 '도'라는 보조사는 거듭 반복되는 행위를 지칭한다. 그러니 이 하루도 다른 날과 진배없이 함께 지냈다는 것이다. 서로 말벗이 되고, 위안이 되고, '발잔등'이 붓는 고된 노동에도 서로가 있기에 그나마 견딜 수 있음을 의미한다. 그러나 여전히 '적막함'은 또 적막함대로 어쩔 수가 없다. 쓸쓸한 두 존재의 삶에 내재된 적막감이 이 시의 주제인 셈이다.

그러나 정작 이 적막감은 뭐랄까, 깊은 외로움을 동반하지는 않는다. 제목 '묵화'가 가져다주는 긴장 때문이다. 수묵화는 결코 대상의 외형에 초점을 두지 않는다. 클로즈업하여 인물의 표정을 표현하지 않는다. 그저 이 대상, 할머니와 소는 먼 산과 산 앞에 놓인 들녘, 그리고 들녘 한켠에 스러질 듯한 초가, 그 집 앞 외양간 구유에 소와 할머니가 있을 따름이다. 고작해야 형체를 알아볼 만한 크기로만 놓여 있는 것이다. 따라서 외로움이 아니라, 고즈넉한 적막감으로 존재할 뿐이다. 존재 자체에 내재된 피할 수 없는 석막이 수제이지, 힘겨운 노동과 외로움이 주제는 아니다. 그보다 한층 깊이 내재된, 누구도 비껴갈 수 없는 삶의 조건인 것이다. 시는 상상력을 통해 성큼 존재의 본질 한 자락을 펼쳐 보이는 셈이다.

1. 이 시의 주제는 무엇인가?
2. 이 시의 중심적인 이미지는 무엇인가?
3. 이 시의 제목이 시의 내용에 관여하는 의미 기능은 무엇인가?
4. 다음 시에 표현된 '시를 보는 관점'을 「묵화」와 연결하여 살펴보자.

누군가 나에게 물었다
김종삼

누군가 나에게 물었다. 시가 뭐냐고
나는 시인이 못 됨으로 잘 모른다고 대답하였다.
무교동과 종로와 명동과 남산과
서울역 앞을 걸었다.
저녁녘 남대문 시장 안에서
빈대떡을 먹을 때 생각나고 있었다.
그런 사람들이
엄청난 고생 되어도
순하고 명랑하고 맘 좋고 인정이
있으므로 슬기롭게 사는 사람들이
그런 사람들이
이 세상에서 알파이고
고귀한 인류이고
영원한 광명이고
다름아닌 시인이라고.

● ● ●

이 시는 김종삼이 시로 밝히는 시인론이다. 시란 무엇이며, 시인이란 무엇인가라는 질문에 시로 답하고 있는 셈이다. 그에게 시인은 언어의 마술을 부리는 존재가 아니라, 시장통에서 살아가는 사람들이다. 고생스러운 생활을 이어 갈지라도 '순하고 명랑하고 맘 좋고 인정'이 넘치는 사람들이며, '슬기롭게 사는 사람들'이다. 이들이 시인인 것이다. 그러나 시에서는 정작 시가 무엇이냐는 질문에 답하지 않는다. 질문의 초점이 빗나간다. 그러나 그렇지 않다. 이 시 속에는 시가 무엇이라는 답이 제시되어 있다. 이들이 사는 삶이야말로 시 그 자체라는 것이 그의 대답이다. 어렵지 않은 일상어에 바탕을 두고 질문과 대답, 계속 이어지는 열거를 통해 의미를 강화해 가는 것이 이 시의 특징이다.

겨울–나무로부터 봄–나무에로
황지우

읽 기 전 에

1. '꽃' 과 '나무' 의 함축적 의미는 어떻게 같고 또 다른가?
2. '겨울나무' 와 '봄나무' 의 이미지를 대립적으로 설명해 보자.

나무는 자기 몸으로

나무이다

자기 온몸으로 나무는 나무가 된다

자기 온몸으로 헐벗고 영하 13도

영하 20도 지상에

온몸을 뿌리박고 대가리 쳐들고

무방비의 나목으로 서서

두 손 올리고 벌 받는 자세로 서서

아 벌 받은 몸으로, 벌 받는 목숨으로 기립하여, 그러나

이게 아닌데 이게 아닌데

온 혼으로 애타면서 속으로 몸속으로 불타면서

버티면서 거부하면서 영하에서

영상으로 영상 5도 영상 13도 지상으로

밀고 간다, 막 밀고 올라간다

온몸이 으스러지도록

으스러지도록 부르터지면서

터지면서 자기의 뜨거운 혀로 싹을 내밀고

천천히, 서서히, 문득, 푸른 잎이 되고

푸르른 사월 하늘 들이받으면서

나무는 자기의 온몸으로 나무가 된다

아아, 마침내, 끝끝내

꽃피는 나무는 자기 몸으로

꽃피는 나무이다

　황지우에게 봄의 이미지는 '나무'로부터 비롯된다. 그는 누구에게나 한 눈에 쏙 들어오는 여리고 고운 꽃들을 통해 봄을 노래하지 않는다. 봄이 되어도 그저 그대로의 모습으로 빈 가지를 뻗고 있는 나무를 노래한다. 그는 아무래도 외양이 아닌 내면을 표현하고 싶은 게다.

　나무는 꽃에 비해 거칠고 힘차다. 더욱이 황지우는 특정한 나무가 아니라 '나무는'이라고 함으로써 이 이미지를 더욱 강화한다. 상수리나무, 벚나무, 전나무 등은 이미 그 이름으로 인해 나무의 이미지를 넘어서는 다른 이미지들로 떠오르기 때문이다. 그는 이 구체성조차 지우고 넘어서며 대뜸 '나무는'이라고 읊조리면서 시를 시작한다.

　시에서 나무는 첫 행부터 인격화된다. '자기'라는 2인칭과 3인칭의 어정쩡하기도 하고 편리하기도 한 지칭어로 인격화된다. 덧붙여 '나무는 나무이다'라는 동어 반복을 넘어 '자기 몸', '자기 온몸'으로 '나무가 된다'라고 함으로써 독립된 한 주체의 이미지를 아로새겨 놓는다. 더욱이 존재태로서의 '나무이다'가 어느새 가능태와 형성태로서의 '나무가 된다'라고 함으로써 주체의 의지는 한결 강렬하게 솟구쳐 오른다.

　이어 시는 나무가 어떻게 나무가 되는지 상세하게 묘사한다. 나무는 무엇보다 고통의 이미지 속에서 나무가 된다. '헐벗고', '뿌리박고', '쳐들고', '서서', '벌 받는 자세로', '벌 받은 몸', '벌 받는 목숨으로 기립하여' 나무가 된다. 먼저 깊이 뿌리박는 하강의 이미지로 시작하여 어느새 수직으로 급상승하는 이미지로 충만해지는 가운데 고통은 극대화된다. 그리고 그 정점에서 '그러나'라는 새로운 전환을 준비한다. 더욱이 그 전환은 외부의 시선에 붙박여 시인 자신의 관점을 대상에 밀어 넣어 묘사하는 데에서 한 걸음 더 나아간다. 곧 직접적인 나무의 육성을 '이게 아닌데 이게 아닌데'라는 독백의 형태로 제시하고, 이를 매개로 하여 내면적인 울림들을 포착하게 된다. 겨울나무의 헐벗은 고통의 이미지는 이제 고통이 아닌 저항의 이미지로 슬그머니 뒤바뀐다. 나무는 '애타고 불타는' 내면의 뜨거움을 바탕으로 자신에게 부과된 상황이란 현실적 제약을 극복한다. 이 치열한 저항은 계절의 변화에 따른 온도의 상승을 시간의 흐름이 아닌 공간의 흐름으로 표현함으로써, 겉으로 보아 멈추어 있는 침묵하는 시간들을 역동적인 투쟁의 공간으로 바꾸어 낸다. 이제 나무는 '벌 받는 목숨'이 아니라 '막 밀고 올라가는 꿈틀거리는 주체가 되는 것이다.

그리고 이 모든 것은 역시 '자기의 온몸으로 나무'가 되기 위함이다. 그 과정은 고통으로 침묵하는 과정을 지나 나무의 내부에서 작열하는 과정을 넘어, 마침내 밖으로 뜨거움을 분출하게 된다. 여기에도 물론 고통이 뒤따른다. 그러나 이 고통은 앞의 침묵하는 고통이 아니라 스스로를 탈바꿈해 나가기 위한 신생의 고통이다. 비록 '으스러지도록 부르터지'기는 하지만 '싹을 내밀고', '푸른 잎이 되고', '자기의 온몸으로 나무가' 되는 고통의 과정이자 희열의 과정인 것이다.

이 고되고 거친 과정을 지나온 나무에게 시인은 감탄을 아끼지 않는다. 노골적인 감탄사와 '마침내, 끝끝내'라는 거듭되는 의미의 강화가 아깝지 않을 만큼, 이제 나무는 단순한 나무가 아니라 '꽃피는 나무'가 되는 것이다. '자기 몸으로 / 꽃피는 나무'가 된 것이다.

시인은 나무를 노래한다. 제목에서처럼 나무는 명확하게 둘로 나뉜다. 그러나 단절되어 있지 않고 옮겨 간다. 겨울나무로부터 봄나무로. 그러나 그 이행이 마냥 자연스럽지만은 않다. 나무는 저절로 나무가 되지 않고, 자기 온몸을 던지고서야 제 이름을 찾을 수 있다. 이 시의 구성 또한 겨울나무에서 시작하여 봄나무가 되는 과정, 그리고 비로소 봄나무가 되어 꽃을 터뜨리기까지, 이렇게 셋으로 짜여져 있다. 나무는 한 문장으로 이어지듯 쉼없이 '막 밀고 올라'감으로써 나무가 되고, 신생의 고통 속에서 '자기 몸으로 꽃피는 나무'가 되는 것이다.

　시인은 우리가 늘 보는 나무를 새로운 이미지로 포착한다. 그리고 그 이미지는 단일하지 않다. 서로 대립적인 이미지들이 앞뒤를 떠받치고 있으며, 그 과정 또한 나무의 거친 숨결들이 여지없이 표현되는 약동하는 이미지들로 채워져 있다. 그러나 이 이미지들은 나무의 이미지만은 아니다. 나무를 통해 나무 저편의 무엇인가를 노래하는 것이다. 물론 이 시의 나무는 명확하게 무엇을 뜻한다고 말하기 어렵다. 그러므로 나무는 무엇인가를 상징적으로 표현하는 것이다. 시인이 이 나무, 겨울나무에서 봄나무로 도약해 가는 나무를 통해 표현하고 싶었던 것은 무엇일까?

　내재적인 언어의 질서를 중시하는 형식주의자들은 이 시에 표현된 격렬한 동사들과 쉼표의 역할, '그러나'라는 접속어가 시행의 끝에 매달려 있는 긴장 등을 주목하라고 요구할 것이다. 현실과의 긴장을 중시하는 반영론자들은 이 시를 1980년대의 광주라는 한국의 현대사와 연결하기를 주저하지 않을 것이다. 나무를 고통과 저항, 신생과 부활로 연결되는 현실의 직접적인 상징으로 읽기를 요구할 것이다. 그러나 정작 한 편의 시는 시를 읽는 독자로부터 비로소 의미가 완성된다. 내가 어떻게 읽느냐가 중요하다. 독자 또한 '나무는 자기의 온몸으로 나무'가 되듯 '자기의 온몸으로' 독자가 되는 것이다.

활동

1. 이 시를 세 부분, 혹은 네 부분으로 나누어 보자. 어떻게 나누는 것이 좋을까?
2. 이 시가 '봄나무'의 이미지를 드러내기 위해 사용한 서술상의 특징은 무엇인가?
3. 이 시는 처음과 마지막 문장을 수미 상관으로 변화 속에서 끝맺었다. 그 의미의 차이를 설명해 보자.

4. 다음 시에 나타난 겨울나무의 이미지와 황지우 시의 이미지를 비교해 보자.

나목
신경림

나무들이 실오라기 하나 걸치지 않고 서서
하늘을 향해 길게 팔을 내뻗고 있다
밤이면 메마른 손끝에 아름다운 별빛을 받아
드러낸 몸통에서 흙 속에 박은 뿌리까지
그것으로 말끔히 씻어내려는 것이겠지
터진 실곳에 새겨진 고틸픈 삶이나
뒤틀린 허리에 배인 구질구질한 나날이야
부끄러울 것도 숨길 것도 없어
한밤에 내려 몸을 덮는 눈 따위
흔들어 시원스레 털어 다시 알몸이 되겠지만
알고 있을까 그들 때로 서로 부둥켜안고
온몸을 떨며 깊은 울음을 터뜨릴 때
멀리서 같이 우는 사람이 있다는 것을

바다와 나비
김기림

아무도 그에게 수심(水深)을 일러준 일이 없기에
흰나비는 도무지 바다가 무섭지 않다.

청무우밭인가 해서 내려갔다가는
어린 날개가 물결에 절어서
공주처럼 지쳐서 돌아온다.

삼월달 바다가 꽃이 피지 않아서 서글픈
나비 허리에 새파란 초생달이 시리다.

동천
서정주

내 마음 속 우리님의 고운 눈썹을

즈믄밤의 꿈으로 맑게 씻어서

하늘에다 옮기어 심어 놨더니

동지 섣달 날으는 매서운 새가

그걸 알고 시늉하며 비끼어 가네

「바다와 나비」는 한국 모더니즘의 문을 연 김기림이 1939년에 발표한 시다. 한국의 모더니즘은 형식상으로는 전통적인 정서보다 시각적 이미지를 중시하였으며, 내용상으로는 현대 문명을 비판하는 관점이 두드러진다. 김기림의 이 시 역시 모더니즘의 세례를 받아, 이미지의 눈부신 대비와 현실을 바라보는 부정적인 관점이 잘 드러난 작품이다. 먼저 작품 속에서는 '바다와 나비'의 선명한 색채 대비가 돋보인다. 바다의 수심은 바닥 모를 현실의 암울한 깊이를 상징한다. 그러나 흰나비는 '무섭지 않'기에 현실과 대면한다. 그에게 바다는 '청무우밭'으로 제시되는 삶의 목적지일 것이다. 그러나 푸른 무꽃은 어디에도 없고 바다의 일렁이는 물결에 절 뿐이다. 결국 꿈과 새로운 시도는 성취되지 못한 채 처음의 자리로 되돌아온다. 실패와 좌절이 지친 공주처럼 피로를 불러일으킨다. 되돌아오는 나비 허리에 '새파란 초생달이 시리다'. 이 또한 시각적 이미지가 두드러지며, '시리다'라는 촉각과 연결함으로써 공감각적 심상이라고도 할 수 있다. 새로운 문명을 앞에 둔 현대인의 불안과 좌절을 나비를 통해 상징적으로 보여 준다.

이에 비해 서정주의 「동천」은 김기림이 그토록 거부한 정서와 함께 이미지 또한 훌륭하게 표현한다. 이미 7·5조의 음수율을 시의 형식으로 선택하는 순간 전통적인 정서와 분리하기 어렵다. '동천'은 겨울 하늘이다. 겨울 밤하늘. 시적 화자는 '마음 속' 깊은 곳에 자리하고 있는 '우리님'을 '고운 눈썹'으로 시각화한다. 그리고 '즈믄밤의 꿈'이라는 가장 정결한 것으로 맑게 씻어 하늘에다 옮기어 심었다고 한다. 마음속 그리움의 대상이 오랜 갈망에 힘입어, 눈썹과도 같은 초승달로 새롭게 투영되어 연결된다. 눈부신 상상력이다. 오랜 갈망과 정성의 결실인 초승달은 그예 '동지 섣달'이란 엄혹한 추위 속을 '날으는 매서운 새'조차 비껴가게 만든다. 지상의 존재가 천상의 존재를 감히 범접할 수 없음에랴. 시인의 상상으로 마음속 관념이 구체적 대상으로 탈바꿈하여 초월적인 외경의 존재가 되고, 이를 범속한 일상의 그 무엇도 범접할 수 없게 된다는 놀라운 상징성이 잘 표현된 작품이다.

　두 작품은 공통적으로 시각적 이미지가 뚜렷하다. 하지만 시각적 이미지의 깊이는 사뭇 다르다. 김기림의 시가 시적 화자 자신을 함축적으로 대변하는 나비라는 객관적 상관물을 통해 현실과 대면하는 데 반해, 서정주 시의 초승달은 그저 풍경이 아니라 오랜 갈망과 정결한 그리움이 길어낸 빛나는 이미지로 인간의 근원적인 이미지를 길어 올린다. 상상력의 힘이 다른 것이다.

시는
어디에
서 있는가

　　시를 보는 관점은 다양합니다. 그 가운데 가장 손쉽게 구분할 수 있는 것은 내용을 중심으로 보는 관점과 형식을 중심으로 보는 관점입니다. 물론 시의 내용과 형식은 따로 구분될 수 있는 것이 아닙니다. 내용은 그에 적합한 형식을 요구하며, 형식 또한 내용을 한층 선명하게 드러내는 역할을 합니다. 따라서 시의 내용과 형식은 언제나 함께 논의해야 하지요. 이처럼 시를 이루는 형식을 통해 내용을, 내용을 통해 형식을 바라보는 관점을 내재적 관점이라고 합니다. 앞서 시의 행과 연을 비롯한 율격, 어조, 이미지, 구성 등이 시의 의미 형성에 어떻게 작용하는가를 살피는 것이 대표적인 내재적 관점이지요.

　　반면 시를 외부의 관점에 기대어 설명하고자 하는 것을 외재적 접근이라고 합니다. 여기에는 크게 작가의 관점에서 보는 표현론, 작품이 맞서는 현실과의 연관을 따져 보는 반영론, 작품이 독자에게 미치는 영향을 살피는 효용론 등이 있습니다. 세 번째 이야기에서는, 명확하게 구분할 수는 없지만, 외재적 접근을 중심으로 시를 살펴볼 것입니다.

　　그런데 사실 내재적 관점과 외재적 접근이라고 구분하는 것 자체가 내재적 관점을 더 중시하는 설정입니다. 안과 밖에서 의당 중요한 것은 안이기 때문입니다. 시를 시로 읽어야지, 다른 그 무엇을 위한 수단으로 읽어서는 안 된다는 자의식이 깔려 있습니다. 그럼에도 구조론 혹은 존재론이라고 불리는 내재적 관점은 외재적 접근과 함께 서로 보완적인 관계에 놓여 있습니다. 시는 언어적 구조물이기도 하지만, 삶과 현실과 인간이 일정한 문화적 관습에 기대어 펼치는 실천적 활동이기 때문입니다. 또한 시를 통해 무엇을 하고자 하는가를 묻지 않고 시를 시로서만 읽는다면 자칫 시 읽기가 삶과 동떨어질 수도 있기 때문입니다.

무엇보다 시 속에는 시인이란 한 인간이 존재합니다. 그는 전통을 받아들이거나 거부하면서 자신의 시 세계를 세워 나갑니다. 이 전통은 때로는 소재를 이어받기도 하고, 때로는 시를 보는 관점을 이어받기도 합니다. 때로는 경험을 상상으로 밀어 올리는 발상법에 기대기도 하지요. 이렇게 전통을 받아들이거나 거부하면서 자신만의 독특한 세계를 형성합니다. 그리고 이렇게 설정한 시 세계로 현실과 대면하며 현실에 말을 건넵니다. 때로는 현실에 순응하기도 하고 때로는 현실에 격렬하게 저항하며, 있는 것이 아니라 있어야 할 것을 갈망하기도 하는 것입니다.

이제 우리는 이러한 외재적 접근을 크게 전통과 현실, 상상력 등의 이름으로 제시할 것입니다. 먼저 전통 항목에서는 김소월, 서정주, 박목월 등의 시인들이 앞선 시대의 시와 연관을 맺고 있는 양상을 살필 것입니다. 그리고 현실과의 연결은 김지하, 황지우, 신석정 등의 시인들을 살펴보고, 끝으로 상상력의 관점에서 정희성, 도종환, 나희덕 등의 시인들의 작품을 탐구할 것입니다.

이와 같은 외재적 접근은 특히 10학년, 곧 고등학교 1학년의 성취 기준과 긴밀하게 연결되어 있습니다. 1학년의 문학 영역 목표가 곧 문학을 왜 읽는가, 문학은 어떻게 전통을 계승하는가 등등이기 때문입니다.

1

시와 전통

'하늘 아래 새로운 것이 없다'고들 말합니다. 새로운 것들은 모두 옛것에 자신만의 독특함을 덧붙인 것에 불과하다는 것입니다. 상호 텍스트성이란 말도 있습니다. 작품에는 이미 수많은 이전의 작품들이 의식적으로 혹은 무의식적으로 끼어들어 있음을 뜻합니다. 그러니 창조적이란 말도 하늘에서 뚝 떨어져 내려온 새것이라기보다 오래된 것을 조금 비틀어 둔 것에 불과한지도 모릅니다.

그런데 시 가운데에는 의식적으로 전통적인 측면을 자신의 시에서 적극 살리고자 하는 작품들이 있습니다. 이 경우 전통적인 요소들은 이미 많은 것을 그 자체로 설명해 주기 때문에 작품을 한층 더 풍부하게 만들 수 있습니다. 전통에 기댄다면, 새롭게 하나하나 만들어 내지 않아도 되기 때문에 아주 효과적이기도 하답니다.

시가 전통과 연결되는 양상은 매우 다양합니다. 딱히 전통이라고 할 것이 정해져 있지 않으니까요. 전통을 되살리고자 하는 순간, 잠들어 있던 전통이 시 속에서 깨어나는 것입니다. 이미 존재하는 전통이 아니라, 이제나 저제나 불러 주기만을 기다리던 전통이 개별적인 시 작품 속에서 다시 살아나는 것이지요. 그러니 어떻게 써야 전통을 계승한 것이라고 딱히 규정짓기는 어렵습니다. 다만 우리는 몇 가지 양상만을 열거할 수 있을 따름입니다.

첫 번째 양상은 율격입니다. 전통적인 우리 시가의 율격이 3음보나 4음보이므로 그 율격을 계승할 수 있습니다. 7·5조의 음수율 역시 전통적인 리듬이라고 할 수 있습니다. 다음으로 전통적인 정서를 들 수 있습니다. '애상'은 식민지 시기에 우리 민족의 정서로 자리매김되어 왔습니다. '한(恨)' 역시 정서적인 전통을 논의할 때 빠질 수 없는 항목입니다. 그리고 소재와 소재를 형상화하는 발상법 역시 전통과 관련을 맺고 있습니다. 죽음을 바라보는 관점이나 인간이 자연과 맺고 있는 관계도 전통일 수 있답니다.

우리는 이 장에서 시가 전통과 연결되는 다채로운 고리들을 구체적으로 살펴볼 것입니다. 그 첫 자리에는 단연 김소월이 놓입니다.

진달래꽃
김소월

읽 기 전 에

1. 김소월의 작품 중 생각나는 시의 제목은 무엇인가?
2. 김소월의 시를 전통과 연결할 수 있는 근거는 무엇인가?

나 보기가 역겨워

가실 때에는

말없이 고이 보내드리우리다

영변에 약산

진달래꽃

아름따다 가실 길에 뿌리우리다

가시는 걸음걸음

놓인 그 꽃을

사뿐히 즈려밟고 가시옵소서

나 보기가 역겨워

가실 때에는

죽어도 아니 눈물 흘리우리다

작 품 이 해

　김소월의 대표작이다. '마야'라는 가수가 빠른 비트로 격정적으로 노래할 만큼 그 자체로 이미 우리 전통의 일부가 된 시다. 김소월의 시가 대체로 그렇듯 아주 단순한 어휘를 사용하여 우리말의 어감을 잘 살렸으므로 의미를 해석하는 데에는 그다지 어려움이 없다. 다만 첫 연과 마지막 연의 수미상관으로 제시되는 '역겨워'의 의미 해석을 두고, '역(逆)겨워'로 읽어야 할지 '역(力)겨워'로 읽어야 할지 의문이 제기되고 있는 상황이다. 앞의 '역(逆)겨워'는 '거슬린다'는 의미이며, 뒤의 '역(力)겨워'는 '힘에 부친다'는 의미이다. 뒤의 의미가 한층 자연스럽지만, 당시 흔한 표기가 아니라는 점이 걸린다.

　이 작품이 전통과 맺고 있는 연관은 먼저 율격이다. 7 · 5조의 음수율을 준수하고 있다. 다만 2연이 '5/4/8/5'의 변형 율격으로 변화를 주었다. 그러나 전체적으로는 단일한 율격으로 되어 있으며, 이는 자칫 흐트러지기 쉬운 정서를 정제된 형식에 묶어 둠으로써 '죽어도 아니 눈물 흘리우리다'의 역설적인 의미를 한층 강화하는 기능을 한다. 또한 3음보의 규칙적인 음보율 역시 주목할 만하다. 민요조 리듬을 잘 살림으로써 개인적인 정서가 아니라 보편적인 정서로 성큼 연결되는 장치로 작동한다. 이와 같은 율격의 선택이 무의식적이라기보다 정교한 배치임은 앞서 「왕십리」에서 익히 보았다.

　「진달래꽃」이 담고 있는 전통성은 율격과 함께 정서 또한 빼놓을 수 없다. 이 시는 먼저 시적 화자를 여성으로 설정하고 있다. 김소월 시 전반이 여성의 목소리를 선택함으로써 서정시 본연의 내밀한 목소리를 획득하는 한편, 식민지 시대 조국을 잃은 억압받는 민중의 목소리와 조응하는 바 또한 없지 않다. 여성적 목소리의 어조도 '~우리다', '~옵소서' 등의 극존칭을 사용함으로써 조심스럽고 저어하는 태도가 역력하다. 이와 같은 여성 화자의 존재는 고려 가요나 시조, 민요 등 우리 시의 곳곳에 드러나 있으며, 김소월의 시 역시 이러한 전통에 다가서 있다. 그리고 이러한 여성적인 어조와 태도 등은 시가 담고 있는 '말없이 고이 보내드리우리다'의 체념 혹은 수용의 정서와 맞닿아 정서를 한층 깊이 있게 제시하는 역할을 한다.

그러나 유독 이 시를 체념의 정서로 읽기 힘든 점도 없지 않다. 다음 연에서 이어지는 '진달래꽃 / 아름따다 가실 길에 뿌리우리다'와 '사뿐히 즈려밟고 가시옵소서' 등에서 알 수 있듯, 그저 수용하는 것이 아니라 떠나는 임의 마음속에 자신의 존재를 깊이 각인함으로써 사태를 되돌리고자 하는 만류의 노력도 보인다. 그럼에도 결국 이 욕망은 은폐된 채, '죽어도 아니 눈물 흘리우리다'의 비장한 다짐 속에 비극적 면모의 최대치를 나타내 보임으로써 이별을 받아들일 수 없음을 드러낸다. 슬픔은 충분히 전달하나 결코 울지 않겠다(哀而不悲)고 함으로써 역설적인 심정을 잘 드러낸다. 물론 이와 같은 복합적인 정서 역시 전통적이라고 보아도 크게 틀리지 않다. 이별의 슬픔을 드러내는 방식의 문제이지, 슬프지 않은 것은 아니기 때문이다. 이 시의 주제가 '이별의 정한(情恨)'인 까닭도 여기에 있다.

 활 동

1. 이 시의 '역겨워'를 둘러싼 두 가지 해석은 무엇인가?
2. 이 시가 전통과 잇닿은 지점 두 가지를 쓰라.
3. 이 시의 율격과 어조를 분석하고 주제와 연결하여 그 의미 기능을 설명하라.

4. 다음 시에 나타난 전통적 요소를 설명하라.

접동새

김소월

접동

접동

아우래비접동

진두강(津頭江) 가람가에 살던 누나는

진두강 앞 마을에

와서 웁니다

옛날, 우리나라

먼 뒤쪽의

진두강 가람가에 살던 누나는

의붓어미 시샘에 죽었습니다

누나라고 불러보랴

오오 불설워

시새움에 몸이 죽은 우리 누나는

죽어서 접동새가 되었습니다

아홉이나 남아 되던 오랩동생을

죽어서도 못잊어 차마 못잊어

야삼경(夜三更) 남 다 자는 밤이 깊으면

이 산 저 산 옮아가며 슬피 웁니다

불설워 평안도 사투리로 '몹시 서러워'의 뜻.

「접동새」는 1923년에 발표된 김소월의 대표작 가운데 한 편이다. 평안도 백천 진두강 가에서 계모의 학대를 받으며 살던 오누이 중 누이가 죽어 접동새가 되었다. 접동새는 계모에게 남겨 둔 아홉 동생을 찾아 밤마다 슬피 운다는 전설을 바탕으로 창작한 작품이다. 옛이야기에 7·5조를 바탕으로 한 3음보의 민요적 율격이 쓰였다는 점에서 「진달래꽃」과 형식상으로 유사하며, 억압받는 조선인의 상황을 상징적으로 표현한 점에서 개인의 서정을 민족적인 서정으로 승화한 작품으로 평가된다. 시는 먼저 '접동새'의 울음소리를 직접적으로 제시함으로써 시작된다. 이어 전설을 소개하고 4연에 이르러 전설 속 시적 화자가 직접 등장하여 '접동새'를 누나와 동일시한다. 이를 통해 형제에 대한 그리움, 곧 '육친애의 정한'을 노래한다. 이야기를 고스란히 시의 형식으로 옮겨 두는 것만으로 아름다운 한 편의 시가 탄생하였으며, 이것만으로도 김소월의 탁월함을 능히 짐작할 수 있다. 그가 일찍 우리 곁을 떠난 것은 시사로 미루어 볼 때 두고두고 안타까운 일이다.

추천사
서정주

읽 기 전 에

1. '추천'이란 무엇이며, 무엇을 상징한다고 보는가?

2. 서정주의 삶에 견주어 서정주의 시를 어떻게 평가할 것인가?

향단(香丹)아 그넷줄을 밀어라
머언 바다로
배를 내어밀듯이,
향단(香丹)아

이 다수굿이 흔들리는 수양버들 나무와
벼갯모에 뇌이듯한 풀꽃뎀이로부터,
자잘한 나비새끼 꾀꼬리들로부터
아조 내어밀듯이, 향단(香丹)아

산호(珊瑚)도 섬도 없는 저 하눌로
나를 밀어 올려다오.
채색(彩色)한 구름같이 나를 밀어 올려다오
이 울렁이는 가슴을 밀어 올려다오!

서(西)으로 가는 달같이는
나는 아무래도 갈수가 없다.

바람이 파도(波濤)를 밀어 올리듯이
그렇게 나를 밀어 올려다오
향단(香丹)아.

　이 시는 우리나라의 대표적인 고전 작품인 「춘향전」을 현대적으로 변용한 것이다. 춘향이 그네를 타면서, 그것을 미는 향단에게 건네는 말로 되어 있다. 그네는 지상의 것이면서 천상을 향한 것이다. 거듭 오르고자 하나 결국은 제자리로 돌아올 수밖에 없는 한계를 상징적으로 함축한다. 이 시는 연거푸 '밀어라', '밀어 올려다오'라고 간청하나, 결국 도달하지 못하는 한계를 보여 준다.

　1연에서는 '향단'을 호명함과 동시에 그네, 곧 중심 소재가 등장하며, 이를 '밀어라'라고 함으로써 단언적으로 시작한다. 그리고 나서 '머언 바다로 / 배를 내어밀듯이'라고 비유적인 의미를 덧붙임으로써 이제 막 그넷줄을 밀기 시작하는 유장한 가락이 느껴진다. '머언'이란 단어의 파격과 '내어'라는 동작상을 제시함으로써 이러한 효과를 거둔다. 거듭 호명되는 '향단아'에서도 반복을 통한 리듬감을 획득한다.

　2연은 지상의 것과 결별하겠다는 의지를 분명히 드러낸다. 지상의 것이란 '다수굿이 흔들리는 수양버들 나무', '풀꽃뎀이', '나비새끼 꾀꼬리들' 등이다. 이것들이 함축하는 것은 공통적으로 여리고 아름답고 작은, 일상에서 마주치는 자잘한 아름다움과 즐거움들이다. 춘향은 이 모두로부터 '아조 내어밀듯이' 자신을 천상으로 올려 달라고 당부한다.

　3연의 '산호도 섬도 없는'은 현실의 제약들을 의미하며, 춘향은 이 모두로부터 떠나 거칠 것 없이 펼쳐진 광대한 하늘로 올려 달라고 함으로써 절대적인 것을 지향한다. 그리고 그것을 '채색한 구름'에 비유함으로써 노을 속에 펼쳐진 구름처럼 장엄하게 밀어 올려 달라고 요청한다. 그런데 정작 그네를 밀어 올리고, 그네에 실린 몸을 밀어 올리는 것이 아니라, '이 울렁이는 가슴'을 '밀어 올려다오!'라고 강조한다. 터질 듯 부풀어 오른 마음속 뜨거운 정념을 올려 달라는 것이다. 성취하게 해 달라는 것이다.

4, 5연은 다시금 격정적인 욕망을 충동질한다. '서으로 가는 달'의 비유는 천천히 유유자적 흘러감을 뜻한다. 그렇게는 갈 수가 없다는 것이다. '바람이 파도를 밀어 올리듯이' 열정적으로 거침없이 자신을 밀어 올려 달라는 것이다. 마지막 행의 '향단아'는 다시금 그 격정을 급속하게 마무리함과 동시에 여전히 격정에 사로잡혀 있는 서정적 주체의 뜨거운 갈망을 밀어 올리면서 마무리 짓는다.

이 시가 의미를 쌓아 올리는 방식은 비유에 바탕을 두고 있다. '머언 바다로 배를 내어밀듯이', '채색한 구름같이', '서으로 가는 달같이', '바람이 파도를 밀어 올리듯이' 등의 직유법이 서로 대칭적인 짝을 이루며 혹은 점층적인 상승의 흐름을 강화하면서 '밀어 올린다'는 행위를 구체화한다. 이를 통해 서정적 주체의 현실(수양버들 나무, 풀꽃뎀이, 나비새끼, 꾀꼬리, 산호, 섬)과 열망(이 울렁이는 가슴)을 대비적으로 형상화하여 상승의 뜨거운 열정을 표현한다.

이 시가 전통과 맺고 있는 관련 양상은 무엇보다 이야기의 화소를 「춘향전」이란 전통적인 작품에서 빌려 왔다는 것이다. 모티프가 동일하다는 것이다. 더욱이 이 시는 춘향이 그네를 탄다는 익숙한 모티프에 새로운 의미를 부여한다. 그것은 일상적인 혹은 세속적인 세계로부터 성큼 벗어나고자 하는 욕망이다. 그 욕망은 결코 이 도령과의 만남으로도 해소할 수 없는 절대적인 것이다. 존재 전체의 욕망이 담겨 있기 때문이다. 이 시를 통해 우리는 전통의 재창조가 구체적으로 어떻게 펼쳐져야 할 것인지를 엿볼 수 있다.

● ● ●

모티브motive와 모티프motif : 모티브는 작품 자체를 있게 만든 동기를 뜻하고, 모티프는 이야기 장르에서 '서사의 최소 단위로서의 화소'를 의미한다. 이 작품의 분석에서 '그네를 타는 춘향'은 「추천사」란 시를 쓰게 만든 동기가 되는 모티브이기도 하고, 「춘향전」을 이루는 화소들 가운데 한 모티프이기도 하다는 점에서 두 가지 의미로 모두 쓸 수 있다. 그렇다고 결코 동일하게 쓰이는 용어가 아님을 알아 두자. 작품 창작의 motive, 창작된 작품의 motif, 이렇게 쓰는 것이 일반적이다.

활 동

1. 이 시에 나타난 의미 대립을 구조화해 보자.
2. 이 시에 나타난 다음 시어들이 함축하는 의미는 무엇인가?
   - 수양버들 나무, 풀꽃댐이, 나비새끼, 꾀꼬리 :
   - 산호, 섬 :
3. 이 시가 전통을 재창조한 것은 무엇인가?
4. 다음 시에서 찾을 수 있는 전통적 요소는 무엇인가?

춘향 유문
서정주

안녕히 계세요
도련님

지난 오월 단옷날, 처음 만나던 날
우리 둘이서 그늘 밑에 서 있던
그 무성하고 푸르던 나무같이
늘 안녕히 안녕히 계세요

서승이 어딘지는 똑똑히 모르지만
춘향의 사랑보단 오히려 더 먼
딴 나라는 아마 아닐 것입니다

천길 땅밑을 검은 물로 흐르거나
도솔천의 하늘을 구름으로 날더라도
그건 결국 도련님 곁 아니에요?

더구나 그 구름이 소나기 되어 퍼부을 때
춘향은 틀림없이 거기 있을 거예요!

196 세 번째 이야기 : 시는 어디에 서 있는가

●●●

제목 '춘향 유문(春香遺文)'이란 춘향이 남긴 유서를 의미한다. 곧 옥중에서 춘향이 이 도령을 보지 못하고 죽을지도 모른다는 생각에 남기는 유서라는 것이다. 이 또한 「춘향전」의 모티프를 활용한다는 점에서 「추천사」와 전통의 맥이 서로 잇닿아 있다.

시는 먼저 인사로 시작된다. 이별을 고하는 것이다. '무성하고 푸르던 나무같이' 있어 달라고 염원한다. 그리고 저승 어디에 가 있더라도 막막한 단절보다 자신의 사랑이 넘지 못할 곳은 없다고 말한다. '검은 물', '구름', '소나기'로 거칠고 고된 윤회의 끝에 다시금 '나무'에 퍼붓는다면 당연 그곳에 있을 것임을 선언한다. 그만큼 자신의 사랑은 흔들림 없이 깊다는 것이다. 「추천사」의 격정적인 리듬과 달리 4음보를 기본으로 한 안정적인 구조 위에서 여성적인 어조로 담담히 말하는 태도가 인상적인 작품이다. 그러나 담담함 속에 사랑을 이루고자 하는 끈질긴 열망이 도사리고 있는 것 역시 눈여겨볼 만하다.

이별가
박목월

뭐락카노, 저 편 강기슭에서
니 뭐락카노, 바람에 불려서

이승 아니믄 저승으로 떠나는 뱃머리에서
나의 목소리도 바람에 날려서

뭐락카노 뭐락카노
썩어서 동아밧줄은 삭아내리는데

하직을 말자 하직 말자
인연은 갈밭을 건너는 바람

뭐락카노 뭐락카노 뭐락카노
니 흰 옷자라기만 펄럭거리고……

오냐. 오냐. 오냐.
이승 아니믄 저승에서라도……

1. 시에서 사투리가 사용될 때의 효과는 무엇일까?
2. 육친의 죽음을 다룬 「제망매가」의 내용을 떠올려 보자.

이승 아니는 저승에서라도
인연은 갈밭을 건너는 바람

뭐락카노, 저 편 강기슭에서
니 음성은 바람에 불려서

오냐. 오냐. 오냐.
나의 목소리도 바람에 날려서.

박목월의 대표작 「이별가」다. 죽음을 표현하는 방식이 월명사의 향가 「제망매가」와 비슷하다는 점에서 전통과 연결되는 작품으로 주로 거론된다. 시는 동생과의 사별을 다루고 있다. '뭐락카노'라는 답답함과 안타까움의 정서 속에 소통되지 않는 단절적인 상황을 제시함으로써 시작된다. 죽음은 이편과 저편을 갈라놓음으로써 이 세상의 어떤 단절보다 극단적이다. 시적 화자는 강을 사이에 두고, 앞서 이승을 떠난 동생이 '저 편 강기슭에서' 무언가를 간절히 말하는 듯이 느낀다. 그러나 그 말은 들리지 않는다. '바람에 불려서'. 여기서 '바람'은 말을 흐트러뜨리는 매개물로 작동한다. 고스란히 전달되는 음성을 가로막고 있는 것이다.

2연에 이르면 '이승 아니믄 저승'이 극명하게 대조된다. 산 자는 이승에 남고 죽은 자는 저승으로 간다. 결코 함께할 수 없는 세상의 법칙이다. '뱃머리'를 어디로 향하는가에 따라 이승과 저승은 엄격하게 분리된다. 따라서 '나의 목소리' 역시 '바람에 날린다'. 소통은 어디에서 어디를 향하든 불가능한 것이다.

3, 4연에서 시적 화자는 다시금 '뭐락카노 뭐락카노'를 반복한다. 이 반복 속에는 이승과 저승을 잇대어 보고자 하는 간절한 바람이 깃들어 있다. 결코 놓아 보내고 싶지 않은 것이다. 그러나 이미 견고하게 형제를 묶어 주던 동아밧줄은 '삭아내리'고, 현실을 받아들일 수밖에 없다. 그럼에도 '하직을 말자 하직 말자'라고, 완전한 작별의 인사를 하지 말자고 읊조린다. '인연은 갈밭을 건너는 바람'이란 표현에서, 강의 이편과 저편을 가로막고 선 갈밭일지라도 인연은 능히 넘어설 수 있음을 바람에 기대어 표현한다. 이승과 저승의 단절을 인연이 이어 주리라는 것이다.

그럼에도 여전히 시적 화자는 어린 동생의 이른 죽음이 안타깝다. 다시금 마지막 말이라도 귀 기울여 듣고 싶다. '뭐락카노 뭐락카노 뭐락카노' 반복이 이어질수록 더욱 간절해진다. 그러나 그리운 이는 '니 흰 옷자라기만 펄럭'거릴 따름이다. '흰 옷자라기'는 곧 죽음을 상징한다.

결국 시인은 죽음의 상징을 앞두고, '오냐. 오냐. 오냐.'로 현실을 받아들인다. 그리고 이어서 '이승 아니믄 저승에서라도'라는 보조사를 사용함으로써 마지못해 마지막 단서를 남겨 둔다. 받아들이고 싶지는 않지만, 그래도 '저승에서라도' 만날 수 있음을 내비친다. 이는 다시금 다음 연에서 반복되고, 인연이란 이승과 저승을 잇는 것임을 보여 준다.

마지막 두 연에서 시는 마무리를 짓는다. '뭐락카노'는 한 번으로 여운을 남기는 질문으로 남겨지고, 바람에 날려 잘 들리지 않지만, 시적 화자는 '오냐. 오냐. 오냐.'라고 함으로써 새로운 약속으로 다음을 기약하고자 한다. 물론 이 음성 역시 바람에 날려 저승에까지 닿는지는 알 수 없다. 그러나 여기까지가 이승의 사람이 할 수 있는 몫일 따름이다.

이 작품은 삶과 죽음의 경계에서 떠나보내는 이의 절박한 마음을 잘 형상화한다. 토속적인 사투리를 구사함으로써 어떤 형식에도 얽매이지 않는 절박함을 드러내며 내면 깊숙이 고인 정서를 거침없이 표현한다. 그리고 애초 삶과 죽음의 경계는 문학적 전통의 밑바탕을 형성하는 것이며, 죽음을 단절이 아닌 인연의 계기로 인식한다는 점에서 역시 윤회 사상과 연결된다. 「제망매가」에서 '아아, 미타찰에서 만나보겠으니'라고 한 것 역시 이와 같은 전통의 맥락이다.

![활동 아이콘] **활 동**

1. 이 시에서 사투리를 사용함으로써 얻는 효과는 무엇인가?
2. 이 시의 특성인 반복이 잘 나타난 부분과 그 효과는 무엇인지 밝혀 보자.
3. 이 시에 등장하는 '바람'의 함축이 시의 구절마다 어떻게 달라지는지 그 변화 과정을 설명하라.
4. 다음은 같은 주제를 담고 있는 시다. 앞의 시 「이별가」와 비교하여 서술의 태도와 죽음을 보는 관점이 다른 점은 무엇인가?

하관

박목월

관을 내렸다.

깊은 가슴 안에 밧줄로 달아내리듯

주여

용납하옵소서

머리맡에 성경을 얹어주고

나는 옷자락에 흙을 받아

좌르르 하직했다.

그후로

그를 꿈에서 만났다.

턱이 긴 얼굴이 나를 돌아보고

형님!

불렀다.

오오냐 나는 전신으로 대답했다.

그래도 그는 못 들었으리라

이제

네 음성을

나만 듣는 여기는 눈과 비가 오는 세상.

너는 어디로 갔느냐

그 어질고 안쓰럽고 다정한 눈짓을 하고

형님!

부르는 목소리는 들리는데

내 목소리는 미치지 못하는

다만 여기는

열매가 떨어지면

툭하고 소리가 들리는 세상.

	「이별가」	「하관」
서술의 태도		
죽음을 보는 관점		

월훈
박용래

첩첩 산중에도 없는 마을이 여긴 있습니다. 잎 진 사잇길 저 모래뚝, 그 너머 강 기슭에서도 보이진 않습니다. 허방다리 들어내면 보이는 마을.

갱(坑) 속 같은 마을. 꼴깍, 해가, 노루꼬리 해가 지면 집집마다 봉당에 불을 켜지요. 콩깍지, 콩깍지처럼 후미진 외딴집, 외딴집에도 불빛은 앉아 이슥토록 창문은 모과빛입니다.

기인 밤입니다. 외딴집 노인은 홀로 잠이 깨어 출출한 나머지 무우를 깎기도 하고 고구마를 깎다, 문득 바람도 없는데 시나브로 풀려 풀려 내리는 짚단, 짚오라기의 설레임을 듣습니다. 귀를 모으고 듣지요. 후루룩 후루룩 처마깃에 나래 묻는 이름 모를 새, 새들의 온기를 생각합니다. 숨을 죽이고 생각하지요.

참 오래오래, 노인의 자리맡에 밭은 기침소리도 없을 양이면 벽 속에서 겨울 귀뚜라미는 울지요. 떼를 지어 웁니다, 벽이 무너지라고 웁니다.

어느덧 밖에는 눈발이라도 치는지, 펄펄 함박눈이라도 흩날리는지, 창호지 문살에 돋는 월훈(月暈).

팔원
백석

차디찬 아침인데

묘향산행 승합자동차는 텅하니 비어서

나이 어린 계집아이 하나가 오른다

옛말속같이 진진초록 새 저고리를 입고

손잔등이 밭고랑처럼 몹시도 터졌다

계집아이는 자성으로 간다고 하는데

자성은 예서 삼백오십리 묘향산 백오십리

묘향산 어디메서 삼춘이 산다고 한다

째하얗게 얼은 자동차 유리창 밖에

내지인 주재소장 같은 어른과 어린아이 둘이 내임을 낸다

계집아이는 운다 느끼며 운다

텅 비인 차 안 한구석에서 어느 한 사람도 눈을 씻는다

계집아이는 몇 해고 내지인 주재소장 집에서

밥을 짓고 걸레를 치고 아이보개를 하면서

이렇게 추운 아침에도 손이 꽁꽁 얼어서

찬물에 걸레를 쳤을 것이다

내임을 낸다 배웅을 한다.
내지인 일본 본토인이란 뜻으로 일본인들이 스스로를 일컫는 말.

첩첩산중이란 깊고 깊은 산속을 뜻한다. 그러한 산속에도 없는 마을이 있다는 것으로 미루어, 더할 나위 없이 깊은 산중에 있는 마을이라는 의미다. '모래뚝', '강기슭' 등 인적이 스친 곳에서는 결코 보이지 않는, 짐승을 잡으려고 만들어 둔 나무로 가린 구덩이, 즉 '허방다리'를 치워야만 보이는 단절된 마을이다. 시의 배경으로 현실과 단절된 토속적인 공간이 처음에 제시된다. 이어서 다시 어둠이 강조되며, 그 한켠에 대조적으로 스러질 듯한 '불'들이 켜진다. 그리고 배경은 한층 구체화되어 '콩깍지처럼 후미진 외딴집'의 노란 '모과빛' 창문이 제시된다. 산중의 밤은 길다. 이 밤 외딴집에서 노인이 홀로 외로움에 떨고 있다. '새들의 온기'를 생각할 정도로 사람이 그립다. 그런 밤이면 노인의 심정을 대변하는 '겨울 귀뚜라미'가 '벽이 무너지라고' 운다. 밖에는 함박눈이 날리고, 창호지에 달무리가 비쳐 온다. 전체적으로 시각적 이미지가 두드러진 가운데, 청각적 이미지도 심심치 않게 나타난다. 원경에서 근경으로, 노인의 움직임과 마음속 외로움으로, 다시금 달무리라는 원경으로 이어지는 시상의 전개 역시 아름다운 시다.

이 선명한 이미지는 백석의 시라고 해서 다르지 않다. '팔원'은 지방 이름이다. 역시나 외딴곳이다. 겨울 아침, 텅 빈 승합자동차에 계집아이 하나 올라탄다. 먼 길 떠나는지 '새 저고리'를 입고. 시적 화자는 대뜸 '밭고랑처럼 몹시도 터'진 손잔등으로 고생이 극심했음을 드러낸다. 그나마 계집아이가 가는 곳은 부모 형제가 아니라 삼촌이 사는 먼 곳이다. 계집아이는 운다. 남의 집에서의 고생스러운 생활이 한꺼번에 끼쳐 왔으리라. 서러워 운다. 느끼며 운다. 차 한구석에서 '어느 한 사람' 시적 화자도 붉어진 '눈을 씻는다'. 시적 화자는 이렇게 추운 아침에도 계집아이는 '찬물에 걸레를 쳤을 것이다'라는 간명한 말로 계집아이의 울음에 온전히 공감한다. 이 시에서도 다채로운 이미지가 드러난다. 시각적 이미지는 시의 기본적인 바탕이며, 울음소리의 청각적 이미지, 찬물에 걸레를 치는 촉각적 이미지가 차분히 전개된다.

두 편의 시는 공통적인 정서 속에 있다. 늙은 노인과 어린 계집아이, 외로움과 서러움, 콩깍지 같은 외딴집과 예서 삼백오십 리 떨어진 자성, 귀뚜라미의 울음과 계집아이의 울음. 이 모든 정서적인 울림들은 그 원인이 늙음이란 피할 수 없는 귀결이거나 고립무원의 가난이라는 아이보개 계집아이의 처지이거나 관계없이, 한(恨)과 결부되어 있다. 사무치는 서러움이 시의 전편을 사로잡고 있는 것이다. 그렇다면 배경, 인물, 정서 등 모든 측면에서 이 시편들은 전통에 뿌리박고 있다고 말할 수 있다. 전통이란 언제나 새롭게 발견되는 것이기 때문이다. 우리네에게 울림을 주는 보편적 그 무엇이라면, 시가 그 무엇을 드러낸다면, 시는 전통과 엄밀히 잇닿아 있다.

2

시와 현실

시는 문학의 일종입니다. 문학은 예술의 한 영역이고요. 예술은 크게 문화 속에 포함됩니다. 문화는? 삶의 한 양식입니다. 삶을 담아내는 그릇인 셈이지요. 그렇다면 삶은? 언제나 현실 속에서 펼쳐집니다. 그러니 삶, 문화, 예술, 문학, 시가 현실과 마주 서 있다는 것은 거부할 수 없는 사실, 아니 진실입니다. 삶과 삶이 펼쳐지는 현실을 떠나서는 그 무엇도 온전한 진실에 다가설 수 없습니다. 더러 현실에 눈을 감고도 좋은 시를 쓸 수는 있습니다. 그러나 역사에 길이 남는 시는 현실을 담고, 현실에 적극적으로 맞서야만 합니다.

더욱이 우리의 근·현대사는 온통 질곡의 역사였습니다. 근대의 시작과 함께 이민족이 지배하는 식민지 시대의 암울한 현실이 펼쳐졌습니다. 광복 이후 한국 전쟁에 이르는 해방 공간에서는 이데올로기가 그 어떤 것보다 압도적으로 삶을 갉아먹었습니다. 그리고 이어진 분단 시대와 독재 정권의 정치적 억압, 경제 개발로 먹고살기에 급급했던 시대, 최근의 반민주적인 군사 정권, 그리고 현재에도 여전히 일상적으로 삶에 위협을 가하는 억압들이 존재합니다. 우리는 여전히 뜨거운 역사와 삶의 한가운데를 헤쳐 나가고 있는 즈음입니다.

그러니 문학이 삶과 한층 뜨겁게 마주하고 있음은 오히려 우리 문학만의 소중한 자산일 것입니다. 문학의 바탕에는 언제나 상상력이 깃들어 있다고 합니다. 그리고 상상력이란 있는 세상이 아니라 있어야 할 세상을 꿈꾸는 일입니다. 존재하는 현실을 넘어 마땅히 존재해야 하는 현실을 꿈꾸는 것, 그것이 문학이 가장 잘할 수 있는 일이기도 합니다. 그러자면 문학은 현실과 비판적으로 대면해야 합니다. 현실을 그저 있는 그대로 수용하는 한, 상상력이 발붙일 자리는 사라집니다.

　문학 작품이 없다면, 시가 없다면 우리는 어떻게 현실 저 너머의 세계를 꿈꿀 수 있을까요. 시 속에서, 시를 통해서 우리는 현실을 끌어안고, 현실을 넘어설 수 있을 것입니다. 시는 상상력의 다른 이름이기 때문입니다. 이상에서 우리는 현실과 적극적으로 대면하고자 한 시인들의 시를 살펴볼 것입니다. 김지하, 황지우, 이육사, 윤동주 같은 시인들의 시를 통해 시가 현실을 어떻게 인식하고, 시가 현실을 어떻게 넘어서고자 하는지 살펴볼 것입니다.

꽃덤풀
신석정

읽 기 전 에

1. '태양' 이 일반적으로 상징하는 바는 무엇인가?
2. 내가 식민지 시대에 태어났더라면 어떤 사람이 되었을까 생각해 보자.

태양을 의논하는 거룩한 이야기는
항상 태양을 등진 곳에서만 비롯하였다.

달빛이 흡사 비오듯 쏟아지는 밤에도
우리는 헐어진 성터를 헤매이면서
언제 참으로 그 언제 우리 하늘에
오롯한 태양을 모시겠느냐고
가슴을 쥐어뜯으며 이야기하며 이야기하며
가슴을 쥐어뜯지 않았느냐?

그러는 동안에 영영 잃어버린 벗도 있다.
그러는 동안에 멀리 떠나버린 벗도 있다.
그러는 동안에 몸을 팔아버린 벗도 있다.
그러는 동안에 맘을 팔아버린 벗도 있다.

그러는 동안에 드디어 서른여섯 해가 지나갔다.

다시 우러러보는 이 하늘에
겨울밤 달이 아직도 차거니
오는 봄엔 분수처럼 쏟아지는 태양을 안고
그 어느 언덕 꽃덤풀에 아늑히 안겨보리라.

신석정은 순수 서정시를 즐겨 썼던 시문학파의 동인으로 작품 활동을 시작하였다. 그의 시풍은 고즈넉한 전원적인 정서를 음악적인 가락에 담아 맑고 청아하게 노래하였다. 그러나 이 시 「꽃덤풀」은 그의 시적 이력으로 볼 때 독특한 시편이다. 현실이 시의 전면에 등장하며, 시인의 현실 인식 또한 어떤 시인 못지않게 치열하다. 해방 직후의 『해방기념시집』에 수록된 작품이라는 시대적인 상황으로부터 그조차 비껴갈 수 없었기 때문이다.

시는 '태양'이란 작품 전체의 상징을 제시함으로써 시작된다. '조국'이란 큰 이름에 걸맞은 존재감이 태양에는 있다. 그것이 딱히 독립에 관한 이야기인 것만은 아님을 '등진 곳에서만'에서 알 수 있다. 조국의 운명을 염려하는 때는 언제나 '태양을 등진', 곧 '조국을 배반한' 상황에서만 시작할 수 있음을 뜻한다고 봄이 타당하다. 아주 일반적인 진술인 것이다.

두 번째 연의 '달빛'은 보기 드물게 부정적인 함축이다. '일본 제국주의의 감시'와 처벌이 호시탐탐 노리는 '밤', 곧 '어두운 현실'에서도 '헐어진 성터', 곧 빼앗겨 이미 망실되어 버린 조국의 무너진 강토를 '헤매이면서' '오롯한 태양', 곧 완전한 국권의 회복을 염원하였음을 거듭되는 반복과 거친 표현 속에 강조한다.

세 번째 연에서는 독립을 준비하는 과정의 어려움을 말한다. 죽어 버린 벗, 조국을 떠난 벗, 몸을 팔고 마음을 팔아 버린 벗 들이 이 과정에서 생겨났다. '그러는 동안에'가 반복됨으로써 오래 이어진 식민지 시대를 탄식하며, 다양한 삶의 모습들을 비춰 보인다. 그리고 독립된 한 연으로 일제 강점기 36년이 지났음을 요약적으로 말한다. 그러나 여기에서도 그 세월을 이겨 낸 것이라기보다 수동적으로 세월이 지났음을 말함으로써 여운을 남긴다.

마지막 연에서는 '독립된 조국'의 하늘임에도 '겨울밤 달이 아직도 차거니'라고 함으로써 일제의 잔재가 일소되지 못하였고, 여전히 현실은 좌우익의 대립과 갈등으로 민족 분단을 앞두고 있음을 비판적으로 한탄한다. 그러나 시적 화자는 희망을 놓지는 않는다. '오는 봄' '태양'을 안고, 이 조국의 아름다운 산야에 안기겠다고 다짐한다.

시는 다양한 서술어를 통해 일반적인 진술과 과거에 대한 회상, 현재의 시점, 미래에 대한 결의 등이 차례차례 제시된다. 이미 지나온 시기를 되돌아보는 관점이기에 그러하리라. 그럼에도 주도적인 시적 어조는 '안겨보리라'에서처럼 의지적인 태도로 집약된다. 그리고 현실을 보는 관점은 여전히 '겨울밤 달이 아직도 차거니'라고 지적한다는 점에서 비판적이다.

활 동

1. 이 시의 3연에서 나타나는 반복적인 표현이 갖는 효과는 무엇인가?
2. 이 시의 두 가지 서로 대립되는 함축적 의미를 다음 관점에서 찾아보자.
   • 식민지 현실 :
   • 조국 광복 :
3. 시적 화자의 현실 인식이 잘 드러난 부분을 찾고, 현실 인식이 어떠한지 말해 보자.
   • 현실 인식이 잘 드러난 부분 :
   • 이 부분의 현실 인식 :
3. 다음 시에 나타난 현실 인식과 시적 화자의 대응 방식은 무엇인가?

대숲에 서서
신석정

대숲으로 간다
대숲으로 간다
한사코 성근 대숲으로 간다

자욱한 밤 안개에 버레소리 젖어 흐르고
버레소리에 푸른 달빛이 배어 흐르고

대숲은 좋더라
성글어 좋더라
한사코 서러워 대숲은 좋더라

꽃가루 날리듯 흥건히 드는 달빛에
기척 없이 서서 나도 대같이 살거나

   • 현실 인식 :
   • 시적 화자의 대응 방식 :

● ● ●

기승전결의 짜임을 갖추고 있는 시다. '대숲으로 가는 길', '대숲의 정취', '대숲을 좋아하는 까닭', '대같이 살고 싶은 마음' 등으로 시상이 전개된다. 시인이 대숲으로 가는 까닭은 아름 다움 때문이다. '밤 안개', '버레소리', '푸른 달빛' 으로 이어지는 아름다움이 깃든 곳이기 때 문이다. 그러나 정작 시인의 마음을 흔드는 것은 대숲의 서러움이며, 이는 성글기 때문에 마음 껏 세상과 부딪치지 않아도 좋다는 것이다. 아름다운 정경을 뒤로한 채, 어떤 '기척 없이', '대 같이' 살고 싶다는 바람이 곧 시인이 이상적으로 살고자 하는 삶에 대한 태도인 셈이다.

타는 목마름으로
김지하

신새벽 뒷골목에

네 이름을 쓴다 민주주의여

내 머리는 너를 잊은 지 오래

내 발길은 너를 잊은 지 너무도 너무도 오래

오직 한가닥 있어

타는 가슴 속 목마름의 기억이

네 이름을 남 몰래 쓴다 민주주의여

아직 동 트지 않은 뒷골목의 어딘가

발자욱소리 호르락소리 문 두드리는 소리

외마디 길고 긴 누군가의 비명소리

신음소리 통곡소리 탄식소리 그 속에 내 가슴팍 속에

깊이깊이 새겨지는 네 이름 위에

네 이름의 외로운 눈부심 위에

살아오는 삶의 아픔

살아오는 저 푸르른 자유의 추억

되살아오는 끌려가던 벗들의 피묻은 얼굴

떨리는 손 떨리는 가슴

떨리는 치떨리는 노여움으로 나무판자에

백묵으로 서툰 솜씨로

쓴다.

1. 내가 느끼는 우리나라의 민주주의 지수는 어떠한가?

　　① 아주 낮다 ② 낮다 ③ 보통이다 ④ 높다 ⑤ 아주 높다

2. 이 시에 곡을 붙인 노래를 들어 보자.

숨죽여 흐느끼며

네 이름을 남 몰래 쓴다.

타는 목마름으로

타는 목마름으로

민주주의여 만세

   김지하는 1970년대와 80년대 한국의 민주주의를 상징하는 인물이었
다. 1961년 군사 쿠데타로 4·19혁명의 열기를 무참하게 짓밟고 권좌에 오
른 박정희는 이후 총에 맞아 죽기까지 18년간을 온갖 수단과 방법을 가리
지 않고, 권력을 놓지 않기 위해 한국의 민주주의를 압살하였다. 이에 대한
전 국민적 저항 또한 만만치 않았으며, 김지하는 그 정점에 있는 인물이었
다. 그는 1963년 굴욕적인 대일 외교에 반대한 것을 시작으로 1970년대 내
내 도피, 체포, 고문, 투옥 등으로 점철된 시대를 보냈다. 그의 시는 이 고통
의 시대를 온몸으로 밀어내고자 한 시인의 또 다른 정치적 운동의 결과물
이었으며, 한국 민주주의의 지나온 역사를 입증하는 빛나는 얼굴이었다.
이 시를 쓴 1980년대 역시 한국의 민주주의는 참혹하게 일그러진 모습이
었다. 1980년대를 상징하는 1980년의 5·18 광주 민주화 운동조차 제대로
된 이름을 되찾기까지는 6월 항쟁을 거치고 10년 남짓 지나서야 가능했다.
그런 시기, 이 작품이 세상에 몸을 내민 것이다.
   시는 크게 3연으로 이루어져 있다. '쓴다'는 단순한 행위를 거듭 반복하
는 한편, '남 몰래' 쓰고, '치떨며' 쓰고, '흐느끼며' 쓴다고 함으로써 의미
를 중첩 확장해 나가는 짜임이다. 그러나 정작 여기서 '쓴다'는 것은 단순
히 글자를 쓰는 것에 그치지 않는다. 그것은 '쓴다'는 행위에 내재된 다짐
과 각인, 인식과 실천 등이 모두 한데 뭉친 그 무엇이다. 물론 시적 화자가
온몸으로 쓰는 것은 '민주주의'이며, '민주주의여 만세'라는 이념이다. 억
압과 반민주가 판을 치던 시대, 그 쓰기는 온몸을 밀어 올리는 저항적인 글
쓰기인 것이다.
   먼저 시는 '신새벽 뒷골목'이란 배경을 제시한다. 새벽이 시작되는 즈
음이며, 그러나 여전히 환한 대로가 아니라 후미진 뒷골목이 설정된다. 그

곳에서 '너'로 인격화되어 지칭되는 '민주주의'를 불러낸다. 그러나 오랜 독재 시기를 거치며, '머리'로 표상되는 '관념'이나 '발길'로 포착되는 '몸'의 기억은 이미 잊은 지 오래다. 그저 '가슴 속 목마름의 기억' 곧 아주 원초적인 기억, 결코 지워지지 않고 각인된 본능적인 충동만이 남아 있으며, 그 기억으로 쓴다고 한다.

그러나 현실은 결코 그 쓰기를 용납하지 않는다. 경찰의 삼엄한 감시와 통제는 끊이지 않고, 고문과 학살 역시 자행된다. 그럴수록 민주주의는 '가슴 속' 깊이 새겨진다. '외로운 눈부심'이란 역설적인 표현 속에서. 내팽개쳐진 민주주의와 마침내 획득해야 할 민주주의가 그 역설 속에 결합되어 있다. 지고의 빛 민수수의를 되찾는 과정에서의 '삶의 아픔', '자유의 추억', '피묻은 얼굴'이 있기에 '떨리는' 손과 가슴, '치떨리는' 노여움으로, 그저 소박한 나무판자에, 금방 지워질 백묵으로, 서툰 솜씨이기는 하지만 쓴다.

비록 지금은 '숨죽여 흐느끼며', '남 몰래' 쓴다. 그러나 '타는 목마름으로'라는 반복 속에서 간절한 염원을 담아 쓴다. '민주주의여 만세'라고.

시가 현실을 바라보는 관점은 고통 그 자체이다. 압살된 민주주의를 '신음'과 '통곡'과 '탄식'으로 겪고 있다. 그러나 현실에 대한 도저한 날카로운 비판에도 불구하고 시는 여전히 '외로운 눈부심'을 갈망하며, 끝끝내 쓴다는 행위의 실천적 의미 속에 의지를 각인해 간다. 이러한 갈망을 담기 위해 시는 동일한 어구의 점층적인 반복을 통해 의미를 강화하며, '너'로 인격화된 민주주의를 불러낸다. 그리고 다양한 현실 상황을 상징적으로 감싸 안음으로써 마침내 1980년대 우리 시의 한 풍경을 간절하게 포착한 절창이 된다.

1. 민주주의를 '너'로 의인화한 까닭은 무엇인가?
2. 이 시의 형식상의 특징을 나열해 보자.
   열거와 점층의 표현 방법, (   ), (   )
3. 이 시가 현실을 바라보는 관점은 어떠하며, 현실에 대응하는 방식은 또 어떠한가?
4. 다음 시의 마지막 행에 들어가야 할 단어는 무엇일까 생각해 보자.

　너를 부르마

　정희성

　너를 부르마

　불러서 그리우면 사랑이라 하마

　아무 데도 보이지 않아도

　내 가장 가까운 곳

　나와 함께 숨쉬는

　공기여

　시궁창에도 버림받은 하늘에도

　쓰러진 너를 일으켜서

　나는 숨을 쉬고 싶다

　내 여기 살아야 하므로

　이 땅이 나를 버려도

　공기여, 새삼스레 나는 네 이름을 부른다

　내가 그 이름을 부르기 전에도

　그 이름을 부른 뒤에도

　그 이름을 잘못 불러도 변함없는 너를

　(   )여

● ● ●

김지하의 시와 마찬가지로 이 시에서도 '너'는 의인화된 '너'이다. 시는 한 행 한 행 더해 가면서 너의 이미지를 구체화하는 방식으로 진행된다. 먼저 그리운 너는 사랑이다. 보이지 않아도 함께 숨쉬는 공기와도 같이 소중한 존재이다. 그러나 현실의 너는 '쓰러진 너'이며, 나는 너에 힘입어 숨쉬고 싶다고 말한다. 그리고 현실이 너를 지움으로써 나를 버려도, '내 여기 살아야 하므로' '이름을 부른다'. 부를 수밖에 없다. 여기에서 이름을 부르는 행위는 김지하의 시에서 '쓴다'는 행위와 맞먹는다. 이 실천적인 행위를 통해 비로소 너는 살아나며 되살아난다. 비록 잘못 부를지라도 너의 존재는 엄연하며, 여전히 그리움과 사랑을 불러일으킨다. 그 이름은? '자유'다.

새들도 세상을 뜨는구나
황지우

읽 기 전 에

1. '새'가 지닌 일반적인 함축적 의미는 무엇인가?
2. 「새들도 세상을 뜨는구나」에 나타난 어조는 어떠한가? 왜 이와 같은 어조를 선택했을까?

영화가 시작하기 전에 우리는

일제히 일어나 애국가를 경청한다

삼천리 화려 강산의

을숙도에서 일정한 군(群)을 이루며

갈대 숲을 이륙하는 흰 새떼들이

자기들끼리 끼룩거리면서

자기들끼리 낄낄대면서

일열 이열 삼열 횡대로 자기들의 세상을

이 세상에서 떼어 메고

이 세상 밖 어디론가 날아간다

우리도 우리들끼리

낄낄대면서

깔쭉대면서

우리의 대열을 이루며

한 세상 떼어 메고

이 세상 밖 어디론가 날아갔으면

하는데 대한 사람 대한으로

길이 보전하세로

각각 자기 자리에 앉는다

주저앉는다

『새들도 세상을 뜨는구나』(1983)는 1980년에 등단한 황지우의 첫 번째
시집이다. 1983년에 출간되었으니 초기에 집중적으로 창작한 작품들을 실
었으며, 이 시는 시집의 표제작이다. 김지하의 「타는 목마름으로」에서 살
펴보았듯, 1980년은 5 · 18 광주 민주화 운동이 일어난 시기이다. 황지우 역
시 이와 같은 비판적 전통에 똑바로 서 있다.

작품은 기묘한, 세상 어디에도 없을 듯한 일로부터 시작된다. 1980년대
에는 정말, 믿을 수 없겠지만 영화가 시작되기 전 극장에서 언제나 대한뉴
우스와 함께 애국가를 들어야 했다. 모두 자리에서 일어나 어떤 영화든 관
계없이 애국가를 듣는 것이다. 도저한 이 국가주의는 일본 식민지 지배의
잔재다. 일본이 우리 조선인들을 황국 신민으로 만들기 위해, 일본의 애국
가인 기미가요와 황국 신민의 서사를 어디에서나 부르게 하고 외게 한 것
은 유명한 일이다. 일본군 장교였던 박정희가 그 긴 「국민 교육 헌장」을 학
생들에게 욀 것을 강요하고, 그 밑에서 별을 달았던 전두환이 판박이로 따
라 했음은 물론이다.

시는 웃기나 웃지 못할 상황으로부터 시작한다. '우리는'이라고 지칭되
는 시적 화자를 포함한 불특정 다수는 '일제히 일어나 애국가를 경청한다'.
그러나 '일제히'가 갖는 부정적인 의미 함축과 함께 뒤에 이어지는 시구들
을 살펴볼 때 '경청'은 오히려 반어적인 표현이다. 결코 경청하고 싶지도
않고, 경청이 되지도 않기 때문이다. 영화 스크린에서는 장엄한 애국가와
함께 전국 곳곳의 아름다운 풍경을 비춰 준다. 그 가운데 부산 을숙도의 철
새들이 날아오르는 장면이 있었다. 시적 화자는 그 장면을 보며 생각한다.
새떼들이 날아가는 소리는 '끼룩'에서 '낄낄'이라는 조롱으로 바뀌고, '이
륙하는' 것이 '자기들의 세상을 / 이 세상에서 떼어 메고 / 이 세상 밖 어디

론가' 날아가는 것으로 생각된다. 이는 자신의 마음을 투영해 보는 투사에 해당한다. 사실 '자기들의 세상을 떼어 메고 어디론가' 날아가고 싶은 것은 정작 시적 화자 자신인 것이다.

새들처럼 '우리도 우리들끼리' '낄낄'대며 조롱하고, '깔쭉대'며 야유를 퍼부으며 우리들만의 세상을 뚝 잘라 내어 '떼어 메고' 날아갔으면 한다. 그러나 일열 이열 삼열로 기립하여 늘어서 있는 우리들은 새떼들처럼 날아오르지 못한다. 애국가가 끝남과 동시에 '길이 보전하세'라는 억압적인 말에 짓눌려 자리에 앉는다. 그냥 앉는 것이 아니라 '각각 자기 자리에 주저앉는다'. 어쩔 수 없이.

이 시가 현실을, 또 스스로를 바라보는 관점은 비판적이다. 애국가의 가사들을 반어적으로 비틀고, 새들이 우는 소리를 조롱과 야유로 바꾸어 내며, 그럼에도 각자의 현실에 또다시 주저앉는, 새들만도 못한 우리들을 신랄하게 비판한다. 더욱이 현실에 대응하는 태도는 절망적이다. 반어와 풍자, 희화화 등이 갖는 비판적인 기능은 충분히 살려 내고 있으나, 결국 주저앉음으로써 절망적인 처지를 형상화한다. 절망은 곧 시대적 현실에 대한 절망이다. 그럼에도 이 시는 소중하다. 치열하게 절망하지 않는 한, 희망 또한 없기 때문이다. 그저 달콤한 자장가에 취해 잠들고 싶어 하는 것, 그것이 절망보다 더욱 절망적이다. 이 절망적인 현실 앞에 김지하는 '타는 목마름으로', 황지우는 '낄낄대면서 / 깔쭉대면서' 현실과 맞섰던 것이다.

 활 동

1. 이 시가 맞닥뜨리고 있는 현실은 어떠한 현실인가?
2. 이 시에서 표현된 '이 세상 밖 어디론가'는 어떤 곳인가?
3. 이 시가 현실을 바라보는 관점은 무엇이며, 시적 화자의 태도는 어떠한가?

쉽게 씌어진 시
윤동주

창밖에 밤비가 속살거려
육첩방은 남의 나라,

시인이란 슬픈 천명인줄 알면서도
한줄 시를 적어 볼까,

땀내와 사랑내 포근히 품긴
보내주신 학비 봉투를 받아

대학 노트를 끼고
늙은 교수의 강의 들으러 간다.

생각해 보면 어린때 동무들
하나, 둘, 죄다 잃어버리고

나는 무얼 바라
나는 다만, 홀로 침전하는 것일까?

인생은 살기 어렵다는데
시가 이렇게 쉽게 씌어지는 것은
부끄러운 일이다.

육첩방은 남의 나라
창밖에 밤비가 속살거리는데,

등불을 밝혀 어둠을 조금 내몰고,
시대처럼 올 아침을 기다리는 최후의 나,

나는 나에게 작은 손을 내밀어
눈물과 위안으로 잡는 최초의 악수.

절정(絕頂)
이육사

내운 세설의 재씩에 갈겨
마침내 북방으로 휩쓸려오다

하늘도 그만 지쳐 끝난 고원
서릿발 칼날진 그 우에 서다

어데다 무릎을 꿇어야 하나?
한발 재겨 디딜 곳조차 없다

이러매 눈감아 생각해볼밖에
겨울은 강철로 된 무지갠가 보다.

    윤동주와 이육사는 「쉽게 씌어진 시」와 「절정」에서 모두 식민지 시대의 말기를 자신의 삶의 공간, 시의 공간으로 끌어안고 있다. 그들이 몸담고 있는 공간은 '육첩방은 남의 나라'와 '매운 계절의 채찍'으로 동일하게 제시된다. 육첩방은 일본식의 육조 다다미방이며, 매운 계절이란 일본 제국주의의 지배와 그 지배 아래 쫓기듯 고국을 떠나는 유랑하는 삶의 공간이다. 그러나 중요한 것은 그들이 몸담고 있는 공간 자체가 아니라, 그 공간이 그들에 의해 비로소 언어적으로 형상화된다는 사실이다. 내선 일체를 부르짖고 대동아 공영권을 제창하는 일본의 기만을 단호하게 거부하면서, 일본은 어디까지나 '남의 나라'이며, '채찍'을 휘두르는 '매운' 겨울일 뿐임을 당당하게 폭로한다. 더욱이 이들의 시가 씌어진 당시가 1942년과 40년이라고 할 때, 이처럼 단호한 선언이 쉽지만은 않았을 터이다. 일본이 마지막 발악을 하던 때였으니 말이다. 이때 서정주는 전쟁을 권유하면서 「마쓰이 오장 송가」를 노래했으며, 모윤숙은 일본의 말레이시아 침략을 기뻐하면서 해방된 「소남도의 처녀」를 노래하였다.

    윤동주와 이육사는 한시도 떨쳐낼 수 없었던 식민지 상황을 고통스럽게, 그러나 단호하게 확인한 다음, 절망적인 상황 속에 어쩔 수 없이 뒤틀린 채 놓여 있는 자신들의 삶을 되돌아본다. 육첩방에서, 또 북방에서의 자신의 삶을. 이렇게 돌이켜 본 삶은 동일하면서 동일하지 않다. 삶을 성찰하는 방식은 각기 다르나, 그로부터 이끌어 낸 결론은 다르지 않기 때문이다.

    윤동주가 삶을 통찰하는 방법은 늘 내면을 향한다. 그리고 내면에 투영된 자신의 모습은 한없이 보잘것없다. 비록 '땀내와 사랑내'를 가득 담은 학비 봉투를 안고 대학문에 들어서나, 그가 얻을 수 있는 것이라곤 고작해야 '늙은 교수의 강의'뿐이다. '늙은 교수의 강의', 그것은 삶에 대한 열정도 없으며, 조국을 빼앗긴 시인이 맞닥뜨린 엄청난 고뇌와는 아랑곳없이 진행되는, 다만 나뭇등걸처럼 말라비틀어진 고루한 학문의 세계일 따름이다. 더욱이 그의 사랑하는 벗들은 어디론지 떠나가고 없다. 자신과는 다른 삶을 살아가고 있는 것이다. 더욱 강한, 혹은 더욱 거칠고 힘겨운 삶을. 그 삶은 때론 독립을 위해 광대한 만주 벌판에서 일본군을 향해 말을 내닫는 삶이기도 하며, 때론 징용으로 끌려가 어느 군수 공장에서 고통스럽게 하루해를 넘기는 삶이기도 할 것이다. 고난에 가득 찬, 자신의 곁을 떠나간 사랑하는 이들의 삶을 생각할 때 자신의 삶이란 얼마나 무기력하기 짝이 없겠는가? 그가 할 수 있는 일이라곤 고작해야 자신의 내면 속으로 더욱더 '침잠'하는 것일 따름이다. 여기에서도 그는 자신만의 독특한 부끄러움의 미학을 이렇게 유감없이 드러내는 것이다.

이와 달리 이육사가 삶을 통찰하는 방법은 내면의 성찰이 아니라, 자신의 외적 존재가 맞닥뜨린 상황을 그려 나가는 일이다. 윤동주가 사뭇 어린 심성으로 현실과 동떨어진 자신의 부끄러운 내면을 응시하는 동안, 이육사는 존재의 조건만을 탐구할 뿐이다. 그의 시에서 내면세계의 자잘한 흔적이란 눈을 씻고 보려야 볼 수 없다. 애초 이육사의 정서는 그다지 섬세하지 않기 때문이다. 그에겐 다만 세계와 맞서는 치열한 시적 자아만이 존재할 따름이다. 세계와 맞서 마침내 승리를 얻어내거나, 패배하여 비극적으로 몸을 내던지는 두 가지 경우의 수만이 있을 뿐이며, 살아가는 삶의 모습(사회적 자아)과 그 삶을 다시금 응시하는 내면의 모습(개인적 자아)은 하나로 굳게 결합되어 있다. 따라서 그가 탐구하는 존재의 상황은 '하늘도 그만 지쳐 끝난 고원 / 서릿발 칼날진 그 우에 서다'에서 제시된 대로, 내팽개쳐진 존재의 고통스러운 상황일 따름이다. 그가 왜 웅혼한 대륙적 정서를 노래하는 시인인가가 여기서 또 한번 확인된다.

정서의 차이, 삶을 응시하는 눈길의 차이는 이들이 사용하는 시어에서도 다시금 나타난다. 윤동주가 주로 독백적인 문체를 통해 끊임없이 자신에게 의문을 던지는 것과 달리, 이육사는 그저 객관적인, 어떠한 정감도 묻어나지 않는 현재형 동사를 기본형 그대로 제시함으로써 마치 사진사가 찍어 내는 풍경처럼 있는 그대로를 냉혹하게 보여 주고자 한다.

그러나 이러한 근본적인 차이에도 불구하고 두 시인은 시의 후반부에 이르러 동일한 폭과 깊이의 고통과 절망을 안고 '그렇다면 어떻게 살 것인가' 하는 문제를 스스로에게 던진다. 이육사가 '어데다 무릎을 꿇어야 하나? / 한발 재겨 디딜 곳조차 없다'라고 자신의 절망을 고백하는 것과, 윤동주가 '인생은 살기 어렵다는데 / 시가 이렇게 쉽게 씌어지는 것은 / 부끄러운 일이다.'라고 고통스럽게 자신을 확인하는 것은 동일한 수준에 육박하는 시적 자각이다. 이제야 두 시인에게는 절망과 고통스러운 자기 확인을 넘어서는 의무가 부과된 것이다. 이 지점이 바로 두 시의 전환에 해당한다. 두 시의 시적 발상은 공통적으로 도입을 통해 전체적인 문제 상황을 제시하고, 그 상황을 더욱 세부적으로 묘사하는 전개를 거쳐, 이렇게 절망적인 자신의 심경을 피력하는 것으로 전환을 마련하는 것이다. 물론 이다음에 올 것은 당연히 어떻게 절망이, 그리고 부끄러움이 새로운 미래를 성취하는가이며, 그것은 '기승전결'의 시적 구조에서 '결'에 해당한다.

이를 이육사는 다시 첫 구절의 '매운 계절'을 '겨울'로 한층 구체적으로 제시하고, 냉혹한 속성을 이어받아 '강철'의 이미지를 이끌어 낸다. 그러나 강철은 그저 '겨울'의 이미지를 강화하는 것에 그치지 않고 비약적으로 그것을 극복할 수 있는 아름다운 '무지개'와 일거에 연결됨으로써 놀라운 시적 비약을 달성하기에 이른다. 단박에 상황 전체를 뒤집어엎음으로써, 오직 시인만이 예견할 수 있는 선지자의 목소리를 우리는 그의 시에서 듣는 것이다. 이와 마찬가지로 윤동주 역시 다시 처음으로 되돌아감으로써 결코 쉽지 않은, 오히려 식민지 시대 전체를 통틀어 가장 절절하고 가장 고통스러운 시 쓰기를 마무리할 준비를 한다. 그것은 '등불을 밝혀 어둠을 조금 내몰고 / 시대처럼 올 아침을 기다리는 최후의 나'를 곧추세움으로써,

곧 역사적 과제에 전적으로 자신을 내맡기는 헌신적인 투신을 통해서, 비로소 분열되었던 사회적 자아와 개인적 자아를 흔연히 통합하는 가운데 이루어진다. 그제야 분열된 두 자아는 '눈물과 위안'으로 새롭게 서로를 끌어안을 수 있게 되는 것이다.

하지만 두 작품에서 획득된 시적 성취는 불온한 것이었다. 적어도 식민지 시대에서는. 결국 불온한 시를 쓴 두 시인은 시로써 앞질러 해방을 꿈꾸었다는 죄로, 삶을 시와 하나로 일치시켰다는 죄목으로 후쿠오카의 감옥에서, 또 북경의 감옥에서 각기 죽었다. 동일한 갈망으로 함께 연대한 채.

3

시와 상상

사람은 여느 동물과 달리 상상력을 지녔다고 합니다. 아니 정확히 말하면 더 풍부한, 더 깊이 있는 상상력을 지녔습니다. 동물들도 당연 상상력이 있기 때문입니다. 예컨대 청설모나 다람쥐는 겨울나기를 위해 가을날 도토리나 알밤을 모아 둔다고 합니다. 지금 여기는 먹을 것이 많지만, 곧 닥쳐올 겨울에는 먹을 것이 없을 것을 생각한다지요. 지금과 여기를 떠나서 생각하는 힘이 있는 셈이지요. 그러나 청설모나 다람쥐가 숨겨 둔 도토리나 알밤을 다시 꺼내 먹을 확률은 20퍼센트 남짓 된다고 합니다. 그것이 이 동물들이 지닌 상상력의 한계인 것이지요.

　　그러나 인간은 다릅니다. 아주 풍부한 상상력으로 언제든 시간과 공간의 제약을 뛰어넘어 사고할 수 있습니다. 지금과 여기를 뛰어넘어 생각하는 힘을 상상력이라고 합니다. 인간이야말로 상상력의 진정한 주인인 셈이지요. 물론 이조차 지극히 인간 중심적인 오만 방자한 관점이기는 합니다만. 그래도 시는 문학적 상상력이 빚어낸 가장 소중한 선물일 것입니다. 시는 저마다 상상력으로 빛나고 있기 때문입니다.

　　모든 시는 경험과 상상으로 이루어져 있습니다. 모든 시는 삶의 경험으로부터 시작되고, 그 경험을 상상의 힘으로 밀어 올려 우리에게 눈부신 깨우침을 줍니다. 세상을 새롭게 보고 낯설게 볼 수 있는 힘을 주지요. 시인의 노력으로 우리는 새로운 눈으로 세상을 보고, 새로운 깨달음으로 삶을 느끼는 것입니다. 시가 없다면 우리네 삶은 그저 지금 여기의 삶일 뿐입니다. 밋밋하고 무미건조하고, 한낱 자기 앞의 것만 보기에 급급한 삶이 펼쳐질 것입니다. 어쩌면 인간이라는 가난한 이름 때문에라도 우리는 상상의 힘을 빌려 나를 넘어 너에게로, 또 다른 존재들에게로, 또 더 넓은 세상으로 갈 수 있는 것입니다.

잘 알려진 시 중에 안도현의 「너에게 묻는다」가 있습니다. 시는 아주 짧지요. '연탄재 함부로 발로 차지 마라/ 너는/ 누구에게 한 번이라도 뜨거운 사람이었느냐'가 전부랍니다. 이 시에서는 '연탄재'가 중심 소재입니다. 쓰임을 다해 이제는 버려진 쓸모없는 연탄재입니다. 시인은 발로 차지 마라고 하는군요. 그리고 곧장 '한 번이라도 뜨거운 사람'과 연결합니다. 연탄재는 이제 누구에게 한 번이라도 뜨거운 존재로 탈바꿈합니다. 그리고 우리에게 묻는 것이지요. 너는 연탄재 같기나 했는가라고. 누구에게 한 번이라도 뜨거운 사람이었느냐고. 이 시는 지금 여기 있는 연탄재를 상상력의 힘을 빌려 '뜨거운 사람'과 연결합니다. 이를 통해 우리네 삶의 자세를 캐묻는답니다. 이것이 바로 시의 상상력입니다. 상상력을 통해 시는 우리에게 사물을, 일상을, 삶을, 세상을 어떻게 보아야 하는지 느끼게 해 줍니다.

자, 시인들은 저마다 어떤 상상력들을 작동시킬까요? 그리고 상상력을 통해 무엇을 건네고자 하는 것일까요?

민지의 꽃
정희성

읽 기 전 에

1. 앞에서 읽은 정희성의 시를 찾아보고, 시인이 세상을 보는 관점을 되짚어 생각해 보자.

2. 꽃과 풀은 어떻게 다른가? 꽃과 풀을 나누는 기준은 무엇인가?

강원도 평창군 미탄면 청옥산 기슭
덜렁 집 한채 짓고 살러 들어간 제자를 찾아갔다
거기서 만들고 거기서 키웠다는
다섯 살배기 딸 민지
민지가 아침 일찍 눈 비비고 일어나
저보다 큰 물뿌리개를 나한테 들리고
질경이 나싱개 토끼풀 억새……
이런 풀들에게 물을 주며
잘 잤니, 인사를 하는 것이었다
그게 뭔데 거기다 물을 주니?
꽃이야, 하고 민지가 대답했다
그건 잡초야, 라고 말하려던 내 입이 다물어졌다
내 말은 때가 묻어
천지와 귀신을 감동시키지 못하는데
꽃이야, 하는 그 애의 말 한마디가
풀잎의 풋풋한 잠을 흔들어 깨우는 것이었다

꽃과 풀은 어떻게 다를까? 꽃은 꽃을 피우고 풀은 꽃을 피우지 못한다? 글쎄, 사실 모든 식물은 저마다 꽃을 피운다. 어떤 꽃들은 너무 작거나 너무 외진 곳에 피어 눈에 잘 띄지 않을 뿐이다. 아니다. 그저 그 꽃을 무심히 지나치기 때문에 우리가 보지 못할 따름이다. 그럼 무엇이 꽃과 풀을 나누는 기준일까? 보기가 귀하면 꽃이고 흔하면 풀인가? 그도 아니다. 들꽃이나 깊은 산속에 피는 꽃들이 요즘 들어 보기가 더 어려워졌다. 아스팔트와 시멘트로 뒤덮인 도시에서는 오히려 장미와 수선화를 보기가 더욱 쉬워졌다. 그렇다면 꽃과 풀은 서로 자리를 바꾸어야 하는가? 그렇지는 않을 것이다. 꽃과 풀을 나누는 기준은 그저 사람들의 척도일 따름이다. 때로는 상품화가 되고 안 되고의 차이일 수도, 때로는 가꾸기 쉽고 어렵고의 차이, 심지어는 아름답고 아름답지 않고의 차이 등등이다. 이 모든 기준은 사람들이 자의적으로 만들어 낸 것일 뿐이다. 꽃도 풀도 식물이기는 마찬가지다.

민지 같은 꼬마 아이조차 아는 것을 사람들이, 어른들이 모를 뿐이다. 민지는 '강원도 외딴곳'에 산다. 세속과 동떨어진 곳이다. 더욱이 '덜렁 집 한채'만 믿고 내려가 살고 있는 제자의 딸이다. 그곳에서 낳아 기른 딸이다. 그만큼 때묻지 않은 아이라는 뜻일 게다. 그리고 고작해야 다섯 살배기 아닌가. 세상 물정 모르는 철부지인 셈이다. 그 아이가 풀들에게 물을 주며 인사를 한다. 질경이, 나싱개, 토끼풀, 억새 등 성가신 잡초로 분류된 식물들이다.

시적 화자는 낯설다, 풀들에게조차 물을 주는 것이. 그래서 사뭇 진지하게 묻는다. '그게 뭔데 거기다 물을 주니?' 돌아온 대답은 간단하고 명료했다. '꽃이야.' 아이의 잘못된 생각을 고쳐 주려다가 곧 깨닫는다. 도대체 무엇이 잘못되었다는 말인가. 더욱이 아이의 말은 '때묻은 내 말', 곧 상투적인 인식에 닳을 대로 닳아 어떤 새로운 느낌도 불러일으키지 못하는 말과 달리, '풀잎의 풋풋한 잠'을 깨우는 바에랴.

이 시에는 놀라운 상상력이 깃들어 있다. 아이가 '꽃이야.'라고 말하는 것은 경험이다. 그러나 그 말을 들은 시적 화자가 이를 삶을 보는 더욱 깊이 있는 관점이라고 생각하는 것은 상상이다. 이 상상력에는 기존의 관습적인 생각을 뒤엎는 전복이 깔려 있다. 물론 그 전복은 어린아이의 눈, 도시의 판박이 문화에 찌들지 않은 '청옥산' 기슭에서 나고 자란 아이의 눈이기에 가능하다. 한편으로 그것은 상상력 이전의 상상력인 것이다. 어쩌면 이 시가 동시의 세계와 닿아 있는 것도 이 때문이다. 상상력 이전의 상상력. 오롯이 세계를 있는 그대로의 눈으로 보는 것. 그것이 이 시가 감동을 주는 원천인 것이다.

 활 동

1. 산골 외딴곳의 어린아이 '민지'가 상징하는 것은 무엇인가?
2. '내 말은 때가 묻어'와 '잠을 흔들어 깨우는 것'은 각각 무엇을 의미하는가?
   - 내 말은 때가 묻어 :
   - 잠을 흔들어 깨우는 것 :
3. 이 시의 상상력은 '전복적 상상력'이라고 할 수 있다. 무엇을 전복했고, 어떤 새로운 관점을 끌어들였는가?

4. 다음 시에 나타난 상상력을 경험과 상상의 관계 속에서 찾아보자.

파밭 가에서
김수영

삶은 계란의 껍질이
벗겨지듯
묵은 사랑이
벗겨질 때
붉은 파밭의 푸른 새싹을 보아라
얻는다는 것은 곧 잃는 것이다

먼지앉은 석경 너머로
너의 그림자가
움직이듯
묵은 사랑이
움직일 때
붉은 파밭의 푸른 새싹을 보아라
얻는다는 것은 곧 잃는 것이다

새벽에 준 조로의 물이
대낮이 지나도록 마르지 않고
젖어있듯이
묵은 사랑이
뉘우치는 마음의 한복판에
젖어있을 때
붉은 파밭의 푸른 새싹을 보아라
얻는다는 것은 곧 잃는 것이다

•••

다소 미묘하고 어려운 시다. '파밭 가'는 배경이기도 하고 대상이기도 하다. '붉은 파밭'과 '푸른 새싹'은 날카로운 대립적 이미지가 돋보인다. 첫 연의 '삶은 계란의 껍질이/벗겨지듯'은 매우 분명하고 쉽게 드러난다는 의미일 것이다. 그렇게 '묵은 사랑', 오래된 사랑은 계란의 껍질처럼 벗겨지고 새로운 사랑이 푸른 새싹처럼 돋아나는 상황이다. 이를 통해 시적 화자는 '새로운 사랑'을 얻는다는 것은 '묵은 사랑'을 잃는 것이라고 말한다.

2연의 '먼지앉은 석경'은 '계란의 껍질'과 마찬가지로 실체와 진실을 가리는 존재다. 그 너머 계란의 속살이 드러나듯 '너의 그림자가/움직이듯' 묵은 사랑이 떠나간다. 그러나 3연에서 명료한 변화와 달리, 이미 묵은 것에 속한 시적 화자는 여전히 묵은 사랑을 붙들고 있고 묵은 사랑을 새로운 사랑으로 만들지 못했다는 뉘우침에 잠겨 있다. 스스로를 되돌아보는 것이다. 이때 '얻는다는 것은 곧 잃는 것이다'라는 것은 꼭 마찬가지로 '잃는다는 것은 곧 얻는 것이다'라고 말할 수 있는 힘이 된다. 어쩌면 시는 떠나가는 사랑에 대한 후회이자 새로운 다짐이기도 한 셈이다.

시는 통사적 구조를 거듭 반복하고 붉은 파밭과 푸른 새싹, 얻는 것과 잃는 것 등 대립적인 이미지를 동일하게 구사함으로써 유려한 율격을 획득한다. 그리고 깊은 성찰을 담은 채, 아무렇지도 않은 '파밭 가에서' 삶의 뚜렷한 깨달음을 하나 길어 올린다. '얻는 것이 잃는 것'이라는 역설 역시 「민지의 꽃」처럼 전복적인 상상력이 드러난다.

담쟁이
도종환

읽 기 전 에

1. 담쟁이의 속성을 아는 대로 나열해 보자.
2. 담쟁이의 관점에서 벽은 어떤 존재일까 생각해 보자.

서셋은 벽

어쩔 수 없는 벽이라고 우리가 느낄 때

그때

담쟁이는 말없이 그 벽을 오른다

물 한방울 없고 씨앗 한톨 살아남을 수 없는

저것은 절망의 벽이라고 말할 때

담쟁이는 서두르지 않고 앞으로 나아간다

한 뼘이라도 꼭 여럿이 함께 손을 잡고 올라간다

푸르게 절망을 다 덮을 때까지

바로 그 절망을 잡고 놓지 않는다

저것은 넘을 수 없는 벽이라고 고개를 떨구고 있을 때

담쟁이잎 하나는 담쟁이잎 수천 개를 이끌고

결국 그 벽을 넘는다.

현실의 삶은 언제나 삶은 달걀처럼 폭폭하다. 아침 신문을 펼칠 때마다 우리는 부글부글 노여움을 다스리기에 급급하며, 과연 역사는 발전하는가 묻고 싶기까지 하다. 더욱이 끊임없이 싸워 나가는 일은 얼마나 힘겨운가? 그저 주어진 대로 살아가는 일이 오히려 더욱 편하지 않은가 하는 생각이 들 때도 없지 않다. 그럼에도 어쩌랴. 인간은 절망을 넘어설 때 가장 인간적인 면모를 성취하는 법이거늘. 이 어려운 화두를 「담쟁이」는 문제 삼고 있다.

이 시에는 '벽'과 '우리'가 대립적인 존재로 설정되어 있다. 우리는 물론 사람들이다. 사람들은 '벽'을 '어쩔 수 없는 벽'이라고 느낀다. 사방이 벽으로 막혀 있다는 것은 절망을 상징한다. 넘을 수 없는 벽인 것이다. '그때 / 담쟁이는 말없이 그 벽을 오른다'. 느낌 이전에 움직임, 곧 실천이 먼저 앞지른다. 관념이, 말이 필요 없다. 우리가 '절망의 벽'이라고 말할 때, '서두르지 않고 앞으로 나아간다'. 더욱이 담쟁이는 '서두르지 않고', 비록 '한 뼘이라도' 여럿이 함께 손을 잡고 올라간다. 계속 올라간다, 마침내 푸른 잎새가 '절망' 곧 '벽'을 '다 덮을 때까지', 절망과 엉겨 붙어 결코 놓지 않을 때까지. 우리가 '넘을 수 없는 벽' 곧 이겨 낼 수 없는 현실이라고 '고개를 떨구고 있을 때', 낙담하고 있을 때, '담쟁이잎 하나가' 수천의 잎을 이끌고 결국, 마침내, 끝끝내 '그 벽을 넘는다'는 것이다. '말없이', '서두르지 않고', '여럿이 함께', '다 덮을 때까지', '그 벽을 넘는다'.

이 시는 무척 단순하다. 담쟁이를 통해 우리네 사람살이를 비추어 본다. 담쟁이의 속성을 사람들에 견주어 대립적으로 설정한다. 담쟁이는 넘고, 우리는 넘지 못한다. 담쟁이를 통해 배워야 한다. 현실을 절망의 벽이라고 좌절하지 말고, 함께 연대하여, 서두르지 말고, 그 절망을 꽉 움켜쥐고 이겨 내야 한다는 것이다. 이 또한 상상력이다. 경험은 담쟁이다. 이 경험을 찬찬히 살핌으로써 우리네 삶의 가르침을 이끌어 낸다. 이러한 상상력을 우리는 유추라고 한다. 자연물인 객관적 상관물을 통해 삶의 이치를 이끌어 내는 방식이다. 앞에서 읽은 김수영의 「파밭 가에서」나 황지우의 「새들도 세상을 뜨는구나」 역시 같은 상상력이 작동한다.

이러한 발상으로 창작된 작품들은 유추의 짝이 서로 얼마나 긴밀하게 일치하는가가 작품의 미적 질을 좌우한다. 「담쟁이」는 명료하다. 지나치게 많은 속성이 동원되지도 않는다. 그럼에도 그 자체로 풍부한 상징을 지닌 채 우리네 삶의 태도를 돌아보게 만든다. 아주 짤막한 시인데 이다지도 명료하게 울림을 준다. ㄱ 힘은 어디에 있을까? 무엇보다 현재의 절망을 넘어서 겠다는 뜨거움이 있어야 할 것이다. 이어서 담쟁이 자체의 속성에 관한 날카로운, 오랜 관찰이 뒤따라야 할 것이다. 그리고 이 둘 사이의 공통분모를 매끄럽게 연결해야 할 것이다. 이것만으로 충분히 족한 것이다.

1. '우리'가 현실을 바라보는 관점은 어떠한가?
2. '담쟁이'의 속성을 차례대로 제시하고, 그 유추적 의미를 알아보자.
3. 이 시의 상상력과 유사한 작품을 앞에서 한번 찾아보자.
4. 다음 시를 읽고, 유추의 짝을 서로 연결해 보자.

꽃
김춘수

내가 그의 이름을 불러주기 전에는
그는 다만
하나의 몸짓에 지나지 않았다.

내가 그의 이름을 불러주었을 때
그는 나에게로 와서
꽃이 되었다.
내가 그의 이름을 불러준 것처럼
나의 이 빛깔과 향기에 알맞는
누가 나의 이름을 불러다오.
그에게로 가서 나도
그의 꽃이 되고 싶다.

우리들은 모두
무엇이 되고 싶다.
너는 나에게 나는 너에게
잊혀지지 않는 하나의 의미가 되고 싶다.

- 하나의 몸짓 → 빛깔과 향기 → 이름 → 꽃
- 무의미 → 개성과 아름다움 → 이름 → 의미

김춘수의 잘 알려진 시다. 기본적으로 꽃의 이름을 부르는 것과 나의 이름을 부르는 것을 통해 존재의 의미, 관계의 의미를 회복하고 싶다고 말한다. 전형적인 유추적 상상력의 예로 손색이 없다. 꽃에 해당하는 '하나의 몸짓', '빛깔과 향기', '이름', '꽃'으로 이어지는 흐름은 나에 해당하는 '무의미', '개성과 아름다움', '이름', '의미'의 짝과 엄밀히 대응한다. 꽃으로 구체화되는 관계의 형성을 통해, 의미 있는 인간 관계라는 추상적인 생각이 구체화됨으로써 유추의 기능을 충분히 발휘하고 있다.

땅끝
나희덕

산너머 고운 노을을 보려고
그네를 힘차게 차고 올라 발을 굴렀지
노을은 끝내 어둠에게 잡아먹혔지
나를 태우고 날아가던 그넷줄이
오랫동안 삐걱삐걱 떨고 있었어

어릴 때는 나비를 쫓듯
아름다움에 취해 땅끝을 찾아갔지
그건 아마도 끝이 아니었을지 몰라
그러나 살면서 몇번은 땅끝에 서게도 되지
파도가 끊임없이 땅을 먹어들어오는 막바지에서
이렇게 뒷걸음질치면서 말야

살기 위해서는 이제

뒷걸음질만이 허락된 것이라고

파도가 아가리를 쳐들고 달려드는 곳

찾아나선 것도 아니었지만

끝내 발 디디며 서 있는 땅의 끝,

그런데 이상하기도 하지

위태로움 속에 아름다움이 스며 있다는 것이

땅끝은 늘 젖어 있다는 것이

그걸 보려고

또 몇번은 여기에 이르리라는 것이

　앞에서 우리는 김기림의 「바다와 나비」를 읽었다. '청무우밭'을 찾아 바다를 헤매다 결국 날개가 절어 돌아오는. 삶이란 어쩌면 그런 것인지도 모른다. 무지개를 좇다 마침내 지친 발걸음으로 되돌아오는. 그렇다면 나비나 삶이나 얻은 것은 아무것도 없는 빈손이었던가? 결코 그렇지는 않을 것이다. 어쩌면 바다 위에서, 무지개를 찾는 길 위에서 보고, 듣고, 느낀 것 그 자체가 아름다움이 아니었을까.

　시는 이 닿을 수 없는 시도로부터 시작된다. '노을'을 보려고 '그네'를 차고 올라 발을 구른다. 서정주의 「추천사」를 떠올리게 한다. 그러나 끝내 시간은 노을을 붙잡아 두지 못하고 어둠 속에 사라진다. 그넷줄만 '삐걱삐걱' 지치고 고단한 소리를 내고 있을 따름이다. 다음으로 시적 화자는 어린 시절 '나비를 좇듯 / 아름다움에 취해 땅끝을 찾아갔'다고 한다. 그러나 사실 그 경험은 모호하고 불투명한 채 남아, 정말 '땅끝'이라고 규정하기 어렵다. '삶의 바닥'이 아니라 그저 아름다움에 이끌린 풍경이었기 때문이다. 진정 '땅끝'은 지명이 아니라 '삶의 막다른 지점'이어야 하는 것이다. 아름다움에 취해 찾는 곳이 아니라, 어쩔 수 없이 '살면서 서게 되는' 곳이어야 하는 것이다.

　그곳은 '파도가 끊임없이' 내 딛고 선 '땅을 먹어들어오는' '막바지'다. '뒷걸음질치'지 않고서는 살아남을 수 없는 곳이다. '파도가 아가리를 쳐들고 달려'들며 우리를 겁박하는 곳이다. 더욱이 우리는 불현듯 땅끝에 내팽개쳐진 것이다. 결코 아름다움을 찾아 스스로 찾아든 곳이 아니었다.

　'그런데 이상하기도 하지'. 어쩔 수 없이 맞닥뜨린 땅끝임에도, '파도가 아가리를 쳐들고' 달려들고, 고작해야 '뒷걸음질' 치는 일밖에 없는 곳인데, 시적 화자는 그 '위태로움' 속에 '아름다움'이 스며 있다고 말한다. 삶의 막다른 곳을 절망이라고 느끼지 않고, 그 속에 스민 아름다움을 읽고 있는 것이다. 이러한 상상력은 단연 전복적이다. '땅끝'이 그저 끝이 아니라, 끝만이 지닌 아름다움이란 새로운 함축적 의미를 매다는 것이다. 더욱이 그 끝은 '늘 젖어 있다'. 때로는 눈물로 젖고, 때로는 땀으로 젖을 것이다. 이는 분명 유추적 상상력이다. 파도에 젖은 땅끝을 삶의 땅끝으로 읽고, 바닷물에 젖은 땅끝을 눈물과 땀으로 젖은 삶으로 읽기에 그러하다. '그걸 보려고 / 또 몇번은 여기에 이르리라는 것이'라는 마지막 구절은 유추를 통해 마무리를 짓는다. 땅끝은 삶에서 마주치는 절망적인 끝이기도 하거니와 그저 땅과 바다가 잇닿은 곳이기도 한 것이다. 두 가지 의미는 서로 밀고 당기며 때로는 땅끝 그 자체를, 때로는 삶을 비추어 보이는 것이다.

이처럼 한 편의 시에는 다양한 상상력이 작동하기도 한다. 이 시에는 전복적인 상상력과 유추의 상상력이 잘 섞여 있다.

 활 동

1. 이 시의 도입에 제시된 '그네타기'는 왜 있는 것일까? 함축적 의미를 찾아보자.
2. 이 시에 사용된 상상력이 전복적 상상력과 유추적 상상력이라면, 그것이 드러나는 부분을 찾아보자.
3. 이 시의 주제를 찾아가 보자.
   • 중심 소재 :
   • 화제 :
   • 주제 :

4. 다음 시에 나타난 주요한 상상력을 찾아보자. 그리고 이 상상력을 중심으로 시를 해석해 보자.

배추의 마음
나희덕

배추에게도 마음이 있나보다
씨앗 뿌리고 농약 없이 키우려니
하도 자라지 않아
가을이 되어도 헛일일 것 같더니
여름내 밭둑 지나며 잊지 않았던 말
—나는 너희로 하여 기쁠 것 같아
—잘 자라 기쁠 것 같아

늦가을 배추포기 묶어주며 보니
그래도 튼실하게 자라 속이 꽤 찼다
—혹시 배추벌레 한 마리
이 속에 갇혀 나오지 못하면 어떡하지?
꼭 동여매지도 못하는 사람 마음이나
배추벌레에게 반 넘어 먹히고도
속은 점점 순결한 잎으로 차오르는
배추의 마음이 뭐가 다를까?
배추 풀물이 사람 소매에도 들었나보다

● ● ●

시인의 순한 마음과 일상 속에서 길어올리는 생각이 잘 드러난 작품이다. 농약 없이 배추를 키우며 쑥쑥 자라지 않는 배추를 보며 그래도 한껏 정성을 기울이는 사람의 마음이나, 그 정성에 따라 튼실하게 속을 채운 배추야말로 같은 마음이라는 것이다. 배추벌레를 생각하여 느슨하게 짚을 동여매는 사람의 마음이나 배추벌레에게 먹히고도 잎으로 채우는 배추야말로 같은 마음이라는 것이다. 그러니 어찌 사람의 소매에 배추의 풀물이 들지 않으랴.

참깨를 털면서
김준태

산그늘 내린 밭귀퉁이에서 할머니와 참깨를 턴다.
보아하니 할머니는 슬슬 막대기질을 하지만
어두워지기 전에 집으로 돌아가고 싶은 젊은 나는
한번을 내리치는 데도 힘을 더한다.
세상사에는 흔히 맛보기가 어려운 쾌감이
참깨를 털어대는 일엔 희한하게 있는 것 같다.
한번을 내리쳐도 셀 수 없이
쏴아쏴아 쏟아지는 무수한 흰 알맹이들
도시에서 십년을 가차이 살아본 나로선
기가막히게 신나는 일이지라
휘파람을 불어가며 몇 다발이고 연이어 털어댄다.
사람도 아무 곳에나 한번만 기분좋게 내리치면
참깨처럼 쏴아쏴아 쏟아지는 것들이
얼마든지 있을 거라고 생각하며 정신없이 털다가
"아가, 모가지까지 털어져선 안되느니라"
할머니의 가엾어하는 꾸중을 듣기도 했다.

그대 생의 솔숲에서
김용택

나도 봄산에서는

나를 버릴 수 있으리

솔이파리들이 가만히 이 세상에 내리고

상수리나무 묵은 잎은 저만큼 지네

봄이 오는 이 숲에서는

지난날들을 가만히 내려놓아도 좋으리

그러면 지나온 날들처럼

남은 생도 벅차리

봄이 오는 이 솔숲에서

무엇을 내 손에 쥐고

무엇을 내 마음 가장자리에 잡아두리

솔숲 끝으로 해맑은 햇살이 찾아오고

박새들은 솔가지에서 솔가지로 가벼이 내리네

삶의 근심과 고단함에서 돌아와 거니는 숲이여 거기 이는 바람이여

찬 서리 내린 실가지 끝에서

눈뜨리

눈을 뜨리

그대는 저 수많은 새 잎사귀들처럼 푸르른 눈을 뜨리

그대 생의 이 고요한 솔숲에서

  김준태의 작품은 '참깨'를 털면서 깨닫게 되는 삶의 태도를 다루고 있다. 「참깨를 털면서」는 '산그늘 내린 밭'이란 시간적 배경과 공간적 배경을 함께 제시하는 가운데, 할머니와 참깨를 터는 상황으로 이야기를 시작한다. '슬슬 막대기질'을 하는 할머니와 달리 젊은 나는 조급하여 '힘을 더' 해 내리친다. 할머니와 시적 화자가 대립되고 있는 것이다. 나는 한번으로 수없이 무수한 알맹이들을 거두는 일 속에서 기쁨을 느낀다. 삶이 이처럼 쉬웠으면 하고 은근히 바라는 것이다. 상상만으로도 기가 막히게 신나는 일이 아닐 수 없다. 그러다 마침내 할머니에게 '아가, 모가지까지 털어져선 안되느니라'라는 은근한 지청구를 듣는다. 오랜 농사일로 이력이 난 할머니가 삶이란 그리 녹록지 않음을 가만가만 일러 주는 것이다. 젊디젊은 나에게. 참깨를 터는 일과 삶을 살아가는 일이 서로 짝을 이루며 유추의 관계를 맺고 있는 작품이다.

  김용택의 작품 역시 유추의 상상력이 배어 있다. 「그대 생의 솔숲에서」는 봄산을 오르는 시인의 깨달음을 노래하기 때문이다. 생의 솔숲인 봄산은 모든 것을 내려놓는다. 이를 보고 시적 화자는 솔이파리들, 묵은 잎들 지는 것만큼이나 가만히 '지난날들을 내려놓아도 좋'을 것이라고 말한다. '삶의 근심과 고단함'을 내려놓아도 좋으리라는 것이다. 그래야 '남은 생도 벅차리'라고 읊조린다. '내려놓'고자 한다면 '내 손에 쥐'는 것이나 '가장자리에 잡아두'는 것이 무의미하다고 말한다. 온전히 '나 자신'마저 내려놓은 다음에야 비로소 '새 잎사귀들처럼' 눈을 뜨게 되리라는 것이다. 새로운 깨달음을 얻으리라는 것이다. 생의 본질에 대한 깨달음을 얻으리라는 것이다.

  두 작품은 참깨를 터는 일과 솔숲을 거니는 일을 통해 삶의 깨달음을 얻는다. 서둘러 한꺼번에 이룰 수 있는 일은 없으며, 내려놓지 않고서는 어떤 새로운 잎도 틔울 수 없음을 가만가만 우리에게 속삭이는 것이다.

이 두 편의 시는 결코 힘주어 가르치려고 들지 않는다. 다만 생의 한 자락에서 자신의 깨달음을 넌지시 보여 줄 따름이다. 우리는 그 한 자락을 본 것만으로도 어떻게 살아야 할 것인지를 흘낏 훔쳐본 느낌일 것이다. 이것이 곧 시가 우리에게 말을 건네는 방식이다. 가만가만 읊조리듯 스스로의 깨달음을 펼쳐 보이는 것. 유추에 기대어, 또 힘입어.

네 번째 이야기

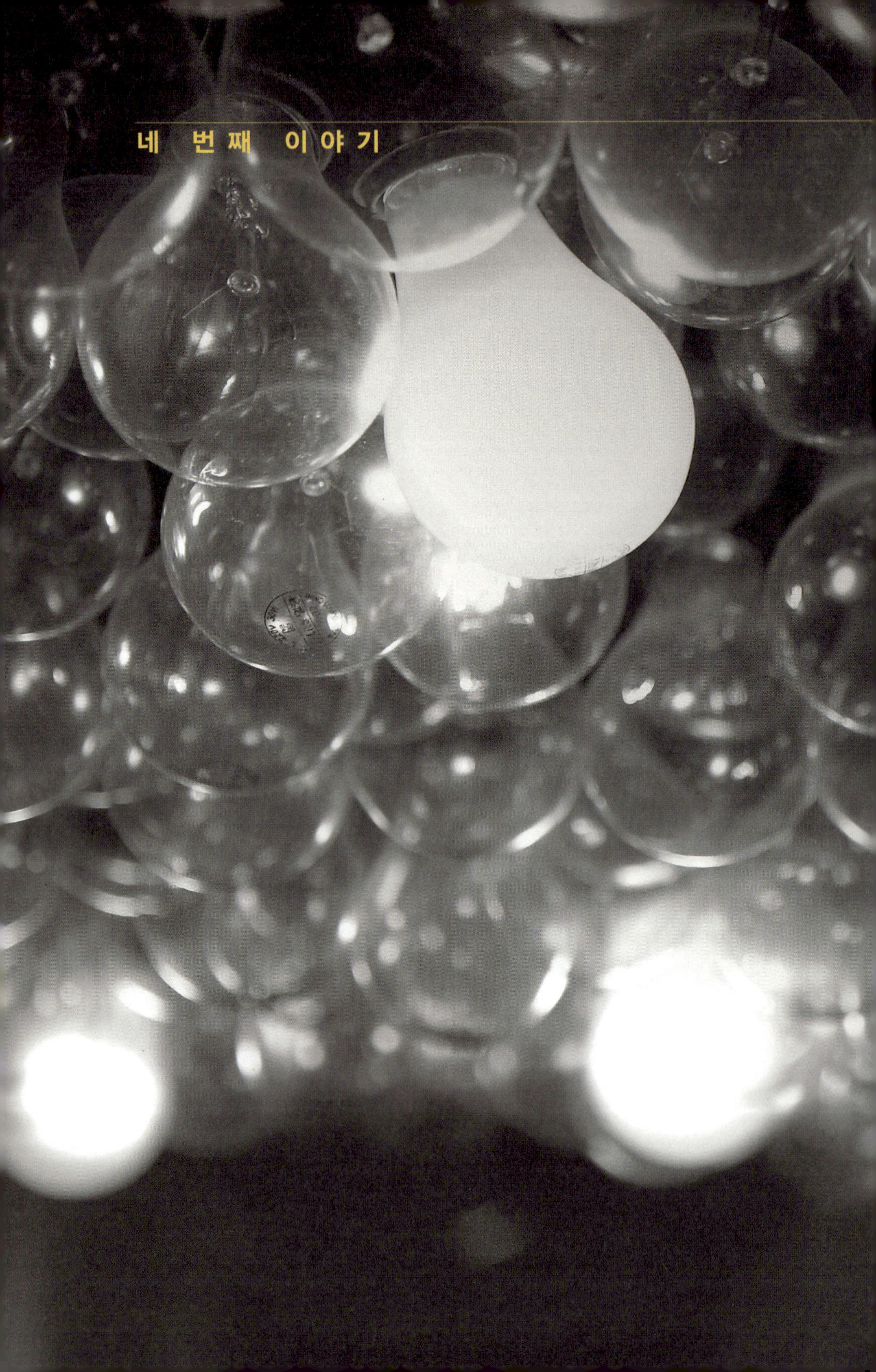

시인 읽기
시 읽기

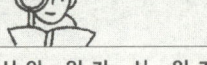

　지금까지 우리는 개별적인 한 편 한 편의 시를 방법론에 기대어 살펴보 았습니다. 시는 저마다의 특성을 지닌 채, 때로는 음악성이, 때로는 이미지 가, 때로는 현실 인식이 돋보였고 우리는 이 시들을 꼼꼼히 따져 읽었습니 다. 그런데 시를 읽을 때는 개별 작품을 꼼꼼하게 읽는 것도 한 방법이지만, 시인의 시를 엮어 읽는 것도 좋은 방법입니다. 시인이 어디에서 주로 시적 대상을 발견하고, 대상을 어떻게 표현하며, 어떤 상상으로 밀어 올리는지 살펴보면 시는 물론이거니와 시인에 대해서도 잘 알게 됩니다. 김소월이 민요조 서정시를 썼으며, 그의 시가 식민지 시대를 살다 간 민중들의 서러 운 눈물을 씻어 주었음을 안다면 시 한 편 한 편이 한결 잘 읽힐 것입니다.

　시는 늘 개별적인 예술 작품으로 존재하지만, 언제나 다른 작품과 일정 한 연관을 맺고 있습니다. 이 연관을 어려운 말로는 상호 텍스트성이라고 합니다. 텍스트와 텍스트가 맺고 있는 직접적인 혹은 간접적인 관계를 말 합니다. 하늘 아래 새로운 것이 없다고 했으니 사실 모든 시들은 다 이전에 씌어진 시를 바탕으로 창조된 것입니다. 그러니 한 시인이 쓴 시는 당연 상 호 텍스트적으로 연결되어 있습니다. 동일한 정신적 지향이 동일한 경향 의 작품을 낳는 것입니다. 만해 한용운의 시가 '님'을 중심으로 다양한 진 폭을 가진 채 맴돌고 있음은 잘 알려진 사실입니다. 「님의 침묵」이란 표제

시는 물론이거니와 이 시집 전체에 담긴 작품들이 동일한 주제의 변주로 펼쳐져 있기 때문입니다.

이제 우리는 개별적인 시의 주도적인 한 양상이 아니라, 한 작품의 여러 측면을 동시에 탐구해 볼 차례가 되었습니다. 어느 한 요소만 살피는 것은 다만 교육적인 목적을 위한 것일 따름입니다. 정작 시는 여러 요소가 서로 결합하여 이루어 내는 한 폭의 그림과 같습니다. 이를 색이나 선, 형태, 크기 등 어느 한 측면만 다룰 수는 결코 없기 때문입니다. 이에 우리는 작품의 요소들이 서로 어울려 어떻게 한 세계를 버티어 내는지 살펴볼 것입니다.

네 번째 이야기에서는 우리 현대시를 밀어 올린 아름드리나무들을 만나 볼 것입니다. 먼저 김소월과 한용운을 간단히 살펴본 다음 현대시를 현대시답게 끌어올린 정지용, 저항 시인으로 우리 모두에게 사랑받는 윤동주와 이육사, 그리고 읊조리는 듯한 독백의 어투로 식민지 시대와 해방 공간의 정서를 토속적인 언어로 매끄럽게 담아낸 백석을 차례대로 살펴볼 것입니다. 이 밖에도 김수영, 신경림, 황지우 등등 발군의 시인들이 없지 않으나, 앞선 본문에서 여러 차례 다루었기에 따로 검토하지는 않았습니다. 우리 시의 아름드리나무들을 통해 시를 보는 눈이, 시인을 보는 관점이 한결 깊어지기를 바랍니다.

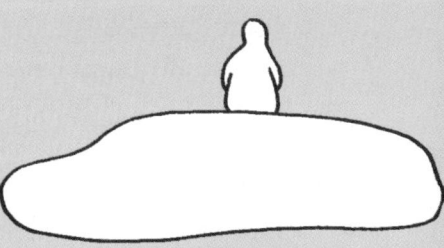

1

소월과 만해

산봉우리가 높으면 계곡이 깊고, 사랑이 깊으면 외로움도 깊습니다. 그것은 무릇 진리입니다. 그럼에도 사람들은 봉우리만, 사랑만 올려다볼 뿐, 그 봉우리가 껴안고 있는 계곡, 사랑이 배후에 두고 있는 외로운 불면의 뒤척임을 애써 외면하고 맙니다. 겉으로 보아 흥청거리기만 하는 이 풍요의 시대에도 어느 한쪽 귀퉁이에는 어김없이 고단한 마음으로 하루의 노동을 끝내는 쓸쓸한 삶들이 있으며, 안온한 기쁨 속에서 나날을 보내는 개인에게도 눈물 젖은 빵을 삼키던 날들이 있는 것입니다. 아마 우리 역사에서 이 신산스러움은 단연 식민지 시대일 터입니다. 궁핍한 시대, 그것이야말로 식민지 시대 전 기간을 가장 명료하게 포착할 수 있는 규정일 것입니다.

그러나 궁핍한 시대에도 시는 존재합니다. 어루만져야 할 넋과 위무의 손길을 기다리는 지친 몸이 있는 한 시는 존재하며, 또 존재해야 합니다. 그리고 그 존재의 면모는 직접적으로 혹은 간접적으로 궁핍한 시대를 자신의 내부에 끌어안고 있어야만 합니다. 시대가 하염없이 궁핍한데 시만 유독 풍만하고 영롱할 수는 없습니다. 그러한 시는 적어도 미학적인 아름다움은 있을지 모르나 역사적인 미의식에 충실한 시는 아닙니다. 그러한 시인 역시 우아한 시인일 수 있으나 치열한 시인은 아닐 것입니다.

더욱이 시 역시 독자들을 상정하고 창작됩니다. 이 시를 읽는 사람은 누구이며, 이 시가 상정한 독자들에게 어떠한 힘, 어떠한 위안을 건네줄 것인지 고민하지 않으면 안 됩니다. 누구에게나 솔깃한 보편적인 미의식이란 기실 존재하지 않습니다. 미 또한 집단적으로 선택되는 것이며, 궁핍한 식민지 시대의 미의식은 식민주의자와 반식민주의자의 미의식이 양쪽에 대립적으로 존재합니다. 시인은 누구나 자각해야 합니다, 자신이 형상화해 내는 시의 미의식은 그 가운데 어느 편에 서 있으며, 서 있어야 하는지를.

초혼
김소월

산산이 부서진 이름이여!
허공중에 헤어진 이름이여!
불러도 주인 없는 이름이여!
부르다가 내가 죽을 이름이여!

심중에 남아 있는 말 한마디는
끝끝내 마저 하지 못하였구나.
사랑하던 그 사람이여!
사랑하던 그 사람이여!

붉은 해는 서산 마루에 걸리었다.
사슴의 무리도 슬피 운다.
떨어져 나가 앉은 산 위에서
나는 그대의 이름을 부르노라.

1. 초혼이 무엇인지 사전에서 찾아보자.
2. 소월 시의 「진달래꽃」을 다시 읽고, 소월 시 율격의 특성을 정리해 보자.

실움에 겹도록 부르노라.
설움에 겹도록 부르노라.
부르는 소리는 비껴 가지만
하늘과 땅 사이가 너무 넓구나.

선 채로 이 자리에 돌이 되어도
부르다가 내가 죽을 이름이여!
사랑하던 그 사람이여!
사랑하던 그 사람이여!

작 품   이 해

　'초혼'이란 죽은 자들의 영혼을 다시 불러들임으로써 되살리고자 하는 의식의 일종이다. 지붕 위에 올라 비통하게 목 놓아 죽은 자의 혼을 세 번 부르는 제식이다. 하지만 모든 제의가 그러하듯 이는 되살리고자 하는 열망이라기보다, 단절을 명료하게 확인하는 것이자 살아남은 자들의 연민과 비통을 이제는 공공연하게 현실의 자장 안으로 끌어들여서는 안 된다는 미래의 다짐이기도 하다. 그러나 김소월의 시는 단절을 승인하지 않는다. 도저한 슬픔의 힘으로 현실과 죽음 저편의 세계를 잇고자 하는 강렬한 열망으로 가득 차 있다.

　시의 첫 번째 연은 죽음의 파괴적인 면모를 여실히 묘사함으로써 시작된다. 산산이 부서져 버리고 갈기갈기 찢겨 나간 죽음 자체의 객관적인 비극성을 드러낸다. 그리고 이어서 객관적인 부서짐의 면모들이 시적 화자와의 연관 속에서 적절한 명명을 상실한 채 단절된다. 하지만 마지막 행에서 시적 화자는 이 단절을, 이승과 저승의 건널 수 없는 거리를 스스로의 죽음까지 상정함으로써 극복하고자 한다. 첫 번째 연은 단박에 시 전체의 흐름을 집약하여 드러내며, 나머지는 도저한 열망의 부연이다.

　시적 정황에 이어 그 정황에 대면하는 서정적 주체의 내면이 포착된다. 그것은 비통한 안타까움이자, 생의 현실성 안에서 맺지 못한 인연에 대한 탄식이기도 하다. 탄식은 어떠한 정서적인 꾸밈도 없이 거듭 반복되는 '사랑하던 그 사람이여!'라는 직설적인 토로로 여실히 제시된다. 이러한 절박한 토로는 전적으로 죽음과 같은 파괴적인 삶에만 가능한 시적 언술이다. 절박함을 벗어난 자리에서 이루어지는 격정적인 감정의 분출은 시를 예술의 차원이 아니라 혼령과 잡귀가 들끓는 구천의 세계, 중음신의 세계로 이끌어 간다. 그러나 유독 죽음과 대면한 시들만큼은 대상 세계 자체의 깊이로 인해 정서적 긴장을 여전히 확보할 수 있다는 것이다. 그렇다고 해서 마냥 넋두리로 시종해서는 안 된다. 긴장이 하염없이 이어진다면 시는 산산이 부서지고 말 것이며, 정서가 아닌 감정적 토로로 충일한 생활의 세계로 전락하게 될 것이다. 따라서 이어지는 연은 도저한 내면에서 한 걸음 비껴서기에 이른다.

이로 인해 시는 응축된 내면으로부터 성큼 객관적인 대상 세계로 확장된다. 다만 죽음의 이미지만큼은 확장되어서는 안 된다. 따라서 대상 세계의 배경은 '서산 마루'에 걸린 '붉은 해'로 조락하는 이미지를 고스란히 견지하게 된다. 더욱이 '사슴의 무리'도 서정적 주체의 정서적 상태가 투사된 채 '나'와 농일시된다. '나'는 일상성으로 충만한 세상으로부터도, 도저히 도달할 수 없는 저편 죽음의 세계로부터도 단절된 채, 고통스럽게 그대의 혼을 불러들인다. 설움을 가득 안은 채. 설움의 힘으로 부르는 소리는 삶의 현실성, 산 자와 죽은 자를 명백하게 단절된 지평으로 인식하는 일상성의 세계를 비껴 솟구치지만, 결국에는 건너뛸 수 없다는 또 다른 비극적인 자기 인식으로 인해 '너무 넓구나'라는 절망적인 탄식을 내뱉는 것이다. 그러나 다시금 서정적 주체는 새롭게 자각한 절망과 단절을 '돌이 되어도'라는 놀라운 상상력을 통해 넘어서고자 하는 것이다. 거듭되는 '사랑하던 그 사람이여!'라는 울림으로 시 전체를 뒤덮으며.

김소월의 격렬한 감정의 높이는 명료하게 분할된 연과 역동적인 3음보의 변형 율격을 통해 형식화된다. 분할된 연을 선택함과 동시에 기승전결의 안정된 연 구성을 화해시킴으로써 정서의 격렬함이 기거할 적절한 처소를 마련하며, 3음보의 역동적인 율격 자체를 선택함과 동시에 그 율격을 자유롭게 넘나듦으로써 역시 불안정한 내면의 흔들림을 탁월하게 담아내는 것이다.

그러나 무엇보다 이 시의 두드러진 성취는 이전의 김소월에게서 보이던 망설임과 주저가 말끔히 사라졌다는 점이다. 「진달래꽃」에서 보여 준 바 있는 '저만치'라는 대상과 주체 사이의 주춤거리는 거리가 사라지고, 대상 세계에 대한 직접적인 갈망을 드러냄으로써 집과 길과 임을 상실한 자의 내밀한 비애와 한이 새로운 면모를 획득한다는 점이다. 소월은 이 시에 이르러 더는 소외된 자가 아니라, 존재의 내던짐을 통해 소외를 극복하고자 하는 적극적인 주체로 구성된다. 비극적인 미의식이란 포괄적인 규정은 여전히 유효하나, 그 비극은 상황에 내팽개쳐진 존재의 비극이 아니라, 능동적인 실천이 획득한 존재의 비극이기에 의미의 진폭은 한결 넓고 깊다.

소월 시의 새로운 변모는 다른 한편으로 민족 구성원들이 선취해야 할 비극의 면모가 무엇인지를 앞질러 보여 준다는 점에 있다. 음울한 탄식과 한의 정서가 아니라 지금 여기에서 무엇이 기획되어야 할 것인지를 제시하는 것이다. 적어도 시는 감정의 토로가 아니라 감정의 행로를 문제 삼는 양식이며, 이로부터 소월의 시는 시의 진정성에 한층 가깝게 다가서기에 이른 것이다. 그가 요절하고 만 것은 궁핍한 시대를 버티어 가는 빛나는 시의 표정을 상실했다는 점에서 안타깝기 그지없는 일이다.

 활 동

1. 이 시의 구성적 특성은 무엇인가?
2. 이 시의 정서는 무엇인가?
3. 이 시가 기존의 소월 시와 다른 점은 무엇인가?

4. 다음 시는 보기 드물게 현실 인식이 드러나는 김소월의 시다. 이것이 잘 드러나는 부분을 찾고, 소월의 현실 인식을 설명해 보자.

바라건대는 우리에게 우리의 보습대일 땅이 있었더면
김소월

나는 꿈꾸었노라, 동무들과 내가 가지런히
벌 가의 하루일을 다 마치고
석양에 마을로 돌아오는 꿈을,
즐거이, 꿈 가운데.

그러나 집 잃은 내 몸이여,
바라건대는 우리에게 우리의 보습대일 땅이 있었더면!
이처럼 떠돌으랴, 아침에 접을 손에
새라새로운 탄식을 얻으면서.

동이랴, 남북이랴,
내 몸은 떠가나니, 볼지어다,
희망의 반짝임은, 별빛이 아득임은.
물결뿐 떠올라라, 가슴에 팔다리에.

그러나 어쩌면 황송한 이 심정을! 날로 나날이 내 앞에는
자칫 가느른 길이 이어가라. 나는 나아가리라
한걸음, 또 한걸음. 보이는 산비탈엔
온 새벽 동무들, 저저혼자…… 산경(山耕)을 김매이는.

님의 침묵
한용운

님은 갔습니다. 아아 사랑하는 나의 님은 갔습니다.

푸른 산빛을 깨치고 단풍나무숲을 향하야 난 적은 길을 걸어서 참어 떨치고 갔습니다.

황금의 꽃같이 굳고 빛나든 옛 맹서는 차디찬 티끌이 되야서 한숨의 미풍에 날어갔습니다.

날카로운 첫 키스의 추억은 나의 운명의 지침을 돌려놓고, 뒷걸음쳐서 사라졌습니다.

나는 향기로운 님의 말소리에 귀먹고, 꽃다운 님의 얼골에 눈멀었습니다.

사랑도 사람의 일이라, 만날 때에 미리 떠날 것을 염려하고 경계하지 아니한 것은 아니지만, 이별은 뜻밖의 일이 되고 놀란 가슴은 새로운 슬픔에 터집니다.

그러나 이별을 쓸데없는 눈물의 원천을 만들고 마는 것은 스스로 사랑을 깨치는 것인 줄 아는 까닭에, 걷잡을 수 없는 슬픔의 힘을 옮겨서 새 희망의 정수박이에 들어부었습니다.

우리는 만날 때에 떠날 것을 염려하는 것과 같이, 떠날 때에 다시 만날 것을 믿습니다.

아아 님은 갔지마는 나는 님을 보내지 아니하였습니다.

제 곡조를 못 이기는 사랑의 노래는 님의 침묵을 휩싸고 돕니다.

읽 기 전 에

1. 한용운의 '님'이 조국, 부처, 사랑하는 임 등으로 해석된다는 것은 잘 알려져 있다. 어떤 해석
   에 동의하는가?
2. 임이 침묵하는 시대는 어떠한 시대인가? 지금은 임이 침묵하는 시대인가?

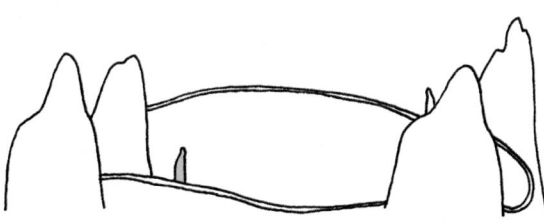

　궁핍한 시대, 어떠한 전망도 가능하지 않은 1920년대의 역사적 현실을, 소월의 시가 스스로 선택한 존재의 비극성을 통해 돌파하고자 했다면, 그 한옆에는 존재의 운명적인 본질에 기댐으로써 님의 침묵 속에서 역설적으로 님의 존재를 자각하는 만해가 존재한다. 만해 시의 핵심력인 동력은 존재와 부재의 변증법이다. 만해 한용운은 존재하는 것에서 부재를 꿰뚫어 보며, 나아가 부재하는 것에서 존재를 엿본다. '색즉시공(色卽是空) 공즉시색(空卽是色)'의 세계야말로 만해 시의 핵심적인 면모인 것이다.

　소월 시와 달리 만해의 대표작인 이 시를 지탱해 온 것은 잘 정제된 행과 연의 구분이 아니다. 시에 내재된 정서적 울림이 민족의 삶을 고스란히 대변하고 있다는 점에서 한을 승화시킨 것이라고 보기도 어렵다. 그럼에도 이 시를 비롯한 만해의 『님의 침묵』은 1920년대의 가장 두드러진 성취로 꼽기에 모자람이 없는 시편들이다. 특히 표제시인 「님의 침묵」은 시집 전체를 아우르는 선명한 푯대로 손색이 없으며, 만해 시의 미덕이 무엇인지를 분명하게 제시해 준다.

　이 시에서 가장 두드러진 미덕은 만해 시의 도처에 존재하는 인식론적 특징이 유감없이 드러난다는 사실이다. 그의 시에 몸을 내미는 님이 빼앗긴 조국이든, 애틋하게 사랑하는 연인이든, 혹은 종교적인 절대자이든 관계없이, 삶 속에서 의당 존재해야 하는 모든 참됨을 의미한다. 그것은 곧 문학 일반이 탐구하고자 하는 존재의 진정성과 다르지 않다. 하지만 이 진정성은 결코 현실적인 삶에서 확연히 실현되지 못한다. 하물며 식민지 시대임에랴. 식민지 시대에 존재하는 모든 것은 민족의 해방과 독립에 닿아 있지 않는 한 허구이며 기만일 따름이다. 심지어 도산 안창호의 실력 양성론이나 이승만의 외교론까지도 식민지 민족의 해방 투쟁과 곧장 직결되지 못하였다는 비난 앞에서 자유로울 수 없는 것이다. 따라서 현상적으로 존재하는 모든 것은 왜곡되고 뒤틀린 양상이기 십상이다. 님이 침묵하는 시대, 삶의 진정성이 부재하는 시대야말로 만해 시의 현실 인식인 것이다. 그러나 만해는 도저한 절망적 현실을 묵과하거나 허무를 읊조리는 것에 그치지 않는다. 그는 부재로부터 더욱 강렬한 존재의 빛살을 확인하며, 님의 침묵으로부터 님의 존재를 역설적으로 깨닫는다. 그것은 오직 진정성의 열망을 지닌 자에게만 가능한 세계 인식이다. 없음으로부터 있어야 할 것을 더욱더 강렬하게 희구하는 정신의 깊이만이 이 인식에 도달할 수 있으며, 이 정신의 깊이는 어떠한 현실의 파고에도 덩달아 출렁이지 않는다. 묵묵히 사신의 화두, 민속의 화두만을 거듭 되뇔 따름이다.

그러나 소월의 한이 민족의 정서로 손쉽게 고양되듯, 만해의 화두 역시 범접하기 어려운 초월적인 세계에 머무르지 않는다. 전통적인 우리네 시가에서 지속되어 왔던 님이라는 갈망의 대상, 그리움의 대상으로 순정하게 환치되었기 때문이다. 더욱이 이 갈망은 갈망의 격렬함과는 전혀 이질적인, 존칭의 종결 어미에 기대어 편안함을 안겨 준다. 마치 높은 산이 무릎 아래 뭇 짐승들과 초목을 거느리듯, 정신의 높이가 식민지 시대의 모든 고통과 설움을 끌어안고 있는 형국이다. 뿐만 아니라 행과 연으로 나누어진 시적 응축 대신 어눌한 내면의 자유로운 토로를 통해 날카로운 질타가 아닌 다감한 동의를 이끌어 내는 데 손색이 없다.

구체적으로 살펴보면 만해 시가 지닌 시적 경지를 한층 가깝게 느낄 수 있을 터이다. 이 시의 제목에서 드러나는 '님의 침묵'은 풍부한 상징으로 충만해 있다. 진정성의 부재, 존재함에도 존재하지 않는 것과 마찬가지로 님이 침묵하는 현실 상황이 집약적으로 드러난다. 이로부터 이 시의 전편이 침묵하는 님을 어떻게 인식할 것인가라는 문제에 대한 탐구라고 보아도 무방하다.

시는 현실의 상황에 대한 간명한 요약과 상황에 대한 서정적 자아의 도저한 탄식으로 시작된다. 그리고 '님'에 대한 구체화를 통해 시적 화자와의 관계가 명료하게 드러난다. 특히 '아아'라는 시적 화자의 직설적 토로에 힘입어 상황이 초래하는 충격을 고스란히 표현한다. 두 번째 행과 세 번째 행에서 거듭되는 구체화는 '님은 갔습니다'라는 정황을 풍부하게 드러냄과 동시에 님과 화자의 내면 풍경을 엿보게 한다. 님은 '옛 맹서'를 스스로 저버린 것이 아니라 '참어 떨치고' 간 것이며, 홀로 남은 나는 안타까운 '한숨'으로 사태를 대면하는 것이다.

비록 연 구분은 되어 있지 않지만, 다음 행에서는 사랑의 과정, 혹은 이별하기에 이르는 과정이 묘사되어 있다. '첫 키스의 추억', 귀도 눈도 멀어버린 것으로 드러나는 절대적인 사랑의 깊이, 님을 향한 전 존재의 투신이 제시되고, 그 결과 지녀야 했던 두려움과 슬픔이 아로새겨진다.

그러나 시는 일곱 번째 행에 이르러 '그러나'라는 전환을 감행하며, 이별이 안겨 준 슬픔이 다만 스스로 사랑을 깨뜨리고 마는 행위일 뿐이기에, 슬픔의 힘을 '새 희망의 정수박이'로 힘겹게 옮겨 놓고자 한다. 어찌하지 못하는 대상 세계의 현실을 주체의 열망으로 돌파하고자 하는 것이다. 슬픔을 희망으로 날카롭게 비약시킴으로써, 님의 부재를 님의 존재로 감연히 되돌려 놓는 것이다. 이는 이별의 두려움을 만남 속에서 이미 감지했다는 진술과 연결되면서, 다시금 역설적인 존재의 가능성을 확인하기에 이른다. 더욱이 이 행에 이르러 주체는 기존의 '나'에서 '우리'로 성큼 확장됨으로써 이 믿음이 단순한 희망이 아니라 외적 억압을 극복하고자 하는, 단절된 두 존재의 견고하게 결속된 선명한 의지로 고양되는 것이다.

그로부터 시적 화자는 마지막 두 행의 종결로 자신의 인식을 단아하게 정리할 수 있는 여지를 회복하게 된다. 애초의 첫 행에서 나타난 동일한 감탄사로 시작되나, 그것은 탄식의 '아아'가 아니라 깨달음과 결의의 외침으로 전화되면서, 상황을 주체의 열망으로 바꾸어 내고자 하는 선언을 감행하게 만든다. 그리고 격정적으로 몸을 뒤척이는 '노래'와 어찌지 못한 채 함구하는 '침묵'의 대립 속에서, 관계를 다시금 회복하고자 하는 몸짓이, 실천이 거듭되는 것으로 시는 식민지 시대 전 기간에 걸쳐 모든 시적 욕망이 획득하고자 했던 완결을 이루어 내는 것이다.

1920년대를 가득 채운, 아니 식민지 시대 전 기간에 걸쳐 휘황한 빛으로 존재했던 두 시인, 만해와 소월은 이처럼 님의 상실과 부재라는 공통된 상황을 똑같이 극복하고자 하였다. 만해는 님의 부재 속에서 더욱 선명한 존재를 인식하는 역설의 논리로, 소월은 님의 상실을 자신의 전 존재를 던져 거부하고자 하는 갈망으로 각기 넘어서고자 한 것이다. 그리고 짐짓 이질적인 듯이 보이는 두 시인을 여기까지 맞닿게 한 것은 척박하고 궁핍한 시대를 보는 눈길의 깊이와 시대의 고통을 자신의 고통으로 고스란히 받아들이는 영혼의 울림 때문일 것이다.

활 동

1. 만해 시의 핵심을 '존재와 부재의 변증법'이라고 한다. 그 말의 의미는 무엇인가?
2. 이 시의 어조가 지닌 특성은 무엇인가?
3. 만해 시는 현실을 어떻게 보고 있으며, 시적 화자가 현실에 대응하는 태도는 어떠한가?

2

현대시의 발견,
정지용

정지용은 1902년 충북 옥천에서 태어났습니다. 휘문고보를 나와 일본의 도시샤 대학에서 영문학을 공부하고 1925년 「까페 프란스」 등 9편의 시를 『학조』 창간호에 발표하면서 작품 활동을 시작하였습니다. 그리고 1930년 『시문학』 동인으로 참가하여 일약 시단의 주목을 받게 됩니다. 초기에는 주로 모더니즘의 영향으로 엄격한 언어 감각에 바탕을 두고 이미지를 중시하는 시를 썼습니다. 그러나 후기에 들어 감각적인 이미지에 덧붙여 전통적인 소재와 동양적인 시 정신을 접목함으로써 현대시의 독창적인 면모를 유감없이 보여 주었습니다.

그러나 그의 삶은 그다지 평탄하지 못하였답니다. 일제 강점기와 해방 공간, 한국 전쟁 등 한국 근·현대사의 질곡들이 그를 비껴가지 않았기 때문이지요. 때로는 친일시를 쓰는 인물로 폄하되기도 했고 해방 공간의 좌우익 이데올로기 대립 속에 상처 입었으며, 전쟁이 일어난 다음에는 북한에 끌려가 보람 없이 죽기에 이릅니다. 그의 문학 작품 역시 그와 함께 역사의 뒤안으로 묻혀 버렸음은 물론입니다. 고작 20여 년 전인 1988년에 이르러서야 비로소 오장환, 이용악, 백석 등 대다수의 월북 시인들과 함께 우리 앞에 다시 모습을 나타냈습니다.

이러한 우여곡절을 겪었음에도 그의 시는 여전히 빛을 잃지 않았습니다. 무엇보다 그는 모국어의 조탁에 어떤 시인에 비할 바 없이 심혈을 기울였습니다. 그의 대표작인 「유리창 1」이나 「향수」의 세계는 그저 자연스러운 읊조림으로 들리나, 단어 하나하나, 통사의 구성, 반복되는 율격과 리듬감 등이 긴밀하게 결합되어 모자라지도 넘치지도 않는 한 세계를 너끈히 떠받치고 있습니다. 더욱이 이미지즘이란 출발선에 서 있었던 만큼, 감정의 분출 대신 엄격하게 절제된 이미지를 표현함으로써 감정 과잉의 1920년대 시를 한 단계 끌어올렸습니다. 그럼에도 그의 시가 형식 탐구에 치우치지 않은 것은 전통적인 서정과 토속적인 소재를 현대적으로 재구성하였기 때문이며, 서로 다른 두 세계의 아름다운 융합을 통해 비로소 현대시의 이정표가 되었습니다.

우리는 그의 대표작인 「유리창 1」과 「향수」, 그리고 「장수산」을 통해 구체적으로 그의 시적 특성들이 어떻게 드러나는지 살펴볼 것입니다. 언어가 어떻게 시인의 내면을 드러내고 작은 언어의 차이가 어떻게 마음의 결과 깊이를 아로새겨 나가는지 느낄 것입니다.

유리창 1
정지용

읽 기 전 에

1. '유리창'을 마음속으로 그려 보자. 나는 어떤 유리창을 그렸는가?

2. 사랑하는 대상을 잃은 경험이 있는가? 그 경험은 무엇이었으며, 나는 그 슬픔을 어떻게 극복
   하였는가?

유리에 차고 슬픈 것이 어른거린다.
열없이 붙어서서 입김을 흐리우니
길들은 양 언 날개를 파닥거린다.
지우고 보고 지우고 보아도
새까만 밤이 밀려나가고 밀려와 부딪치고,
물먹은 별이, 반짝, 보석처럼 박힌다.
밤에 홀로 유리를 닦는 것은
외로운 황홀한 심사이어니,
고운 폐혈관이 찢어진 채로
아아, 늬는 산새처럼 날아갔구나!

시를 읽을 때에는 언제나 이것은 무엇을 의미하는가, 왜 이렇게 표현하였는가, 라는 질문을 되뇌면 된다. 그리고 질문에 나름대로 답해 나가기만 하면 된다. 애초에 정답은 어디에도 존재하지 않기 때문이다. 단지 더욱 적절한 탐구와 다소 적절하지 못한 탐구만이 있을 따름이다. 물론 그것을 평가하는 기준은 작품 전체를 가로지르는 일관된 해석이다. 그 테두리 안에서라면 자신이 던진 질문에 자신이 이해한 깊이만큼 대답해 나가면 된다.

탐구의 핵심은 주로 기본적인 의미를 전달하는 기능어들인 주어, 목적어, 서술어 등이 아니라, 낯설고 새로운 표현이 나타나는 수식어에 오래도록 머물러야 한다. '유리에 차고 슬픈 것이 어른거린다'에서는 왜 '차고 슬픈 것'인가, 왜 '어른거리는가'라고 물어야 한다. '차고 슬픈'이란 죽은 아이의 영상을 표현한 것이다. 따라서 이미 세상을 떠난 죽어 버린 존재이기에 '차고', 다시 함께 마주할 수 없기에 시적 화자에겐 '슬픈' 것이다. 나아가 '어른거리는' 것은 결국 존재하지 않기 때문이다. 어른거린다는 것은 사실상 없으며, 단지 없는 존재를 있다고 느낄 때 쓰는 표현일 따름이다. 환상만이 어른거릴 수 있는 것이다. 첫 번째 행에서 정작 중요한 질문 하나를 빠뜨렸다. 제목은 '유리창'인데 시에서는 왜 '유리'로 바뀌어 있는가 하는 점이다. 이러한 변용은 정지용이 애초 정서를 거부하는 모더니스트이기 때문이다. 유리창이 풍부한 함축을 담고 있는 지극히 정서적인 반향을 갖는 언어임에 반해 유리는 그저 즉물적인 물질의 이름인 것이다. 어떠한 정서적 울림도 차단해 버린, 차고 냉혹한 물질성을 통해 그는 대상에 접근하고자 하는 것이다.

그리고 '열없이'란 수식에서는 왜 '열없이'인가 물어야 한다. 그것은 그의 연륜이 그러한 행위를 '열없게' 만들기 때문이다. 서른이 가까운 우리는 유리창에 입김을 흐리우고 별도 그리고 아이의 발바닥도 그리고 그리운 이의 이름도 몰래 쓰지 않기 때문이다. 그것은 어쨌든 겸연쩍은 일인 것이다. 그러나 겸연쩍음에도 무엇이 그를 유리창에 붙어서게 만드는가? 아이에 대한 그리움에 비한다면 '열없음'을 느끼는 것은 얼마나 '열없는' 노릇인가? 그 그리움이야말로 어떤 치졸한 몸짓조차, 어떤 얄팍한 언어조차 정당화하는 것이다. 실로 정지용에게도 '열없다'는 표현은 결코 '열없지' 않기 때문에 가능한 것이다. 그럼에도 그가 '열없다'고 쓰고 만 것 역시 정지용이 모더니스트이기 때문이다. 그는 도저한 감정의 수렁 안에서조차 타인의 눈길을 느낀다. 자신을 객관화하는 것이다.

다음 행은 김이 서리고 다시 지워지는 모습을 표현한다. 정지용은 자연적인 그 과정을 '날개를 파닥거린다'고 표현한다. 그의 머릿속에는 어느새 아이가 숨을 거두는 순간이 떠올랐는지도 모른다. 숨을 헐떡이며 몸을 뒤채는 마지막 모습은 마치 그에게, 숨을 거두기 직전 작은 새 한 마리가 파닥거리는 것으로 비쳤을 것이다.

다음은 '물먹은 별'이 있다. 왜 별에 물기가 스며 있는가? 습기 찬 유리창을 통해 보았기 때문인가? 구름이 잔뜩 끼어 있어서? 아마도 그것은 시적 화자의 눈에 그렁그렁 맺힌 눈물 때문일 것이다. 복받쳐 오르는 흐느낌조차 무색한, 가슴을 저미는 힘겨운 고통 속에서 가득 눈물이 고여 있는 것이다. 그의 온몸이 눈물에 젖어 있는 것이다. 그 눈으로, 눈물 고인 몸으로 올려다본 별이기에, 슬픔 속에 담아 두는 아이의 모습이기에 별이 젖어 있는 것이다.

이어서 왜 '외로운 황홀한'인가 물어야 한다. 어떻게 서로 맞지 않는 형용어들이 똑같이 '심사(心思)'를 향해 있는가? 그것이 역설적인 표현임을 아는 것은 기실 시에 가깝게 다가서는 데 어떠한 도움도 주지 못한다. 문제는 이름이 아니라 이름에 존재를 기대고 있는 인간이듯이, 문제는 역설과 은유가 아니라 그 장치에 내재된 시적 의미인 것이다. '외로운'은 쉬 알 수 있다. 그런데 '황홀한'은? 왜 황홀한가? 그것은 죽은 아이를 생각하는 시간이기 때문이다. 사람들은 일상에 휩쓸려 도저한 슬픔조차 금세 잊고 만다. 그리하여 아무렇지도 않게 또 하루를 허겁지겁 살아 내는 것이다. 이해하기 힘든 인간의 일상성을 넘어, 일상을 어렵게 벗어나 아이를 생각하는 것이야말로, 아이와 마주 서는 일이야말로 황홀한 심사인 것이다.

다음 행에서부터 시인은 이전의 어조를 과감히 버리고 만다. 잘 절제된, 잘 닦인 유리창을 보듯, 투명하게 묘사된 모든 것이 한꺼번에 날카로운 긴장의 끈을 끊어 버린 채 튕겨 나온다. 실험적인 모더니스트인 정지용조차 감정의 해일을 어쩌지 못한 것이다. 어쩌면 끝까지 그가 지성에 기대어 시를 썼다면 이 시의 감동이 반감될 수밖에 없었을 터이다. 그가 시인인 연유도 여기에 있다. '고운 폐혈관이 찢어진 채로'라는 어떠한 비유도 허락지 않는 둔탁한 외침이, 다시 이어지는 감탄사와 함께 감정을 지극한 높이로 끌어올린다. 그러나 다른 한편으로 그 탄식에서조차 정지용은 시인이기를 멈추지 않는다. 그것은 '산새처럼'에서 극명하게 드러난다. 단순히 감정을 폭발시키는 것이 아니라 감정의 행로를 가늠하는 것이다. '산새처럼'이란 비유는 단순히 훌쩍 날아가 버렸다는 것만을 의미하지 않는다. 여기에는 떠나 버리는 것보다 더 큰 의미가 도사리고 있다. 산새가 우리 곁에 날아든다. 그리고 다시 날아간다. 그것이 산새들의 삶이다. 인간의 질서와는 다른. 아이 역시 산새와 다르지 않다. 잠시 우리의 품 안에 머물 뿐, 날아갈 수밖에 없는 것이다. 날아간다는 엄연한 사실이 산새의 본질인 것이다. 산새는 산새로서 존재하듯, 아이 역시 누구도 함부로 세상의 잣대로 잴 수 없는, 자신만의 존재의 질서를 지니고 있다. 이와 같은 죽음에 대한 인식은 새로운 것이자 낯익은 것이기도 하다. 기독교에서는 어린아이의 죽음을 '하느님은 더욱 사랑하는 이를 더 빨리 당신 곁에 두고 싶어 한다'고 말을 건넴으로써 절망에 뒤트는 이를 위로하며, 죽음은 단절이 아니라 새로운 세계, 가상의 세계를 벗어난 진정한 세계로의 새로운 진입으로 간주한다.

존재의 본질에 대한 자각, 곧 정지용에게서야 가능한 기독교적 인식이야
말로 어쩌면 정지용이 자신의 도저한 슬픔을 다스리는 동력인지도 모른
다. 시는 적어도 슬픔의 한복판에서 슬픔을 넘어서는 것임을 정지용의 시
는 고통스럽게 보여 준다.

 활 동

1. 이 시의 율격적 특성은 무엇인가?
2. 이 시의 율격적 특성과 정서를 효과라는 측면에서 서로 연결하여 해석해 보자.
3. 다음 각 구절의 의미는 무엇인가?
   • 물먹은 별 :
   • 외로운 황홀한 심사 :
4. '산새처럼'을 통해 알 수 있는, 죽음을 보는 시적 화자의 관점은 어떠한가?

향수
정지용

넓은 벌 동쪽 끝으로
옛이야기 지줄대는 실개천이 휘돌아 나가고,
얼룩백이 황소가
해설피 금빛 게으른 울음을 우는 곳,

—그곳이 참하 꿈엔들 잊힐리야.

질화로에 재가 식어지면
뷔인 밭에 밤바람 소리 말을 달리고,
엷은 졸음에 겨운 늙으신 아버지가
짚벼개를 돋아 고이시는 곳,

—그곳이 참하 꿈엔들 잊힐리야.

흙에서 자란 내 마음
파아란 하늘빛이 그립어
함부로 쏜 화살을 찾으려
풀섶 이슬에 함추름 휘적시든 곳,

—그곳이 참하 꿈엔들 잊힐리야.

전설 바다에 춤추는 밤물결 같은

검은 귀밑머리 날리는 어린 누이와

아무렇지도 않고 예쁠 것도 없는

사철 발벗은 안해가

따가운 햇살을 등에 지고 이삭 줍던 곳,

—그곳이 참하 꿈엔들 잊힐리야.

하늘에는 성근 별

알수도 없는 모래성으로 발을 옮기고,

서리까마귀 우지짖고 지나가는 초라한 지붕,

흐릿한 불빛에 돌아앉어 도란도란거리는 곳,

—그곳이 참하 꿈엔들 잊힐리야.

이 시는 정지용이 1927년 발표한 작품이다. 우리 나이로는 26세, 시인으로서는 아주 젊은 나이에 쓴 작품이다. 더욱이 우리 근대시가 시작된 지 얼마 안 되었음을 생각할 때, 이 시는 평론가 유종호의 지적처럼 '기적이라 말해도 좋을 만큼 매혹적인 뛰어난 작품'이다.

제목에서 알 수 있듯 이 시의 바닥에 놓인 정서는 당연 그리움이다. 고향과 고향이 품고 있는 사람들, 그 사람들이 엮어 내는 풍정, 그 모든 것에 대한 그리움을 살뜰하게 표현한다. 먼저 시는 마을 전체를 조감하면서 시작된다. 실개천이 휘돌아 나가고 얼룩백이 황소가 게으른 울음을 우는 곳이다. 이어 '엷은 졸음에 겨운 늙으신 아버지' 역시 평화로움을 극대화하며, 세 번째 연에서는 어린 시절의 꿈과 동경을 '함부로 쏜 화살'로 포착한다. 그리고 '밤물결 같은' 검은 귀밑머리의 어린 누이, '사철 발벗은 안해', 초라한 지붕, 흐릿한 불빛 아래 둘러앉아 '도란도란거리는 곳'으로 소박한 평화와 정겨움이 도처에 펼쳐진다. 그의 고향이 충북 옥천이니, 옥천은 이 시만으로도 시를 사랑하는 모든 이에게 깊이 아로새겨질 수 있다. 그러나 정작 이 시에서 표현된 풍정은 그의 고향에만 국한된 것은 아니다. 우리네 강산 어디에나 있을 법한 고향이며, 고향이 담을 수 있는 가장 온전한 면모를 그려낸다. 이 시에 깃든 정서가 민족의 보편 정서와 만날 수 있는 까닭도 여기에 있다.

「향수」에 나타난 그리움의 정서는 이 시 전체를 휩싸고 있는 선명한 이미지와 짝을 이룬다. 생생하고 감각적인 묘사를 통해 보는 듯 듣는 듯 이미지를 드러냄으로써 파노라마적인 풍정을 제시하는 것이다. 예컨대 1연의 '넓은 벌 동쪽 끝으로'는 시각적인 이미지이고, '옛이야기 지줄대는 실개천이 휘돌아 나가고'는 청각과 시각이 통합되어 나타나며, '얼룩백이 황소가'는 시각적 이미지, '해설피 금빛 게으른 울음을 우는 곳'은 청각의 시각화란 공감각을 절묘하게 어울려 낸다. 다음에 이어지는 연들도 다르지 않다. 선명한 이미지들이 시어 하나하나에 옹골지게 매달려 있다. 풍성한 이미지로 한판 걸지게 차려낸 밥상을 마주한 느낌이다.

시는 율격의 측면에서도 뒤처지지 않는다. '~곳'이란 공간적인 이미지를 통해 연을 마무리하며 통사적인 리듬감을 획득하고, 뒤이어 독립된 행으로 '그곳이 참하 꿈엔들 잊힐리야'라는 구절을 계속 반복함으로써 시 전체에 유기적인 통일성을 부여한다. 이를 통해 시의 연들이 단편적인 몽타주를 제시하는 데 그치지 않고 원환적인 순환을 이루는 느낌을 준다.

이 모든 것들이 잘 어우러져 「향수」는 근대 문학 100년의 가장 높은 봉우리 중 하나를 차지하며 오늘의 우리들을 또 다른 향수에 젖게 만든다. 이미 되돌아갈 수 없으나 누구나 지녔으면 싶은 마음의 고향을 떠올리게 하는 것이다.

🤔 활동

1. 다음 구절에 나타난 이미지는 무엇인가?
   – 옛이야기 지줄대는 실개천 :
   – 해설피 금빛 게으른 울음을 우는 곳 :
   – 서리 까마귀 우지짖고 지나가는 초라한 지붕 :
2. 이 시에 내재된 정서는 무엇인가?
3. 이 시가 우리 현대시의 백미(白眉) 중 하나로 꼽히는 까닭을 쓰라.
4. 정지용의 「향수」에 드러난 고향의 이미지와 다음 시에 드러난 고향의 이미지가 어
   떻게 다른지 써 보자.

고향(故鄕)

정지용

고향에 고향에 돌아와도

그리던 고향은 아니러뇨.

산꿩이 알을 품고

뻐꾸기 제철에 울건만,

마음은 제고향 지니지 않고

머언 항구로 떠도는 구름.

오늘도 메끝에 홀로 오르니

흰점 꽃이 인정스레 웃고,

어린 시절에 불던 풀피리 소리 아니나고

메마른 입술에 쓰디쓰다.

고향에 고향에 돌아와도

그리던 하늘만이 높푸르구나.

「향수」가 온전한 이상적인 고향의 모습이라면, 이 시에 나타난 '고향'은 이미 훼손된 고향이다. 마음속에 그리던 고향이 아닌 것이다. 자연은 변함이 없고, 계절의 변화 역시 달라진 바 없지만, 이미 그 고향을 느끼는 내 마음이 달라져 버린 것이다. 이제 화자는 구름처럼 멀고 먼 곳으로 떠나고 싶어 하는 마음뿐이다. 물론 이 시의 화자가 이렇게 느끼는 것은 현실일 수도, 아니면 낯선 곳을 동경하는 청년기의 마음일 수도 있다. 그러나 자연의 아름다움은 여전하다는 것으로 미루어 볼 때, 고향이 훼손된 원인은 무엇보다 현실의 탓이 크다고 할 수 있다.

장수산
정지용

읽 기 전 에

1. 이 시가 씌어진 시기를 조사해 보자.
2. 시의 배경을 '겨울, 밤'으로 설정한 이유를 생각해 보자.

벌목정정(伐木丁丁)이랬거니 아람도리 큰 솔이 베혀짐즉도 하이 골이 울어 멩아리 소리 쩌르렁 돌아옴즉도 하이 다람쥐도 좇지 않고 묏새도 울지 않어 깊은 산 고요가 차라리 뼈를 저리우는데 눈과 밤이 조히보담 희고녀— 달도 보름을 기달려 흰 뜻은 한밤 이 골을 걸음이란다? 웃절 중이 여섯 판에 여섯 번 지고 웃고 올라간 뒤 조찰히 늙은 사나히의 남긴 내음새를 줏는다? 시름은 바람도 일지 않는 고요에 심히 흔들리우노니 오오 견듸란다 차고 올연히 슬픔도 꿈도 없이 장수산 속 겨울 한밤내—

　　정지용의 시는 소리로부터 시작된다. '벌목정정'이란 나무를 벨 때 나
는 소리를 표현한 것이다. 산을 쩌렁쩌렁 울리는 도끼질 소리. 그 소리와
함께 기어이 커다란 아름드리 소나무 둥치가 모로 와지끈 쓰러지고. 소리
는 다시 골짜기를 타고 메아리로 돌아올 것도 같다. 그런데 정작 이 커다란
소리는 현실의 소리가 아니다. 오히려 장수산 깊은 곳에는 소리는커녕 뼛
속 깊이 사무치는 고요가 있을 뿐이다. 시적 화자는 고요 속에 눈 쌓인 산길
을 오른다. 환한 보름달이 희디흰 눈과 어울려 산길은 종이처럼 희고, 화자
는 그 배경조차 늦은 밤의 산행을 위해 예비된 것이라 생각하기도 한다. 물
론 그럴 리 없다. 그리고 또 생각건대 이 길은 혼자만의 길이 아니라, 이미
'웃절 중'이 걸은 길이 아닐까 싶기도 하다. 그 중이 번번이 희망을 가지나
희망만큼이나 실망하고, 그럼에도 여전히 웃으며 돌아간 길이 아닐까, 시
적 화자는 자신도 그렇게 웃을 수 있을까, 생각해 보기도 하는 것이다. 그
러나 그렇게 되지도 않는다. 조찰히 늙은 사내가 아니기 때문이다. 그는 깊
은 시름에 잠겨 결코 웃을 수가 없기 때문이다. 바람조차 없는 정밀함 속에
서 시름은 더욱 뚜렷하게 떠오르며 흔들리고. 마침내 화자는 '견디랸다 차
고 올연히'라며 스스로 기다림의 자세를 다잡는다. 현재의 고통에 대한 탄
식도, 미래의 희망에 대한 꿈도 없이. 오직 견뎌 냄으로 '장수산 속 겨울 한
밤내'와 버팅겨 보고자 하는 것이다.

　　이 시의 가장 두드러진 특성은 서로 대립하고 충돌하는 이미지이다. 그
것은 '벌목정정'으로 표현되는 소리와 '뼈를 저리우'는 '바람도 일지 않는
고요'이다. 그러나 두 이미지 가운데 정작 현실 속에 존재하는 것은 '고요'
뿐이다. 소리들과 움직임들은 환청처럼, 흩어진 냄새처럼 들리지 않고 느
낄 수 없는 것들이다. 존재하는 것은 오직 정밀한 고요이며, 고요 속에 흔

들리는 시름이다. 차가운 빛 속에 붙박여 버린 현실, 그 속에서 심하게 출렁거리는 시름, 시름을 '견뎌냄'으로 극복하고자 하는 의지가 시의 중심을 이루는 세 축인 것이다.

이 시가 창작된 시점이 1930년대 후반과 40년대 초반이라고 한다면, 이 견뎌 냄의 자세는 가히 놀라운 것이다. 이즈음에는 이미 중일 전쟁이 일어났고 일본은 연일 전쟁에서 승리해 가는 중이었다. 일본은 대외적으로는 대동아 공영권을 주장하고 식민지 조선을 향하여서는 내선 일체를 부르짖었다. 그런데 이토록 엄혹한 시기에도 시인 정지용은 언제 그칠지 모르는 눈발이 반드시 그칠 것을 믿듯, 압도적인 제국주의의 기세에 맞서 올연히 건너 내고자 하는 셋이다. 참으로 놀라운 상상력이 아닐 수 없다.

 **활 동**

1. 이 시가 산문시로 씌어진 까닭을 생각해 보자.
2. 이 시의 공간적 배경이 상징하는 바는 무엇인가?
3. 이 시의 어조와 시적 화자의 현실 대응 방식을 연결하여 해석하라.

3

정결한 영혼,
윤동주

『하늘과 바람과 별과 시』가 1948년 광복 직후에 발간된 이래 윤동주는 많은 사람들의 사랑을 받아 왔습니다. 무엇보다 그의 짧았던 생애, 비극적인 죽음, 살아생전 빛조차 보지 못했던 미발표의 시편들, 이 모든 것이 순결한 한 영혼이 겪어야 했던 고난을 상징적으로 비춰 보였기 때문입니다. 더욱이 그의 죽음은 이육사와 나란히 일본 제국주의의 감옥에서 해방을 얼마 남겨 두지 않은 시점이었다는 점에서 살아남은 사람들의 안타까움을 한층 깊게 아로새겼습니다.

윤동주의 시는 20세를 전후하여 10년 남짓한 시기에 씌어진 작품들입니다. 그러니 시집에 실린 작품들이 모두 뛰어난 것은 아닙니다. 여전히 출렁거리며 새로운 세계를 발견해 가는 중이었기 때문입니다. 그럼에도 윤동주의 시는 현실을 바라보는 비관적인 인식과 함께 동시에서 잘 드러나듯 유년기의 평화로운 이상적 세계 사이에 존재하는 것만은 분명합니다. 순결한 이상과 훼손된 현실이야말로 윤동주 시의 핵심이라고 할 수 있습니다. 그 결과 그의 시는 때로는 순결한 동경을 표현하기도 하고 참담한 현실을 비관적으로 들여다보기도 하는 것입니다.

그러나 대체로 윤동주 시의 핵심은 스스로가 가려 뽑아 출판하려 했던 후반부의 시들, 곧 시집의 1부에 수록된 작품들이라 할 수 있습니다. 「서

시」를 비롯하여 「또 다른 고향」, 「간」, 「별 헤는 밤」, 「쉽게 씌어진 시」 등이 이 시기에 쓴 작품들입니다. 이 시편들은 한결같이 식민지 시대 말기를 온몸으로 밀고 간, 한 젊은 영혼의 고통에 찬 다짐과 성찰들이 어울려 있습니다. 시대에 병들지 않은 그의 시가 뿜어내는 순결한 영혼의 아름다움은 언제 어디서든 사람을 일으켜 세우는 매혹을 지니고 있습니다.

여기에서는 「별 헤는 밤」, 「또 다른 고향」, 「자화상」 등 세 편의 시를 살펴볼 것입니다. 시에 드러난 시인의 내면 풍경을 잘 살펴보고 마음의 읊조림을 들어 봅시다.

별 헤는 밤
윤동주

계절이 지나가는 하늘에는
가을로 가득 차 있습니다.

나는 아무 걱정도 없이
가을 속의 별들을 다 헤일 듯합니다.

가슴 속에 하나 둘 새겨지는 별을
이제 다 못 헤는 것은
쉬이 아침이 오는 까닭이요,
내일 밤이 남은 까닭이요,
아직 나의 청춘이 다하지 않은 까닭입니다.

별 하나에 추억과
별 하나에 사랑과
별 하나에 쓸쓸함과
별 하나에 동경과
별 하나에 시와
별 하나에 어머니, 어머니,

어머님, 나는 별 하나에 아름다운 말 한마디씩 불러봅니다. 소학교 때 책
상을 같이 했던 아이들의 이름과, 패, 경, 옥 이런 이국 소녀들의 이름과, 벌
써 애기 어머니 된 계집애들의 이름과, 가난한 이웃 사람들의 이름과, 비둘

1. '별'이 지닌 일반적인 함축적 의미는 무엇인가?
2. 윤동주의 약력을 조사해 보자.

기, 강아지, 토끼, 노새, 노루, 프랑시스 쟘, 라이너 마리아 릴케, 이런 시인
의 이름을 불러봅니다.

이네들은 너무나 멀리 있습니다.
별이 아슬히 멀듯이,

어머님,
그리고 당신은 멀리 북간도에 계십니다.

나는 무엇인지 그리워
이 많은 별빛이 나린 언덕 우에
내 이름자를 써보고,
흙으로 덮어버리었습니다.

딴은 밤을 새워 우는 벌레는
부끄러운 이름을 슬퍼하는 까닭입니다.

그러나 겨울이 지나고 나의 별에도 봄이 오면
무덤 우에 파란 잔디가 피어나듯이
내 이름자 묻힌 언덕 우에도
자랑처럼 풀이 무성할게외다.

　고등학교 시절이었나? 내가 외었던 것은 '우리는 민족 중흥의 역사적 사명' 운운하며 시작하던 「국민 교육 헌장」만이 아니었다. 나는 비틀스의 팝송을 외고, 윤동주의 이 길고 긴 시를 외었다. 그 두 가지는 스스로를 여느 아이들과 다르다고 믿게 하는 주문과도 같은 것이었다. 나는 다르다. 입시 준비에 여념이 없는 고등학생으로밖에 보이지 않겠지만, 그래도 다르다고 스스로에게 마법을 걸기에 충분할 만큼 이 시는 길었다. '계절이 지나가는 하늘에는 / 가을로 가득 차 있습니다.'로 이 시의 첫 부분을 외기 시작하면, 나는 늘 하늘을 한번쯤은 올려다보았던 듯싶다.

　시인은 별을 보고 있다. '가을 속의 별들을'. 그 별들을 보며 연상되는 대상들을 하나하나 나열한다. 20대 청년기의 정서를 출렁거리게 만들었던 것들이다. 추억, 사랑, 쓸쓸함, 동경, 시, 어머니 등등. 이어서 행과 연을 구분하지 않고 그리운 것들을 불러낸다. 그러나 이 모든 것들, 자신이 사랑해 마지않는 것들은 '너무나 멀리' 있다. '별이 아슬히 멀듯이'. 그 모두를 총칭하는 어머니 역시 '북간도'란 닿을 수 없는 곳에 있다. 아득한 그리움은 절로 현실을 되돌아보게 만든다. 현실 속에는 '내 이름자'가 있다. 이상과 동떨어진 채 현실을 살아갈 수밖에 없는 약간은 초라하고, 약간은 쓸쓸한 내가 있다. 그 모든 것들은 '부끄러움'을 불러일으킨다. 그러나 시는 마지막 연에 이르러, '봄이 오면' '자랑처럼 풀이 무성할게외다.'라고 함으로써 부끄러움을 희망으로 되돌려 놓는다. 그리움, 부끄러움, 다시 희망으로 마무리를 짓는 것이다.

　시는 단정한 주어와 서술어의 짜임으로 시작한다. 그러다 3연에 이르면 반복을 통한 리듬감을 획득하고 이후 직접 별을 헤는 것과 다를 바 없는 또박또박한 시행의 배분으로 리듬감은 증폭된다. 5연에서는 산문투로 떠오르는 그리운 것들을 모두 나열하며 시상은 급박하게 진행되고 이어서 공간의 단절을 통해 그리운 것들과 현재의 모습을 대비시킨다. 여기에서는 다시금 앞의 리듬을 반복하며 평이하게 끝을 맺는다. 다만 존칭의 어조에서 '~게외다'라는 의지적인 어조로 바뀜으로써 희망을 또렷하게 각인시킨다. 그리고 이와 같은 시행의 배열과 리듬감에 조응하면서 시상 역시 현재와 과거, 미래로 옮겨 가며, 정서 또한 그리움과 안타까움, 부끄러움, 희망 등으로 변화되어 간다.

별이란 소재가 갖는 상징적인 의미를 중심으로, 청년기의 맑고 순수한 서정이 잘 그려진 작품이다. 아마도 가장 윤동주다운 시편들 중 한 편일 것이다.

활동

1. 이 시에서 '별'이 상징하는 바는 무엇인가?
2. 이 시의 정서가 변화해 가는 과정을 쓰라.
3. 다음은 이 시의 리듬을 분석한 글이다. 공감하는 부분은 어디이며, 이해하기 힘든 부분은 어디인지 표시해 보자.

윤동주의 그리움이 얼마나 뜨겁고 절실한 것인가는 이 부분의 내용뿐 아니라 어조와 리듬에서도 잘 드러난다. 이 시의 4, 5연을 제외한 나머지 부분은 특별한 운율적 작위(作爲)가 없이 통사적 단위에 의해 행 구분이 되었다. 따라서 말의 빠르기는 특별한 주의를 끌 만큼 빠르거나 느리지 않고 평명하다. 반면에 4연은 극히 짧게 끊어져 있으며, 5연은 행 구분이 전혀 없이 전체가 한 문장으로 접속되어 있다. 이에 따라 4연은 반복되는 '별 하나에'란 말과 더불어 규칙적이고도 느릿한 리듬으로 차분하게 명상적 내용을 강화한다. 5연은 주마등처럼 지나가는 추억의 연쇄인바, 줄글로 잇대어진 숨가쁜 호흡은 머릿속에 명멸하는 아름다운 이름들의 연속적인 흐름에 조응한다. 이리하여 이 부분에서 순박하고 평화로운 세계에 대한 그리움은 우리에게 지적, 감각적 체험의 결합된 힘으로 다가온다.

또 다른 고향
윤동주

읽 기 전 에

1. 앞서 읽은 정지용의 '고향'에 관한 시편들을 다시 읽고 고향의 이미지를 떠올려 보자.
2. 윤동주는 '고향'에 어떤 함축적 의미를 부여하고 있을까 미루어 생각해 보자.

고향에 돌아온 날 밤에
내 백골이 따라와 한방에 누웠다.

어둔 방은 우주로 통하고
하늘에선가 소리처럼 바람이 불어온다.

어둠 속에서 곱게 풍화작용하는
백골을 들여다보며
눈물짓는 것이 내가 우는 것이냐
백골이 우는 것이냐
아름다운 혼이 우는 것이냐
지조 높은 개는
밤을 새워 어둠을 짖는다.

어둠을 짖는 개는
나를 쫓는 것일게다.

가자 가자
쫓기우는 사람처럼 가자
백골 몰래
아름다운 또 다른 고향에 가자.

　　"일제 강점기 시인들 가운데 주체의 자기 분열과 자기 상실을 윤동주처럼
명백하게 자각하고 시적으로 형상화한 시인도 많지 않을 것"이라고 윤동주
의 시편들을 분석한 연구자가 있다. 자기 분열과 자기 상실이야말로 윤동주
시의 핵심이라는 것이다. 「또 다른 고향」은 이를 잘 입증해 주는 작품이다.

　　시는 윤동주 시에서 가장 안온한 그리움의 공간인 '고향'을 불러들임으
로써 시작된다. 그러나 정작 이 고향조차 이전 시들의 이미지와 다른 분열
을 겪는다. '백골'이 따라와 버렸기 때문이다. 시적 화자는 '나'와 '백골'을
분리시킨다. 의당 '백골'은 부정적인 함축이다. 그런데 정작 자아의 다른
두 면모일 것이다. 주체의 분열인 것이다.

　　그러나 '우주로 통'하는 '방'과 '하늘의 바람'이란 더 넓고 큰 세계의 관
점에서는 이 분열이 칼로 자른 듯 명확하지 않다. 중립적인 나와 부정적인
백골, 긍정적인 아름다운 혼은 기실 뒤섞여 있다. 그럼에도 윤동주는 언제
나 자신을 냉철하게 들여다본다. '지조 높은 개'는 자기 반성과 성찰의 상
징이다.

　　물론 '밤을 새워 어둠을 짖는다'는 표현에서 시대의 음울한 색조가 덧입
혀져 있음도 당연하다. 시적 화자는 개에게 쫓겨 '또 다른 고향'으로 가자
고 선언한다. 여기서 '쫓기우는 사람처럼 가자'라고 하는 것은 정작 '쫓기
우는 사람'이 아니라는 뜻을 담고 있다. 수동적으로 비치겠지만, 한층 능동
적으로 이상과 현실, 분열된 자아가 서로 통합된 이상적인 본향을 향해 '가
자'는 의지가 담겨 있다.

　　이 시 역시 윤동주의 다른 시편들이 그러하듯, 풍부하고 정교한 상징이
돋보인다. 고향, 백골, 방, 바람, 어둠, 아름다운 혼, 개, 또 다른 고향 등등
어느 하나 허투루 넘길 소재가 아니다. 작품 내부의 구조, 혹은 작품 외부

의 현실을 끊임없이 참조함으로써, 풍부하게 의미를 부여할 여지가 많기 때문이다.

활 동

1. 윤동주에게 '또 다른 고향' 은 어떤 곳일까 미루어 짐작해 보자.
2. '지조 높은 개' 의 상징적 의미는 무엇인가?
3. 다음 시행의 어조는 어떠하며, 시적 화자의 어떤 태도를 표현하는가?
　① 눈물짓는 것이 내가 우는 것이냐
　　백골이 우는 것이냐
　　아름다운 혼이 우는 것이냐
　　• 어조 :　　　　• 태도 :
　② 가자 가자
　　쫓기우는 사람처럼 가자
　　백골 몰래
　　아름다운 또 다른 고향에 가자.
　　• 어조 :　　　　• 태도 :

자화상
윤 동 주

1. '자화상' 하면 떠오르는 문학 작품이나 미술 작품이 있는가? 있다면 어떤 작품인가?
2. 나의 자화상을 그린다면 특징적인 것으로 무엇을 그려 낼 수 있을까?

산모퉁이를 돌아 논가 외딴 우물을 홀로 찾아가선 가만히 들여다봅니다.

우물 속에는 달이 밝고 구름이 흐르고 하늘이 펼치고 파아란 바람이 불고 가을이 있습니다.

그리고 한 사나이가 있습니다.
어쩐지 그 사나이가 미워져 돌아갑니다.

돌아가다 생각하니 그 사나이가 가엾어집니다.
노보 가 들여다보니 사나이는 그대로 있습니다.

다시 그 사나이가 미워져 돌아갑니다.
돌아가다 생각하니 그 사나이가 그리워집니다.

우물 속에는 달이 밝고 구름이 흐르고 하늘이 펼치고 파아란 바람이 불고 가을이 있고 추억처럼 사나이가 있습니다.

　‘자화상’ 하면 고흐를 떠올리듯 우리는 윤동주의 이 시를 떠올린다. 그만큼 시는 스무 살 즈음에 겪는 청년기의 자화상, 곧 자아 정체성을 꾸밈없이 보여 준다. 그 과정은 먼저 스스로를 고립시킴으로써 가능하다. 스스로에 대한 성찰은 고립된 단독자로 감행하는 응시이기 때문이다. 따라서 시적 화자는 ‘산모퉁이를 돌아’ 사람들의 시야에서 비껴나, ‘외딴 우물’을 ‘홀로’ 찾아간다. 그리고 단정하고도 숙연하게 ‘가만히’ 들여다본다. 우물 속에는 자연의 아름다움이 빼곡하게 들어차 있다. 달, 구름, 하늘, 가을이 투영되어 있다. 이 소재들은 윤동주의 맑은 심성을 잘 대변하는 대상들이며, 시인은 즐겨 이 대상들을 통해 아름다움의 원형들을 상징적으로 제시한다. 시집의 제목을 따온 ‘하늘과 바람과 별과 시’에서 알 수 있듯, 이 대상들은 낭만적 아름다움을 한껏 자아내는 존재들이다.

　이 존재들과 나란히 ‘한 사나이’가 우물 속에 있다. 물론 시인이자 시적 화자 자신이다. 청년 윤동주가 감행하는 자아에 대한 성찰은 으레 청년들이 그러하듯 복잡하다. 미움과 연민, 다시 미움과 그리움으로 시시각각 정서가 달라지는 것이다. 그런데 이 시에는 다양하며 또 복합적인 정서를 야기한 원인들이 지적되어 있지는 않다. 그러나 까닭을 밝히지 않아도 우리는 능히 시적 화자가 겪는 감정의 격렬한 교차와 혼란을 공감할 수 있다. 있어야 할 자아와 있는 자아는 무릇 서로를 등지고 있기 마련이다. 그러나 이 시의 아름다움은 이질적인 자아들이 단절된 채 갈등을 유발하지만은 않는다는 점이다. 교차하는 자아는 마지막 연에서 아름다운 자연과 동화되어 ‘추억’으로 뒤바뀐다는 점이다. ‘추억’은 객관적인 과거의 ‘기억’도 아니며, 부정을 동반하는 뼈아픈 ‘회한’도 아니다. 이미 한 걸음 떨어져 나와 성장한 이들만이 갖는 과거에 대한 아련한 그리움이 ‘추억’ 속에 담겨 있다.

시적 화자는 이미 감정의 혼란을 시 속에서 한 발자국 건너뛰고 있는 것이다. 자아를 성찰하는 것이야말로 스스로를 아끼고 쓰다듬는 따스한 실천이기 때문이다.

활 동

1. 이 시에 나타난 '우물'의 함축적 의미는 무엇인가?
2. 이 시의 정서가 변화하는 과정을 쓰라.
3. 현재 나의 자화상을 시로 표현해 보자.

4. 「자화상」의 의미를 바탕으로 윤동주의 다른 시 「간」에 나타난 '나'와 '독수리'의 관계를 설명해 보자.

바닷가 햇빛 바른 바위 우에
습한 간을 펴서 말리우자,

코카사스 산중에서 도망해온 토끼처럼
둘러리를 빙빙 돌며 간을 지키자,

내가 오래 기르던 여윈 독수리야!
와서 뜯어 먹어라, 시름없이

너는 살지고
나는 여위어야지, 그러나,

거북이야!
다시는 용궁의 유혹에 안 떨어진다.

프로메테우스 불쌍한 프로메테우스
불 도적한 죄로 목에 맷돌을 달고
끝없이 침전하는 프로메테우스.

● ● ●

이 시에는 두 가지 설화가 결합되어 있다. 하나는 「토끼전」이며, 또 하나는 '프로메테우스 신화'이다. 둘을 공통적으로 엮는 것은 '간'이다. '간'은 인간적 고통의 핵심이다. 토끼는 '간'을 말리고 지키려 한다. 고통을 고통 자체로 끌어안고자 하는 것이다. 그리고 프로메테우스의 간을 파먹는 독수리가 등장한다. 그러나 '내가 오래 기르던 여윈 독수리'다. 곧 자기 성찰의 고통을 스스로 감수한다는 것이다. 프로메테우스는 그 고통 속으로 침잠한다. 결국 이 시는 현실을 넘어서려고 하지만 그것이 기만에 불과하다는 것을 깨닫는 토끼와 그럼에도 끊임없이 현실을 넘어서고자 기꺼이 고통조차 받아 안을 수밖에 없는 프로메테우스를 연결하여, 윤동주 자신의 내면을 우의적으로 드러낸다.

4

시로 여는 실천, 이육사

「청포도」와 「광야」로 잘 알려진 시인 이육사. 1904년 지조 높은 선비들로 유명한 경북 안동에서 태어난 이육사의 문학 활동은 1933년 『신조선』지에 처녀작인 시 「황혼」을 발표하면서 시작해 1944년 북경의 감옥에서 옥사하기까지 약 10년간에 걸쳐 이어집니다. 이 10년간은 일본 군국주의가 노골적으로 전쟁을 획책하던 시기이며, 식민지 시대로 참혹한 암흑의 시기였습니다. 조선어 교육이 폐지되고 신사 참배와 일본식 성명이 강요되었으며, 문학 또한 순수 문학 일변도로 치달았습니다. 이른바 총체적으로 민족 말살 정책이 이루어지던 시기였습니다. 그러나 육사는 1925년 대일 무력 항쟁 단체인 의열단에 가입하는 것을 시작으로 생애 전체를 독립운동에 헌신합니다. 육사란 그의 호가 1927년 첫 번째 투옥 당시 죄수 번호를 두고 지은 것이라 하니, 그의 지조 높은 삶이 어떠했을지는 능히 짐작할 수 있겠지요.

이육사의 시는 그의 삶과 결코 떼어 놓고 생각할 수 없습니다. 그는 뚜렷한 현실 인식을 바탕으로 이 땅의 민중을 깊이 사랑했으며, 일본 제국주의의 강탈에 저항하지 않고서는 결코 인간다운 삶을 살 수 없다는 생각을 한 치의 흔들림 없이 지켜 왔습니다. 그가 시와 예술을 바라보는 관점 역시 다르지 않았습니다. 다음의 산문은 이를 잘 보여 줍니다.

정면으로 달려드는 표범을 겁내서는 한 발자국이라도 물러서지 않으려는 내 길을 사랑할 뿐이오. 그렇소이다. 내 길을 사랑하는 마음, 그것은 나 자신의 희생을 요구하는 노력이오. 이래서 나는 내 기백을 키우고 길러서 금강심(金剛心)에서 나오는 내 시를 쓸지언정 유언은 쓰지 않겠소. (중략) 다만 나에게는 행동의 연속만이 있을 따름이오. 행동은 말이 아니고, 나에게는 시를 생각한다는 것도 행동이 되는 까닭이오.

「계절의 오행」, 1938

　시인은 자신의 길을 가야 하며, 그것은 어쩔 수 없이 희생을 요구한다는 것, 그래서 용기 있게 금강석과 같은 굳은 마음으로 시를 쓰겠다는 것, 그리고 시를 쓰는 것 역시 행동하는 것임을 자각하고 있습니다. 그러니 「광야」, 「교목」, 「절정」과 같은 시가 삶에서 우러나올 수 있었던 것입니다.

　그의 시는 우리의 전통적인 서정시와 달리 대륙적이고 남성적이며 전통적이라고 할 수 있습니다. 엄격한 형식을 지니고 있으면서도 다른 한편으로 형식에 얽매이지 않는 호방함도 갖추고 있습니다. 무엇보다 이러한 그의 시의 특성은 대륙에서의 풍부한 경험이나 중국 고전에 대한 해박한 이해에 기인하는 바가 큽니다. 그리고 무엇보다 혁명의 현실 속을 살아야 했던 가열찬 실천과 근본주의적인 성찰들이 바탕을 이루었기에 가능했을 것입니다. 그의 시는 참으로 일제 강점기뿐만 아니라, 어둠과 절망이 우리를 뒤덮는 그 어떤 시기에도 너끈히 뜨거운 열정으로 시대를 밀어가는 힘으로 읽힐 것입니다.

　여기에서는 이미지와 가락이 아름다운 「청포도」와 이육사의 대표작인 「광야」, 「교목」 등을 살펴볼 것입니다. 삶이 시로, 시가 다시 삶으로 선순환하는 문학사의 진경을 엿보았으면 합니다.

청포도
이육사

내 고장 칠월은
청포도가 익어가는 시절

이 마을 전설이 주절이주절이 열리고
먼데 하늘이 꿈꾸며 알알이 들어와 박혀

하늘 밑 푸른 바다가 가슴을 열고
흰 돛단배가 곱게 밀려서 오면

내가 바라는 손님은 고달픈 몸으로
청포를 입고 찾아온다고 했으니

내 그를 맞아 이 포도를 따먹으면
두 손은 함뿍 적셔도 좋으련

아이야 우리 식탁엔 은쟁반에
하이얀 모시 수건을 마련해두렴

1. '내 고향' 과 '내 고장' 이란 단어가 갖는 느낌의 차이는 무엇인가?
2. '청포도' 로 떠올릴 수 있는 여러 이미지를 생각해 보자.

　고향이란 말이 서정적인 향수를 불러일으키는 데 비해, 고장이란 고을
과 같은 말로 지리적인 공간성을 강조한다. 이는 청포도를 중심 제재와 이
미지로 설정하였기에, 시상의 응집성을 위해 정서적인 명칭을 배제한 것
으로 보인다. 시는 먼저 시공간을 제시한 후, '청포도'란 시 전체의 초점을
직접적으로 끌어들인다. 청포도가 갖는 연두의 시각적인 이미지와 청신한
미각적 이미지가 결합되어 풍요로운 희망을 집약적으로 제시한다. 이육사
의 시로는 보기 드물게 섬세한 이미지가 활용되었다.

　두 번째 연은 청포도가 이 지역의, 이 민족의 과거 역사와 평화로웠던
시절들의 이야기를 담고 있으며, '먼데 하늘'에서 알 수 있듯 소망과 동경,
이상 등이 구체화된 것으로 의미를 부여한다. '주절이주절이'와 '알알이'
가 맺고 있는 음상의 유연한 움직임도 주목할 만하다. 다음 연은 '푸른 바
다'와 '흰 돛단배'의 시각적 이미지가 선명하게 대비되는 아름다운 연이다.
두 이미지 모두 정갈함과 염원이 오롯이 배어 있는 것들이다. 바다와 돛단
배를 매개로 '내가 바라는 손님'이 온다. 그 역시 '청포'라는 희망을 두르
고, 먼 이역을 떠돌던 '고달픈 몸'으로 온다. 그러나 이 연은 '온다고 했으
니'로 현실이 아닌 미래에 대한 기다림이다.

　그리고 이어지는 연은 기다림이 충족되기를 염원하는 한편, 기다림의
자세를 환기하는 것으로 끝맺는다. 마지막 연의 '아이야'는 전통적인 시조
의 종장 첫 구절이 갖는 감탄과 조응하면서 전통적인 정서를 불러일으킨
다. 이 연에서 역시 정갈한 흰 빛의 이미지가 청포도와 조응하며 선명한 이
미지를 만들어 낸다.

　이 시에 나타난 '손님'은 다양한 의미 함축으로 읽을 수 있다. 이육사의
삶에 견주어 본다면 '독립을 위해 헌신하는 지사'일 것이고, 여성적인 어조

속에서 기다림의 대상이기에 그리운 '임'일 수도 있다. 어떤 함축이든 청포 도란 소재를 바탕으로 직조한 아름다운 이미지는 선명하게 남겨질 것이다.

 활 동

1. 이 시에 나타난 색채 이미지들을 모두 제시해 보자.
2. '손님'의 함축적 의미는 무엇인가?
3. 이 시의 바탕에 깔린 상상력의 양상을 다음 중에서 골라 보자.
   투사, 연상, 유추, 전복
4. 이 시를 그림으로 표현한다면, 내가 그리는 그림의 초점은 어디에 있을지 글로 써 보자.

광야
이육사

읽 기 전 에

1. 이육사는 주로 윤동주와 비교되어 왔다. 이육사와 윤동주의 공통점과 차이점은 무엇인가?
2. '광야'의 함축적 의미는 무엇인가?

까마득한 날에
하늘이 처음 열리고
어데 닭 우는 소리 들렸으랴

모든 산맥들이
바다를 연모해 휘달릴 때도
차마 이곳을 범하던 못하였으리라

끊임없는 광음을
부지런한 계절이 피어선 지고
큰 강물이 비로소 길을 열었다

지금 눈 나리고
매화향기 홀로 아득하니
내 여기 가난한 노래의 씨를 뿌려라

다시 천고의 뒤에
백마 타고 오는 초인이 있어
이 광야에서 목놓아 부르게 하리라

「광야」를 읽으면 시가 참으로 멋진 예술임을 알 수 있다. 5연의 몇 자 안 되는 언어로 이루어진 시일 뿐인데, 언어로 소환되어 구성된 세계는 참으로 단단하고 아름답다. 더욱이 시간과 공간의 거대함과 '매화향기'와 '노래'의 미묘하고 섬세한 움직임은 어찌나 극명한 대비를 이루며 짜여져 있는지 이루 말로 할 수가 없다. 그저 형식적으로 잘 만들어진 집이 아니라, 그 집에 기거하는 웅혼한 정신의 깊이가 절실하게 느껴진다. 그 집에는 한 시대를 어떻게 살아야 할 것인가를 두고 고군분투했던 한 인간이 단좌한 채 묵상하고 있다. 언어로 빚어진 세계와 그 안에 존재하는 인간은 자연스럽게 이 시대를 어떻게 살아야 할 것인가를 내게 되묻는다. 나는 어떻게 살아야 하는가?

시는 5연으로 이루어져 있다. 종결 어미가 '~리라'로 끝나는 것으로 미루어 볼 때, 자신의 내면적인 의지를 다져 가는 굳건한 결의를 느낄 수 있게 한다. 전체적인 통일성으로 해석할 때, '뿌려라'는 '뿌리리라'의 축약이며, 1연의 '들렸으랴' 역시 '들렸으리라'라는 추론으로 읽는 것이 타당하다. 먼 시원에 개벽하고, 그곳에 닭이란 가축으로 상징되는 인간의 삶이 함께 깃들게 된 신화적인 상상력을 마음껏 웅대하게 펼쳐 보인다. 더욱이 광야는 '산맥'조차 범하지 못하던 곳이다. '차마'라는 부사어는 '신성함'이 어쩌지 못할 위엄을 지녔음을 가리킨다. 이육사는 조국의 산하에 창세 신화의 장쾌한 옷을 입히는 셈이다. 3연에서는 다시 시간이 흘러, '강물'로 상징되는 새로운 역사가 시작되었음을 구체화한다. 이제 창세 신화를 넘어 역사의 시간으로 돌입한 것이다. 수십만 년 시간의 흐름이 생략과 비약으로 축약되어 제시된다. 그러나 현재의 시간은 신화와 역사를 이어 가지 못한다. 지금은 그저 '눈 나리'는 얼어붙은 계절일 뿐이며, 그럼에도 희망을 잃지 않는 '매화향기' 홀로 '아득하니' 곧 먼 곳에서 있는 듯 없는 듯, 간신히 명맥만 유지할 따름이다. 결국 나는 무엇인가 하지 않을 수 없으며, '가난한 노래의 씨'를 뿌리리라고 다짐한다. 그 씨앗은 '한 사람의 울음이 온 마을에 울음을 불러오듯' 마침내 '초인'이란 해방자에 의해 마음껏, 있는 힘껏 '목 놓아 부르게 하리라'로 끝맺고 있다.

과거, 현재, 미래로 이어지는 시간의 축선 위에서 다양한 층위의 상징적인 언어를 통해, 시적 화자의 마음속 깊이 들어차 있는 갈망을 정교하게 펼쳐 보인다. 의지적인 어조와 강인한 정신의 깊이, 현재의 간절한 기원, 미래를 향한 희망 등 시는 암흑기를 밝히는 한 점 형형한 불빛으로 손색이 없다.

활 동

1. 이 시의 연들을 시상의 전개 과정에 따라 구분해 보자.

2. 다음 시어들의 상징적 의미는 무엇인가?

   광야, 하늘, 산맥, 바다, 강물, 눈, 매화향기, 노래의 씨

3. 시의 주제는 무엇인가? 그리고 시의 주제와 어조가 맺고 있는 관련을 말해 보자.

4. 다음은 이 시를 '숭고미'와 연결하여 해석한 글이다. 이를 공간인 '광야'와 관련시켜 다시 설명해 보자.

   우리가 이 시의 '까마득한 날'의 의미를 사유할 때 인간의 사유가 도달할 수 없는 무한을 상정하게 되는 것은 분명하다. 그리고 이 시의 마지막 연의 '천고의 뒤' 역시 이런 점에서 동일한 효과를 준다. 이 시의 숭고는 바로 이런 '총괄된 무한'을 상기시키는 총괄의 한계와 그로 인한 초감성적 존재의 인식에서 생기는 것이라 할 수 있다. 수학적으로 거슬러 올라가면서(까마득한 날) 혹은 미래로 나아가면서(천고의 뒤) 우리가 느끼게 되는 '우리 감성을 넘어선 어떤 것'을 이 시는 생각하게 한다. 이 시의 숭고를 유발하는 가장 기본적인 요소는 바로 여기에 있는 것이다.

   박현수, 「한국시학연구」 1, 1998

5. 「광야」에 나타난 함축적 의미와 다음 시에서 함축적 의미가 서로 동일한 것을 찾아 보자.

   꽃
   이육사

   동방은 하늘도 다 끝나고
   비 한 방울 나리잖는 그 땅에도
   오히려 꽃은 빨갛게 피지 않는가
   내 목숨을 꾸며 쉬임없는 날이여

   북쪽 툰드라에도 찬 새벽은
   눈 속 깊이 꽃 맹아리가 옴작거려
   제비떼 까맣게 날아오길 기다리나니
   마침내 저버리지 못할 약속이여!

한바다 복판 용솟음치는 곳
바람결 따라 타오르는 꽃성(城)에는
나비처럼 취하는 회상(回想)의 무리들아
오늘 내 여기서 너를 불러보노라

교목
이육사

읽 기 전 에

1. 나를 자연물에 빗댄다면 무엇으로 비유할 수 있을까? 그 까닭은 무엇인가?

2. 삶과 시는 일치되어야만 하는가? 시의 미적 자율성은 없는 것인가 생각해 보자.

푸른 하늘에 닿을 듯이
세월에 불타고 우뚝 남아 서서
차라리 봄도 꽃피진 말아라.

낡은 거미집 휘두르고
끝없는 꿈길에 혼자 설레이는
마음은 아예 뉘우침 아니리

검은 그림자 쓸쓸하면
마침내 호수 속 깊이 거꾸러져
차마 바람도 흔들진 못해라.

'교목'은 줄기가 곧고 굵으며 높이 자라는 나무를 뜻한다. 시적 화자는 교목을 자신의 내면을 드러내는 객관적 상관물로 설정한다. '곧고, 굵고, 높은 나무'. 시는 형식적으로 불안정하다. 기승전결의 전통적인 짜임을 즐겨 썼던 육사는 이 시편에서는 딱히 형식적 구조를 선택하지 않고, 그저 마음 내키는 대로 시작하고 또 끝맺는다. 그럼에도 형식적 불안정함은 시적 화자가 맞닥뜨린 상황의 절박함과 극단적인 자기 단련의 의지와 맞물려 긴장을 유발한다.

시의 첫 연에서 '푸른 하늘'은 육사의 다른 시에 등장하는 '하늘'과 다르지 않다. 이상을 표현한다. 때로는 조국의 독립이나 자유로운 삶을 뜻하기도 한다. 교목은 궁극의 이상을 향해 높이높이 치솟고 싶은 것이다. 그러나 그 세계에 도달하지 못한다. 역사 속 인간의 한계인지도 모른다. 시간은 '불'이란 수난과 희생을 요구하며 결국 멈추고 마는 것이다. 이때 화자는 '봄', '꽃' 등의 아름다움의 이미지를 부정적인 함축으로 바꾼 채 거부한다. 일신의 영달이나 겉으로 보이는 호화로움은 결코 중요하지 않다는 것이다.

이어서 시는 한층 척박한 현실을 '낡은 거미집'으로 상정한다. 그러나 '꿈길' 역시 함께 있다. 아무리 척박한 현실일지라도 꿈을 저버릴 수 없음을 상징한다. 그리고 '꿈길'에 뉘우침이란 없다. 강렬한 의지를 내비치는 것이다. '뉘우침 없는 삶'. 자칫 교만함의 여지가 없지 않으나, 엄혹한 시대, 육사의 삶이 시의 진정성을 뒷받침한다. 그런데 유독 이 시에는 그동안 육사의 시에서 빠지지 않았던 '노래의 씨', '손님'과 같은 희망의 울림이 없다. 비장하고 극한적인 상황 속으로 스스로를 '거꾸러'뜨린다. 암담한 절망적 상황이 계속되고 마침내 내면까지 황폐화된다면, 기꺼이 호수라는 무한 깊이의 물길 속으로 자발적으로 침몰하겠다는 것이다. '바람'이란 외부의 탄압조차 미치지 못하는 곳으로.

단호한 선언, 자신만만한 자멸, 스스로의 존엄에 대한 깊은 통찰 등 육사의 시를 읽으면 범인들은 범접조차 할 수 없는 인물임을 느끼게 한다. 그러나 안타깝다. 그가 시대의 푯대가 되어 내달릴 때조차, 그의 마음속 한켠에서는 끊임없이 수묵으로 난을 치고, 아름다운 시어를 조탁하고 있기 때문이다. 섬세한 예술혼을 지닌 사람이 겪어야 했던 마음의 황폐함은 얼마나 힘겨웠을까 생각게 된다. 그럼에도 이 둘은 서로 다르지 않다. 혁명과 예술, 이 둘은 인간을 원래 있었던 모습대로 되돌리고자 하는 안간힘이란 점에서 다르지 않기 때문이다.

 활 동

1. 시적 화자의 객관적 상관물은 무엇이며, 그 함축적 의미는 또 무엇인가?
2. 이 시의 어조, 현실 인식, 현실의 대응 방식 등을 연결하여 설명해 보자.
3. '차라리', '아예', '차마' 등의 부사어가 시 속에서 수행하는 의미 기능은 무엇인가?

5
모국어의 고향,
백석

백석은 시인입니다. 많고 많은 시인들이 있다지만, 백석에 견줄 만한 시인은 많지 않습니다. 무엇보다 그는 언어의 조탁에 뛰어납니다. 시는 언어 예술의 정화입니다. 언어를 마음껏 부려 쓰지 못한다는 것은 화가가 그리고자 하는 대상을 온전히 그려 내지 못하는 것과 다를 바 없습니다. 놀라운 조어를 바탕으로 그는 우리네 시인 누구도 해 내지 못한 새로운 형식을 거듭 만들어 냈습니다. 단정한 서정시가 있는가 하면, 풍요로운 내면의 독백으로 형식 자체를 멀찌감치 허물어 버린 시도 있습니다.

북방에서

아득한 옛날에 나는 떠났다
부여를 숙신을 발해를 여진을 요를 금을
흥안령을 음산을 아무우르를 숭가리를
범과 사슴과 너구리를 배반하고
송어와 메기와 개구리를 속이고 나는 떠났다.

이처럼 유장한 가락으로 이어지며 끊임없이 나열되고 소환되는 대상들이 펼쳐짐으로써 이미지의 홍수를 불러일으키는 것 또한 그만의 영역입니다.

더욱이 백석은 토속적인 민족 정서를 인물과 음식과 풍정을 통해 상세하게 되살리는 한편, 이를 근대적인 형식 속에 부려 넣을 줄 알았습니다. 뿐만 아니라 그는 유랑하는 식민지 백성의 정서를 어눌한 어조 속에 풀어 헤침으로써 동시대를 살았던 이의 헛헛한 마음을 알뜰히 어루만질 줄도 알았습니다. 그가 있어 우리는 한층 풍요로워졌으며, 그의 시가 있어 한국의 현대시사는 삭풍의 문풍지 너머 남폿불을 은은히 밝힐 수 있었습니다.

그럼에도 그의 시는 오랫동안 갇혀 있었습니다. 그가 월북한 것도 아니었고, 이네올로기적으로 선명한 것도 아니었습니다. 그는 다만 고향이 평안도였기에 그의 시가 그러했듯 서울을 기웃거리지 않고, 그저 그곳에 남았을 뿐입니다. 문학사는 그조차 냉혹하게 외면한 채, 그의 시를 관 속에 넣고 못을 박아 버렸지요. 그가 다시 우리 앞에 몸을 내민 것은 고작해야 20년 남짓 되었을 뿐입니다. 그것도 민주주의를 되살리기 위한 엄청난 고난을 희생 제물로 바치고 난 다음에야. 문학의 역사가 현실의 역사와 결코 분리될 수 없는 것임을 백석을 비롯한 월북, 재북 작가들의 작품이 웅변으로 말해 주는 셈입니다.

나는 지금도 간혹 잠자리에 들기 전 백석의 시를 읽습니다. 그러면 어느새 내 몸은 밤하늘을 타고 북방으로 날아갑니다. 그곳의 얻어든 어느 집에서 흰 바람벽을 마주하기도 하고, 눈 속을 버팅기는 갈매나무를 생각하기도 합니다. 국수가 먹고 싶기도 하고, 송기떡도 먹고 싶고. 얼굴이 얽은 신리 고모와 살빛이 매감탕 같은 입술과 젖꼭지는 더 까만 토산 고모를 만나기도 합니다.

산곡
백석

돌각담에 머루송이 깜하니 익고
자갈밭에 아즈까리알이 쏟아지는
잠풍하니 볕바른 골짝이다
나는 이 골짝에서 한겨울을 날려고 집을 한 채 구하였다

집이 몇 집 되지 않는 골안은
모두 터앝에 김장감이 퍼지고
뜨락에 잡곡 낟가리가 쌓여서
어니 세월에 뷔일 듯한 집은 뵈이지 않았다
나는 자꼬 골안으로 깊이 들어갔다

1. 겨울잠을 자는 동물들을 열거해 보자.
2. 시를 읽으며 모르는 단어들의 의미를 추리해 보자.

골이 나한 산대 밑에 자그마한 돌능와집이 한 채 있어서
이 집 남길동 단 안주인은 겨울이면 집을 내고
산을 돌아 거리로 나려간다는 말을 하는데
해바른 마당에는 꿀벌이 스무나문 통 있었다

낮 기울은 날을 햇볕 장글장글한 툇마루에 걸어앉어서
지난 여름 도락구를 타고 장진 땅에 가서 꿀을 치고 돌아왔다는 이 벌들
을 바라보며 나는
날이 어서 추워져서 쑥국화꽃도 시들고
이 바즈런한 백성들도 다 제 집으로 들은 뒤에
이 골안으로 올 것을 생각하였다

잠풍 잔잔하게 부는 바람.

산곡이란 산골짜기를 뜻한다. 시적 화자는 이곳 '볕바른 골짝'에 집을 한 채 구하려고 한다. 이곳은 '머루송이 깜하니 익고', '아즈까리알이 쏟아지는' '잠풍'한 곳이다. 이 구절들에는 까만 머루 송이와 까만 아주까리 씨앗이 풍기는 잘 영근 소박한 풍요가 빼곡하게 차 있다. '잠풍' 역시 정확히 알지 못해도 너끈히 미루어 짐작할 수 있다. '잠을 불러오는 바람'이다. 선선하고 부드럽게 어루만지는 바람. 이 시는 이 연만으로도 백석 시에서 보기 드문 풍정을 담아내고 있음을 알 수 있다. 황폐한 바람 부는 곳을 유랑하는 백석이 아니라, 정처를 정해 집을 구하고자 하는 백석이기 때문이다. 어쩌면 이 시는 백석이 머물고자 하는 마음속의 정처인지도 모른다.

풍요로움은 2연에서도 그대로 이어진다. 몇 집 안 되는 흩어진 집들마다 텃밭에는 무며 배추며 김장거리가 펼쳐진 채 자라고 가을 추수가 끝난 마당에는 잡곡 낟가리들이 쌓여 안온한 집들을 감싸고 있다. 결코 빌 것 같지 않은 집들이다. 어쩌면 우리네 백성들은 이 산곡 마을의 사람들처럼 살았을 것이다. 근대의 회오리, 일제가 침략하기 전에는. 백석 시의 이상은 어린 유년의 기억뿐만 아니라, 현재에도 너끈히 선명하게 붙잡을 수 있는 것이다. 할 수 없이 시적 화자는 조금 더 안으로 들어가 보기로 한다.

골짜기는 끝나고, 그 끄트머리에 돌로 능와를 누른 집을 한 채 발견한다. '남길동 단 안주인'에서 '남길동'은 남색의 저고리 깃동이다. 무명 저고리에 사철 발벗은 아내가 아닌 셈이다. 꽉 짜인 살림을 암시한다. 그럼에도 겨울이면 집을 비운다는 것이다. 마당에는 '생산'과 '풍요'를 상징하는 꿀벌이 벌통에서 잉잉거린다. 시인은 부지런한 벌과 사람들이 모두 떠난 뒤 다시 이 골짜기 안으로 들어와 겨울을 날 생각을 하며, 가을볕을 쬐고 있다.

시는 전체적으로 기승전결의 고전적인 짜임 속에 풀어져 있다. 그저 보고 들은 것을 시 속에 가득 찬 진잔조름한 햇살을 펼치듯 풀어낸다. 선명한 이미지가 돋보이며, 이야기를 들려주는 듯한 어조 속에 마음의 정처를 살갑게 보여 준다. 나도 이런 산골짜기로 겨울 한 철이라도 기어들고 싶다. 그곳에서 곰처럼 겨울잠을 자고 마음속 정기를 모두 받아 또 한 해를 어기차게 살아 내고 싶다.

 활 동

1. 이 시의 주제는 무엇인가?
2. 이 시의 주도적인 이미지는 무엇이며, 그 함축적 의미는 또 무엇인가?
3. 이 시의 구성적인 특성은 무엇인가?

4. 다음 시를 이미지를 중심으로 읽어 보자.

고향
백석

나는 북관(北關)에 혼자 앓어 누워서
어느 아침 의원을 뵈이었다
의원은 여래(如來) 같은 상을 하고 관공(關公)의 수염을 드리워서
먼 옛적 어느 나라 신선 같은데
새끼손톱 길게 돋은 손을 내어
묵묵하니 한참 맥을 짚더니
문득 물어 고향이 어데냐 한다
평안도 정주라는 곳이라 한즉
그러면 아무개씨 고향이란다
그러면 아무개씨를 아느냐 한즉
의원은 빙긋이 웃음을 띠고
막역지간이라며 수염을 쓴다
나는 아버지로 섬기는 이라 한즉
의원은 또 다시 넌즈시 웃고
말없이 팔을 잡어 맥을 보는데
손길은 따스하고 부드러워
고향도 아버지도 아버지의 친구도 다 있었다

●●●

'고향'은 시인들이 즐겨 다루는 소재다. 아마도 그리움의 대상이기에 그러할 것이다. 하물며 식민지 시대처럼 현실의 고향이 유년의 고향이 될 수 없는 시대에는 그 그리움이 더할 것이다. 백석의 시 「고향」에 내재된 정서 역시 그리움이다. '의원', '아무개씨', '막역지간', '아버지로 섬기는 이'로 이어져, 이제 자신의 맥을 잡는 손길에는 '고향도 아버지도 아버지의 친구도 다' 또렷이 떠오르게 된다. 백석 특유의 수식이 없는 수수한 문장에 이야기를 담고 있으며, 두고 온 고향에 대한 따스한 그리움을 지펴올리는 작품이다.

흰 바람벽이 있어
백석

오늘 저녁 이 좁다란 방의 흰 바람벽에

어쩐지 쓸쓸한 것만이 오고 간다

이 흰 바람벽에

희미한 십오촉 전등이 지치운 불빛을 내어던지고

때글은 다 낡은 무명샤쯔가 어두운 그림자를 쉬이고

그리고 또 달디단 따끈한 감주나 한잔 먹고 싶다고 생각하는 내 가지가지

외로운 생각이 헤매인다

그런데 이것은 또 어인 일인가

이 흰 바람벽에

내 가난한 늙은 어머니가 있다

내 가난한 늙은 어머니가

이렇게 시퍼러둥둥하니 추운 날인데 차디찬 물에 손은 담그고 무이며 배추

를 씻고 있다

또 내 사랑하는 사람이 있다

내 사랑하는 어여쁜 사람이

어느 먼 앞대 조용한 개포가의 나즈막한 집에서

그의 지아비와 마주 앉아 대구국을 끓여놓고 저녁을 먹는다

벌써 어린것도 생겨서 옆에 끼고 저녁을 먹는다

그런데 또 이즈막하야 어느 사이엔가

1. '배부른 이'는 시인이 되기 어렵다고 한다. 왜 그럴까?
2. '바람벽'이 어떤 뜻인지 이 시의 제목으로 미루어 말해 보자.

이 흰 바람벽엔

내 쓸쓸한 얼굴을 쳐다보며

이러한 글자들이 시나간다

—나는 이 세상에서 가난하고 외롭고 높고 쓸쓸하니 살어가도록 태어났다

　그리고 이 세상을 살아가는데

　내 가슴은 너무도 많이 뜨거운 것으로 호젓한 것으로 사랑으로 슬픔으로 가득찬다

그리고 이번에는 나를 위로하는 듯이 나를 울력하는 듯이

눈질을 하며 주먹질을 하며 이런 글자들이 지나간다

—하늘이 이 세상을 내일 적에 그가 가장 귀해하고 사랑하는 것들은 모두

　가난하고 외롭고 높고 쓸쓸하니 그리고 언제나 넘치는 사랑과 슬픔 속에 살도록

만드신 것이다

　초생달과 바구지꽃과 짝새와 당나귀가 그러하듯이 그리고 또 프랑시쓰 쨈과 도

연명과 라이넬 마리아 릴케가 그러하듯이

시인 신경림은 '내가 우리 시에서 단 하나만 꼽으라 해도 서슴지 않고 꼽는 시인이 백석이다.'라고 했다. 평론가 김현은 그의 시를 '한국시가 낳은 가장 아름다운 시의 하나'라고 평가했다. 그러나 이와 같은 평가는 그가 살아생전 받아 안은 것은 아니었다. 그는 이 시에서처럼 '가난하고 외롭고 높고 쓸쓸하니' 살다 갔다. 해방 직후에도 남과 북 어느 한쪽을 선택했다기보다 그저 고향 평안도의 정주에 남았을 뿐, 딱히 뚜렷한 선택을 한 것도 아니었다. 그러나 남한의 문학사는 그를 철저하게 배제했고, 오장환, 이용악과 다를 바 없이 1980년대 후반에 들어서야 재평가했다. 그의 작품은 「여우난골족」에서처럼 향토적인 서정의 세계를 토속적인 방언으로 형상화하였다. 그러나 이것만이 백석의 전부는 아니다. 그의 작품은 마음속에 일어나는 쉼 없는 출렁거림을 유려한 모국어에 기대어 읊조리듯 조촐하게 드러낸다. 그리하여 읽는 이들의 정서를 적시고, 다독거리며, 또 끄응 하고 일어서게 한다. 그의 시는 참으로 우리네 정서의 심부에 도달해 있다.

이 시 또한 다르지 않다. 시적 화자는 떠돌고 있다. 어느 한곳에 정착하지 못한 채, 피로와 가난에 떠밀려 '좁다란 방'에 내팽개쳐져 있다. 시적 대상은 '이 좁다란 방'의 '흰 바람벽'이다. '흰 바람벽'은 방과 방을 나누는 벽이 아니라, 바로 바깥에 잇닿아 있는 벽이다. 시적 화자는 '지치운 불빛', '다 낡은 무명샤쯔', '어두운 그림자'가 함축하는 찌들 대로 찌든 상황 속에서 벽을 골똘히 들여다보고 있다. 그리고 달콤한 감주라도 먹고 싶다는 지극히 소박한 바람을 꿈꾸기도 하며, '외로움'이 불러일으키는 갖가지 상념에 잠긴다.

그때 '흰 바람벽'에 늙은 어머니가 있다. 추운 날 찬물에 배추를 씻고 있다. 그리움과 안타까움이 솟구친다. 더욱이 사랑하는 사람이 있다. 그립다. 그러나 이미 그이는 다른 이와 함께 산다. 지아비와 마주 앉아 저녁을 먹는다. 어린것도 함께. 시적 화자는 이 소박한 단란함이 자신의 것이었으면 하고 생각한다. 그러나 황급히 접는다. 어여쁜 사람은 결코 자신의 몫이 아니기 때문이다. 시적 화자는 쓸쓸해진다.

이즈음 '이 흰 바람벽'에 글자들이 지나간다. 그것은 스스로를 향한 위로이자 다짐이기도 하다. '나는 이 세상에서 가난하고 외롭고 높고 쓸쓸하니 살어가도록 태어났다'는 것이다. 그렇게 운명이 스스로를 사로잡고 있다는 자각이다. 운명은 어쩔 수 없이 내 가슴을 '뜨거운 것, 호젓한 것, 사랑, 슬픔'으로 가득 채운다. 넘치도록 가득 채운다. 다시금 글자들이 지나간다. 그러지 말고 힘내라고 위로하는 듯 다정한 눈길로, 정히 그렇게 힘들면 시인이고 뭐고 다 집어치우라는 듯이 윽박지르며 종주먹질을 해 대듯 글자들이 지나간다. '하늘이 이 세상을 내일 적에 그가 가장 귀해하고 사랑하는 것들은 모두/ 가난하고 외롭고 높고 쓸쓸하니 그리고 언제나 넘치는 사랑과 슬픔 속에 살도록 만드신 것이다'라는 글자들이.

그리고 시인은 이제 동일한 함축적 의미를 지닌 대상들을 제시한다. 가물거리는 '초생달', 보잘것없는 바구지꽃, 평생 무거운 짐을 지고 걸어야 하는 당나귀와 함께 그와 같이 가물거리고 보잘것없고 무거운 짐에 힘겨운 프랑시쓰 쨈과 도연명과 라이넬 마리아 릴케와 같은 시인들의 이름을 나란히 마주 세운다. 그 속에는 백석이 시인으로서 느끼는, 스스로를 향한 따스한 위안과 은밀한 자부심이 함께 깃들어 있다.

이 시는 독백의 어투에 실려 시시각각 변화하는 정서를 담아낸다. 가난과 피로에 지친 쓸쓸함에서 홀로 떨어져 나온 외로움으로, 또 어머니를 향한 그리움과 애처로움으로, 어여쁜 사람을 향한 그리움과 아쉬움으로, 다시 그 모두를 떠나온 이의 어쩔 수 없는 쓸쓸함으로. 그러나 시는 이 모든 정서인 '외롭고 높고 쓸쓸'함이야말로 시인의 피할 수 없는 몫임을 자각한다. 더욱이 이 '외롭고 높고 쓸쓸'함이 '사랑으로 슬픔으로' 기인한 것이라고 인식한다. 결코 혼자만 빠져드는 감상이 아니라, 시대 전체를 향한 슬픔과 사랑이 은밀하게 깔려 있는 것이다. 그 뜨거운 자부심이 시인으로 이 땅을 살아가게 하는 것이다. '외롭고 높고 쓸쓸한'.

활동

1. 시적 화자가 처해 있는 상황은 어떠한가?
2. 이 시의 정서가 변화해 가는 과정을 차례대로 써 보자.
3. 마지막 연에 나타난 시적 제재의 공통된 함축은 무엇인가?

4. 다음 시를 읽고, 거미들을 통해 시인이 궁극적으로 의미하고자 한 것이 무엇인지 쓰라.

수라
백석

거미새끼 하나 방바닥에 나린 것을 나는 아무 생각 없이 문밖으로 쓸어버린다
차디찬 밤이다

언제인가 새끼거미 쓸려나간 곳에 큰거미가 왔다
나는 가슴이 짜릿한다
나는 또 큰거미를 쓸어 문밖으로 버리며
찬 밖이라도 새끼 있는 데로 가라고 하며 서러워한다

이렇게 해서 아린 가슴이 싹기도 전이다
어데서 좁쌀알만한 알에서 가제 깨인 듯한 발이 채 서지도 못한 무척 작은 새끼거미가 이번엔 큰거미 없어진 곳으로 와서 아물거린다
나는 가슴이 메이는 듯하다
내 손에 오르기라도 하라고 나는 손을 내어미나 분명히 울고불고 할 이 작은 것은 나를 무서우이 달아나버리며 나를 서럽게 한다
나는 이 작은 것을 고이 보드러운 종이에 받어 또 문밖으로 버리며
이것의 엄마와 누나나 형이 가까이 이것의 걱정을 하며 있다가 쉬이 만나기나 했으면 좋으련만 하고 슬퍼한다

남신의주 유동 박시봉방
백석

어느 사이에 나는 아내도 없고, 또,

아내와 같이 살던 집도 없어지고,

그리고 살뜰한 부모며 동생들과도 멀리 떨어져서,

그 어느 바람 세인 쓸쓸한 거리 끝에 헤매이었다.

바로 날도 저물어서

바람은 더욱 세게 불고, 추위는 점점 더해 오는데,

나는 어느 목수네 집 헌 샅을 깐,

한 방에 들어서 쥔을 붙이었다.

이리하여 나는 이 습내 나는 춥고, 누긋한 방에서,

낮이나 밤이나 나는 나 혼자도 너무 많은 것같이 생각하며,

딜옹배기에 북덕불이라도 담겨 오면,

이것을 안고 손을 쬐며 재 우에 뜻없이 글자를 쓰기도 하며,

또 문밖에 나가지두 않구 자리에 누워서,

머리에 손깍지베개를 하고 굴기도 하면서,

나는 내 슬픔이며 어리석음이며를 소처럼 연하여 쌔김질하는 것이었다.

내 가슴이 꽉 메어 올 적이며,

내 눈에 뜨거운 것이 핑 괴일 적이며,

또 내 스스로 화끈 낯이 붉도록 부끄러울 적이며,

나는 내 슬픔과 어리석음에 눌리어 죽을 수밖에 없는 것을 느끼는 것이었다.

1. 이 시의 제목이 뜻하는 것은 무엇인가?

2. 백석의 시를 '모국어의 고향'으로 지칭한 까닭은 무엇인가?

그러나 잠시 뒤에 나는 고개를 들어,

허연 문창을 바라보든가 또 눈을 떠서 높은 천장을 처다보는 것인데,

이 때 나는 내 뜻이며 힘으로, 나를 이끌어 가는 것이 힘든 일인 것을 생각
하고,

이것들보다 더 크고, 높은 것이 있어서, 나를 마음대로 굴려 가는 것을 생
각하는 것인데,

이렇게 하여 여러 날이 지나는 동안에,

내 어지러운 마음에는 슬픔이며, 한탄이며, 가라앉을 것은 차츰 앙금이 되
어 가라앉고,

외로운 생각만이 드는 때쯤 해서는,

더러 나줏손에 쌀랑쌀랑 싸락눈이 와서 문창을 치기도 하는 때도 있는데,

나는 이런 저녁에는 화로를 더욱 다가 끼며, 무릎을 꿇어보며,

어니 먼 산 뒷옆에 바우섶에 따로 외로이 서서

어두어 오는데 하이야니 눈을 맞을, 그 마른 잎새에는

쌀랑쌀랑 소리도 나며 눈을 맞을,

그 드물다는 굳고 정한 갈매나무라는 나무를 생각하는 것이었다.

작 품 이 해

　이 시는 백석이 1948년 해방과 함께 만주를 떠나 고향 정주로 찾아들기 직전에 쓴 시이다. 서정적 자아인 내가 '신의주 남쪽 버드나무 고을에 사는 박시봉의 집에 내건 방(方)'으로 자신의 내면 풍경을 만천하에 알리고자 한 작품이며, 주렁주렁 자신의 심경을 늘어놓는 듯한 독백의 어투에 실려 우울한 자신의 심경이 잘 형상화되어 있다.

　이 시는 모두 네 마디의 짜임을 지니고 있다. 첫 번째 부분에서는 자신의 객관적 처지가 포괄적으로 기술된다. 시적 화자인 나는 아내, 집, 부모, 동생 등 가족과 가정을 이루는 모든 이들과 단절된 채 홀로 생을 짐지고 살고 있다. 더욱이 시작을 '어느 사이에'라고 함으로써, 현실적 처지가 미처 자각하지 못하는 사이에 이렇게 되었음을 드러낸다. 자신의 의지로 가족과 단란한 가정으로부터 절연된 것이 아니라, 그나마 고단한 삶을 버텨겨 내려고 노력했으나, 어느 사이에 이 지경에 이르렀음을 보여 준다. '명절날 나는 엄매 아배 따라 우리집 개는 나를 따라 진할머니 진할아버지가 있는 큰집으로 가면'으로 시작되는 「여우난골족」에서처럼 훼손되지 않은, 더불어 살아가는 자족적인 공동체를 꿈꾸었던 시인이었기에, 그의 상실감은 더욱 깊고 넓었으리라. 다시는 회복할 수 없는 그 옛날 고향에서의 삶을 향한 그리움과 선명하게 대비되는 가운데, 시적 화자는 지금 자신도 잘 알지 못하는 낯선 '어느' 곳에서 '바람 세인' 고단한 현실에 상처 입으며, 모든 인연으로부터 떠나 홀로 '쓸쓸'함을 잔뜩 안고 서성이며 '거리 끝에 헤매이'고 있다. 물론 이 '거리 끝'의 망설임이 유독 백석이라는 한 개인의 몫은 아니다. 거진 40년간을 이민족의 침략 앞에 휘둘린 나머지, 몇몇 친일을 일삼던 놈들을 제외하고는 모조리, 정작 해방이 닥쳐왔을 때 민족 구성원 모두의 삶의 뿌리는 아예 뽑혀 버렸거나, 허옇게 밑동을 드러낸 채 생채기로 얼룩진 다음이었다. 화자의 내밀한 독백을 민족 구성원 전체의 소리로 고양해 가는 힘, 이 전형성이란 동력이야말로 그가 내거는 방(方)을 한 개인의 독백이 아니라 민족 전체의 삶에, 삶의 방향에 등불을 내거는 선언으로 읽어야 하는 까닭이다.

뒤이어 시는 구체적인 상황으로 더욱 가깝게 진입해 들어간다. 헤매임조차 오래도록 허락되지 않은 채 '바로' 뒤이어 '날도 저물'고, '바람은 더욱 세게 불고', '추위는 점점 더해 오며', 누적되고 강화되는 상황의 악화에 떠밀려 '나'는 어쩔 수 없이 거리 안으로 쫓기듯 들어간다. 그러나 고작, 아니 당연히, 내가 들어선 곳은 헌 삿자리가 깔린, 그래서 아랫목도 윗목도 없는 빙 하나이며, 그나마 十설하듯이 '박시봉이란 목수'에게 빌려 몸을 의탁하기에 이른다. 여기까지가 객관적인 정황이며, 시는 이 정황을 서정적 자아인 주체가 어떻게 수용하는가를 당연히 제시해야 한다. 시는 세계 그 자체가 아니라 서정적 자아인 주체가 세계를 수용하는 방식에 초점을 둔다. 어떠한 정서적 울림으로 세계와 대면하는가를 제시하지 않고서는 서정시 본래의 서정을 기대하기 어렵다.

시의 두 번째 마디는 전적으로 서정적 화자의 정서를 드러내는 데 몰두한다. '슬픔'과 '어리석음'에 짓눌린 나머지 '나 혼자도 너무 많은 것같이 생각하며' 자신의 존재조차 무겁게 받아들이고, 마침내는 '죽을 수밖에 없는 것'을 아프게 깨닫는다. 너무나 상처 입은 나머지 모든 사회적 관계로부터 완전히 단절된 채, 아래로 아래로 잠기어 간다. 타자와 세계를 향해 간절히 내미는 신호인 '글자를 쓰'는 행위조차 금방 불면 날아가 버릴 '재 우에'서 어떠한 의미도 전달하지 못하고 마는, 그리하여 죽음과 가장 가까운 자세로 '누워서', '손깍지베개를 하고 굴기도 하면서', 자신의 무력감과 슬픔과 부끄러움에 짓눌리고 마는 것이다. 결국 삶을 저만치 하직할 수밖에 없는 정황에까지 내몰려 있음을 고통스럽게 깨닫기에 이른다. 죽음은 선택이 아니라, 그에게 주어진 유일한 출구로 인식되는 것이다.

하지만 세 번째 마디에 이르면 시는 꿍, 하고 일어나 새로운 방향을 향해 몸을 뒤튼다. '그러나'라는 강렬한 접속어를 매개로 '고개를 들어', '문창을 바라보든가', '천장을 쳐다보는', 자신의 내면으로 침잠하는 대신 외부 세계를 향해 눈길을 돌리고 나서야 비로소 깨닫는다. 죽을 수밖에 없는 상황이 자신의 미욱함과 현실적 무능함 때문이 아님을. 초라하고 궁벽한 상황으로까지 내몰리게 된 것은 자신이 힘겹게 부대끼며 살아왔던 삶의 결과가 아니라, '내 뜻이며 힘으로, 나를 이끌어' 온 것이 아니라, 주체적인 의지와 능력을 훨씬 넘어서는 '더 크고, 높은 것'이 자신을 '마음대로 굴리고 있었음을 자각하는 것이다. '더 크고, 높은 것'이야말로 백석의 현실 인식이 극명하게 집약된 부분이며, 대부분의 비평가들이 '운명'으로 판독한 부분이다. 이숭원 역시 '운명론적 체념에 의해 정신의 위기를 넘어선다'(『한국 현대시 감상론』)고 평가한다. 하지만 현재 상황의 궁극적인 원인이 자기 자신의 내적 결함이 아니라 '운명'에 있다고 인식함으로써 달라질 수 있는 것은 무엇인가? 아무것도 없다. 앞서 '나 혼자도 너무 많은 것같이 생각'한 주체할 수 없는 존재의 무게가 여기에 이르러 '외로운 생각'으로, 곧 외로움을 충족시킬 수 있는, 타자와의 관계맺기를 강렬하게 희구하는 정신적 상태로 변화한다는 것은 납득하기 어렵다. 운명은 적어도 집단적이라기보다 지극히 개인적인 세계관이기 때문이다. '더 크고, 높은 것'은 운명이라기보다 현실일 것이다. 서정적 화자인 '나'와 함께 민족 구성원 전체를 이토록 참담한 지경으로 내몬 주체는 식민지 현실이자, 해방 직후의 이념적 소용돌이 속에서 여전히 정착하지 못한 채 떠돌아야만 했던, 피할 수 없는 시대적 고통인 것이다. 한 시대가 한 인간을 여기에까지 이르게 한 것이며, 극단적으로 떠밀려 온 이 지점은 동시대를 살아야 했던 모든 이들의 동질적인 고통이며, 따라서 동류의 사람들에게서 위로받고자 하는 농밀한 그리움이 배어 있는 것이다. 더욱이 '슬픔', '한탄'은 운명론적 체념을 통해 '앙금이 되어 가라앉'는다기보다, 소박한 정서적 개인에서 시작되어 비록 소극적이나마 명료한 역사적 주체로 자신을 설정함으로써 비로소 가능해진다. 그제야 전환이 갖는 본질적인 기능과 맞닿을 수 있으며, 결구에 제시되는 '갈매나무라는 나무'의 이미지와 조응하기도 한다.

마지막 마디에서 서정적 화자인 '나'는 이제 더는 누워서 뒹굴지 않는다. '화로를 더욱 다가 끼'는 생에의 충동을 느끼며, '무릎을 꿇'고 일어나 앉는다. 자신을 자책하는 대신, 자신을 이렇게 내몰고 있는 현실과 마주 서고자 한다. 방바닥을 뒹굴던 수평적 이미지가 수직적 이미지로 변모한 채, 기도를 드리듯 무릎을 꿇고 앉은 형상은 우리로 하여금 박해받는 선지자를 떠올리게 한다. 매운 바람 부는 광야에서 무릎을 꿇고 '주여, 이다지도 큰 시련을 우리에게 주시나이까? 성녕 당신의 뜻이옵니까? 당신의 뜻이 아니라면 거두어 주시고, 당신의 뜻이라면 고난과 함께 그것을 이겨 낼 수 있는 힘까지 주시리라 믿습니다. 주여!'라고 기도하는 선지자의 형상. 이 형상은 '어니 먼 산 뒷옆에 바우섶에 따로 외로이 서서 / 어두어 오는데 하이야니 눈을 맞을, 그 마른 잎새에는 / 쌀랑쌀랑 소리도 나며 눈을 맞을, / 그 드물다는 굳고 정한 갈매나무라는 나무'의 형상과 엄밀하게 조응한다. 홀로 떨어져 나와 고난의 한가운데에서 온갖 신산을 겪고 있는, 겉으로 보아 죽어 버린 것과 다를 바 없이 목숨을 이어 가는 자신과 마른 잎새의 갈매나무는 정확히 일치하며, 시대적 현실과 대면하는 가운데 자신 역시 갈매나무와 마찬가지로 '굳고 정한' 존재가 되어 한 시대를 버팅겨 내고 말겠다는 옹골찬 결의로 시의 끝을 맺고 있는 것이다. 고통과 절망, 죽음, 마침내는 현실에의 자각과 견뎌 냄으로 이 시는 몸을 부리는 것이다.

물론 이 시에는 현실적 고난에 맞서 치열하게 응전을 벌여 나가겠다는 결의가 보이지는 않는다. 하지만 식민지 시대 말기나 혹은 해방 직후의 시대적 정황 속에서, 역사 전체가 폭력적으로 개인의 삶을 압살하던 시기에 그가 현실적으로 대처해 나갈 수 있는 방도는 많지 않았을 것이다. 이육사처럼 아예 현실을 뛰어넘어 초월자의 목소리로 당위를 말하거나, 윤동주처럼 끊임없는 자기반성을 통해 순수한 내면을 견지해 나가는 것이 한 방편일 것이다. 해방이 안겨 준 이념을 목청껏 노래하거나, 해방이 강제하는 역사적 과제와 거리를 둔 채 진정한 인간적 삶에 대해 탐구하는 것도 한 방편일 것이다. 아니면 개인적인 욕망에 허덕이며, 시대가 요구하는 인간으로 전락해 가는 것이 가장 쉬운 선택임은 분명하다. 하지만 그 어느 선택도 쉽사리 허락되지 않은 이들에게, 그러나 견결하게 자신을 지켜 내고자 고투하는 순결한 영혼의 소유자들에게 가능한 또 다른 대안은 그저 견디어 내는 것이다. '굳고 정한' 자신의 원래 빛깔과 향기를 잃지 않고 시련이 지나가기를, 그리하여 다시금 자신의 삶이 제 빛깔과 향기를 드러내고 내뿜을 수 있는 때를 참고 기다리는 것이다. 물론 이러한 삶이 '드물다'는 것은 확연하다. 그러나 아름다운 삶의 한 방식임도 명확하다. 이 삶의 방식, 삶의 방식이 표상하는 갈매나무의 이미지야말로 백석의 시 「남신의주 유동 박시봉방」을 우리 시의 빛나는 별로 밤하늘에 아로새기는 힘이자, 모든 듣는 이로 하여금 가슴을 열게 하는 절창이게 만드는 힘인 것이다.

 활동

1. 이 시의 구성을 기승전결로 나누어 보자.
2. 이 시의 구성적 특성인 기승전결에 따른 정서의 변화 과정을 정리해 보자.
3. 이 시는 '한국시가 낳은 가장 아름다운 시의 하나'(김현), '높은 격조를 이룬 페시미즘의 절창'(유종호) 등으로 평가받는다. 그 까닭은 무엇일까?
4. 이 시의 '갈매나무'의 이미지와 정지용의 「장수산」에 나타난 이미지를 서로 비교해 보자.

부록

작가 약력 보기 · 작품 출처 · 수록 교과서 보기

강은교 1945~

시인. 함남 홍원에서 태어나 서울에서 자람. 연세대 영문과와 동 대학원 국문과를 졸업함. 1968년 『사상계』 신인문학상에 시 「순례자의 잠」이 당선되어 등단함. 시집으로 『허무집』, 『풀잎』, 『빈자일기』, 『소리집』, 『붉은 강』, 『우리가 물이 되어』, 『단지 그대가 여자라는 이유만으로』, 『하나보다 더 좋은 백의 얼굴이어라』, 『누가 지구를 별이라 했나』, 『어느 미루나무의 새벽노래』, 『등불 하나가 걸어오네』, 『시간은 주머니에 은빛 별 하나 넣고 다녔다』 등이 있음.

고은 1933~

시인이자 소설가. 본명은 고은태, 법명은 일초. 전북 군산에서 태어남. 1958년 『현대시』에 「폐결핵」을 발표하고 『현대문학』에 「봄밤의 말씀」, 「눈길」, 「천은사운」 등이 추천되어 문단에 데뷔함. 대표 시집으로 『피안감성』, 『해변의 운문집』, 『문의 마을에 가서』, 『두고 온 시』, 『허공』과 서사시 『백두산』(전 7권), 연작시 『만인보』(전 30권) 등이 있음.

고정희 1948~1991

시인. 본명은 고성애. 전남 해남에서 태어나고 한국신학대학을 졸업함. 1975년 『현대시학』에 「연가」, 「부활 그 이후」 등의 시가 추천되어 등단함. 시집으로 『누가 홀로 술틀을 밟고 있는가』, 『실락원 기행』, 『초혼제』, 『이 시대의 아벨』, 『눈물꽃』, 『지리산의 봄』, 『저 무덤 위에 푸른 잔디』, 『여성해방출사표』, 『광주의 눈물비』, 『아름다운 사람 하나』 등이 있음.

공광규 1960~

시인. 충청남도 청양에서 태어남. 동국대 국문과와 단국대 대학원 문예창작과를 졸업함. 1986년 『동서문학』으로 등단하고, 1987년 『실천문학』에 현장시들을 발표함. 시집으로 『대학 일기』, 『마른 잎 다시 살아나』, 『지독한 불륜』, 『소주병』과 시론집 『신경림 시의 창작방법 연구』, 『시 쓰기와 읽기의 방법』, 『시 창작 수업』이 있음.

김광규 1941~

시인이자 독문학자. 서울에서 태어남. 서울대 독문학과를 졸업하고 동 대학원에서 박사 학위를 받음. 1975년 『문학과지성』에 「유문」, 「영산」 등의 시를 발표해 등단함. 시집으로 『우리를 적시는 마지막 꿈』, 『아니다 그렇지 않다』, 『아니리』 등이 있음.

김기림 1908~?

시인이자 문학평론가. 1933년 구인회에 가담, 주지주의에 근거한 모더니즘의 새로운 경향을 소개함. 광복 후 조선문학가동맹에 가담하여 정치주의적 시를 주장함. 6 · 25전쟁 때 납북됨.
시집으로 『기상도』, 『태양의 풍속』 등이 있음.

김소월 1902~1934

시인. 평안북도 구성에서 태어남. 오산학교와 배재고보 졸업. 1920년 『창조』에 시를 발표하
며 본격적인 작품 활동을 시작함. 짧은 생애를 보내며 슬픔, 외로움, 한(恨) 등을 섬세하게 노
래한 민요조의 시를 주로 씀. 시집으로 『진달래꽃』이 있음.

김수영 1921~1968

시인. 서울에서 태어남. 연희전문 영문과 중퇴. 1945년 『예술부락』에 시를 발표하면서 등단
함. 1948년 김경린, 박인환과 함께 시집 『새로운 도시와 시민들의 합창』을 간행하여 모더니
스트로 주목받음. 시집으로 『달나라의 장난』, 『거대한 뿌리』 등이 있음.

김영랑 1903~1950

시인. 본명은 김윤식. 전남 강진에서 태어남. 1930년 박용철 · 정지용 등과 함께 『시문학』 동
인으로 활동하며 작품 활동을 함. 잘 다듬어진 언어로 섬세하고 영롱한 서정을 노래하며 정지
용의 감각적인 기교, 김기림의 주지주의적 경향과는 달리 순수 서정시의 새로운 경지를 개척
한 것으로 평가받음. 시집으로 『영랑시집』이 있음.

김용택 1948~

시인. 전북 임실에서 태어남. 순창농림고 졸업. 1982년 『21인 신작 시집』에 시를 발표하며 작
품 활동을 시작함. 자연과 더불어 소박하고 정직하게 사는 고향 이웃들의 모습을 시로 써 옴.
시집 『섬진강』, 『맑은 날』, 『강 같은 세월』, 『그 여자네 집』 등이 있음.

김종길 1926~

시인이자 비평가, 영문학자. 경북 안동에서 태어남. 고려대 영문과를 졸업함. 1947년 『경향
신문』 신춘문예로 문단에 데뷔함. 절제와 균형, 명징한 이미지 등을 중시하며 고전적인 품격
을 갖춘 시를 씀. 영미시에 대한 식견을 바탕으로 시 비평에도 기여함. 시집으로 『성탄제』,
『하회에서』, 『달맞이꽃』 등이 있음.

김종삼 1921~1984

시인. 황해도 은율 출생. 일본 도요시마(豊島) 상업학교 졸업. 1951년 『현대예술』에 시를 발
표하며 작품 활동을 시작함. 과감한 생략, 절제된 언어로 여백의 미를 살린 시를 씀. 시집으로
『십이음계』, 『시인학교』, 『북 치는 소년』, 『누군가 나에게 물었다』 등이 있음.

김준태 1948~
시인이자 소설가. 전남 해남에서 태어나 조선대 독문학과를 졸업함. 1969년 『시인』지로 등단함. 시집으로 『참깨를 털면서』, 『나는 하느님을 보았다』, 『국밥과 희망』, 『아아 광주여, 영원한 청춘의 도시여』, 『칼과 흙』, 『꽃이, 이제 지상과 하늘을』 등이 있음.

김지하 1941~
시인이자 생명운동가. 본명 김영일. 전남 목포에서 태어나 서울대 미학과를 졸업함. 1969년 『시인』지에 시를 발표하면서 작품 활동을 시작함. 시집으로 『황토』, 『타는 목마름으로』, 『오적』, 『애린』, 『검은 산 하얀 방』, 『별 밭을 우러르며』, 『중심의 괴로움』, 『화개(花開)』, 『유목과 은둔』 등이 있음.

김춘수 1922~2004
시인. 경남 충무에서 태어남. 일본 니혼(日本) 대학 예술과 중퇴. 1948년 첫 시집 『구름과 장미』를 펴내며 작품 활동을 시작함. 주로 사물의 존재와 의미를 추구하는 시를 씀. 시집으로 『늪』, 『기(旗)』, 『꽃의 소묘』, 『타령조, 기타』, 『남천』 등이 있음.

김현승 1913~1975
시인. 호는 다형(茶兄). 평양에서 태어나 3살 때 광주로 이주함. 숭실전문 문과 졸업. 1934년 숭실전문 교지에 발표한 시가 양주동의 인정을 받아 『동아일보』에 발표됨으로써 등단함. 자연 예찬, 기독교적 내면 탐구와 고독 등을 노래함. 시집으로 『김현승 시초』, 『옹호자의 노래』, 『견고한 고독』, 『절대고독』, 『마지막 지상에서』 등이 있음.

나희덕 1966~
시인. 충남 논산에서 태어남. 연세대 국문과와 동 대학원 졸업함. 1989년 『중앙일보』 신춘문예에 「뿌리에게」가 당선되어 작품 활동을 시작함. 시집으로 『뿌리에게』, 『그 말이 잎을 물들였다』, 『그곳이 멀지 않다』, 『어두워진다는 것』, 『사라진 손바닥』, 『야생 사과』 등이 있음.

도종환 1954~
시인. 충북 청주에서 태어남. 충북대 국어교육과를 졸업하고 교사로 일함. 1984년 동인지 『분단시대』에 시를 발표하며 작품 활동을 시작함. 시집으로 『고두미 마을에서』, 『접시꽃 당신』, 『지금 비록 너희 곁을 떠나지만』, 『당신은 누구십니까』, 『부드러운 직선』, 『사람의 마을에 꽃이 진다』 등이 있음.

문정희 1947~
시인. 전남 보성에서 태어나 서울에서 성장함. 동국대 국문학과와 동 대학원 졸업함. 진명여고 재학 중 첫 시집 『꽃숨』을 발간하고 1969년 『월간문학』 신인상에 시가 당선되어 본격적인 시작 활동을 폄. 시집으로 『문정희 시집』, 『새떼』, 『혼자 무너지는 종소리』, 『찔레』, 『모든 사랑은 첫사랑이다』, 『남자를 위하여』, 『나는 문이다』, 『다산의 처녀』 등이 있음.

박목월 1916~1978

시인. 본명은 박영종. 경북 경주에서 태어남. 중학교 2학년 때인 1933년 『어린이』에 동시가, 1939년 『문장』에 시가 추천되어 작품 활동을 시작함. 조지훈, 박두진과 함께 '청록파' 시인으로 활동하며 3인 시집 『청록집』을 펴냄. 순수한 자연의 모습과 향토적 정서를 노래한 시를 씀. 시집 『산도화』, 『난, 기타』, 『청담』, 『무순(無順)』 등이 있고, 동시집 『박영종 동시집』, 『초록별』, 『산새알 물새알』 등을 펴냄.

박용래 1925~1980

시인. 충남 부여에서 태어남. 강경상고를 졸업하고 은행원과 교사 등의 일을 함. 1955년 『현대문학』에 시가 추천되어 등단함. 향토적인 정서와 아름다움을 절제된 언어와 이미지로 간결하게 표현함. 시집 『싸락눈』, 『강아지풀』, 『백발의 꽃대궁』, 시전집 『먼 바다』 등이 있음.

박용주 1973~

중학교 2학년 때 『목련이 진들』로 1988년 전남대 주최 오월문학상을 받아 문단의 주목을 받음. 대표 시집으로 『바람찬 날에 꽃이여 꽃이여』가 있음.

박재삼 1933~1997

시인. 일본 도쿄(東京)에서 태어나 경남 삼천포에서 성장함. 고려대 국문과 수학. 1955년 『현대문학』에 시가 추천되어 등단함. 가난과 설움의 정서를 전통적인 가락에 실어 노래함. 시집으로 『춘향이 마음』, 『햇빛 속에서』, 『천년의 바람』, 『뜨거운 달』 등 다수.

백석 1912~1995

시인. 본명은 백기행. 평안북도 정주에서 태어남. 일본 아오야마(靑山) 학원 영문과 졸업. 1935년 『조선일보』에 시 『정주성』을 발표하며 등단함. 1936년 시집 『사슴』을 간행했고, 1957년 북한에서 동화 시집 『집게네 네 형제』를 간행함.

복효근 1962~

시인. 전북 남원에서 태어남. 전북대 국어교육과를 졸업하고, 1991년 계간 시전문지 『시와 시학』으로 활동을 시작함. 시집으로 『당신이 슬플 때 나는 사랑한다』, 『버마재비 사랑』, 『새에 대한 반성문』, 『누우 떼가 강을 건너는 법』, 『목련꽃 브라자』 등과 시선집 『어느 대나무의 고백』 등이 있음.

서정주 1915~2000

시인. 호는 미당(未當). 전북 고창에서 태어남. 1936년 『동아일보』 신춘문예에 시가 당선되어 등단함. 김광균, 김달진, 김동인 등과 동인지 『시인부락』을 창간하고 주간을 지냄. 시집으로 『화사집(花蛇集)』, 『귀촉도』, 『서정주 시선』, 『동천(冬天)』, 『질마재 신화』, 『떠돌이의 시』 등이 있음.

손택수 1970~

시인. 전남 담양에서 태어남. 경남대 국문학과를 졸업하고 『한국일보』 신춘문예에 시 「언덕 위의 붉은 벽돌집」이 당선되어 작품 활동을 시작함. 시집으로 『호랑이 발자국』, 『목련 전차』, 『꽃이 지고 있으니 조용히 좀 해 주세요』 등이 있음.

신경림 1935~

시인. 충북 충주에서 태어남. 동국대 영문과 졸업. 1956년 『문학예술』에 시가 추천되어 작품 활동을 시작함. 시집 『농무』, 『새재』, 『달 넘세』, 『가난한 사랑노래』, 『길』, 『쓰러진 자의 꿈』, 『어머니와 할머니의 실루엣』, 『뿔』 등이 있음.

신동엽 1930~1969

시인. 충남 부여에서 태어나 단국대학교 사학과, 건국대학교 대학원 수학. 1959년 『조선일보』 신춘문예에 시 「이야기하는 쟁기꾼의 대지」로 등단함. 특히 그의 대표시 「껍데기는 가라」는 참여시의 절정이라는 찬사를 받으며 식민지 시대 이상화의 「빼앗긴 들에도 봄은 오는가」, 이육사의 「절정」과 함께 기념비적인 저항시로 평가받음. 저서로 『삼월(三月)』, 『발』, 『껍데기는 가라』, 『4월은 갈아엎는 달』, 『주린땅의 지도원리(指導原理)』, 『우리가 본 하늘』 등이 있음.

신석정 1907~1974

시인. 전북 부안에서 태어남. 중앙불교전문강원 수학. 1931년 『시문학』에 시를 발표하면서 작품 활동을 시작함. 전원적인 정서를 맑은 언어와 음악적인 리듬으로 표현한 서정시를 주로 씀. 시집 『촛불』, 『슬픈 목가』, 『빙하』, 『산의 서곡』, 『대바람 소리』, 『내 노래하고 싶은 것은』 등이 있음.

심훈 1901~1936

시인, 소설가, 그리고 영화인. 본명은 신대섭, 호는 해풍(海風). 서울에서 태어남. 동아일보사에 입사하여 기자 생활을 하면서 시와 소설을 쓰기 시작함. 대표 시집으로 『그날이 오면』이 있음.

안도현 1961~

시인. 경북 예천에서 태어남. 원광대 국문과 졸업. 1984년 『동아일보』 신춘문예로 등단함. 시집 『서울로 가는 전봉준』, 『모닥불』, 『외롭고 높고 쓸쓸한』, 『그리운 여우』, 『아무것도 아닌 것에 대하여』 등이 있음.

오장환 1918~?

시인. 충북 보은군에서 태어남. 휘문고보에서 수학했으며, 시지(詩誌) 『시인부락(詩人部落)』 동인으로 시작 활동을 시작함. 모더니즘, 서정시, 계급의식 등을 작품에 담은 시인으로 평가받으며 시집으로 『성벽(城壁)』, 『헌사(獻詞)』, 『병든 서울』, 『나 사는 곳』 등이 있음.

유치환 1908~1967

시인. 호는 청마(靑馬). 경남 통영에서 태어남. 연희전문학교 중퇴. 1931년 『문예월간』에 시를 발표하며 등단함. 단호하고 강인한 남성적인 어조의 시를 씀. 시집 『청마 시초』, 『생명의 서』, 『울릉도』, 『청령일기』, 『유치환 시초』 등이 있음.

윤동주 1917~1945

시인. 북간도 명동에서 태어남. 연희전문 문과를 졸업하고, 일본 도시샤(同志社) 대학 영문과 재학 중 항일 운동을 했다는 혐의로 체포되어 후쿠오카 형무소에서 복역하다가 1945년 2월 옥사함. 해방 후 유고 시집 『하늘과 바람과 별과 시』가 간행됨.

이성부 1942~

시인. 전남 광주에서 태어남. 경희대 국문과를 졸업하고 1962년 『현대문학』에 시가 추천되고, 1966년 『동아일보』 신춘문예에 시가 당선되어 작품 활동을 시작함. 현실 참여적인 주제나 민중적 연대감을 다룬 서정시를 주로 씀. 시집 『이성부 시집』, 『우리들의 양식』, 『백제행』, 『전야』, 『빈산 뒤에 두고』, 『지리산』, 『작은 산이 큰 산을 가린다』 등이 있음.

이성선 1941~2001

시인. 강원도 고성에서 태어남. 고려대 농학과와 동 대학원 국어교육과를 졸업함. 1970년 『문화비평』에 시를 발표하면서 등단함. 시집으로 『시인의 병풍』, 『하늘 문을 두드리며』, 『몸은 지상에 묶여도』, 『나의 나무가 너의 나무에게』, 『별이 비치는 지붕』, 『별까지 가면 된다』, 『새벽꽃 향기』, 『절정의 노래』, 『내 몸에 우주가 손을 얹었다』 등이 있음.

이수복 1924~1986

시인. 전남 함평에서 태어남. 서울대 예과를 거쳐 조선대 국문과를 졸업함. 1954년 『문예』, 1955년 『현대문학』에 시가 추천되어 등단함. 동양적 정서를 부드러운 운율로 담아내는 전통적 서정시의 시풍을 보여 줌. 시집으로 『봄비』가 있음.

이용악 1914~1971

시인. 함북 경성에서 태어남. 일본 조치(上智) 대학 신문학과를 졸업함. 1935년 『신인문학』에 시를 발표하며 작품 활동을 시작함. 해방 직후 조선문학가동맹에 가담하여 활동하다 6·25 전쟁 중에 월북함. 시집으로 『분수령』, 『낡은 집』, 『오랑캐꽃』 등이 있음.

이육사 1904~1944

시인. 경북 안동에서 태어남. 본명은 원록(源祿). 1933년 『신조선』에 시를 발표하여 작품 활동을 시작함. 독립 운동 단체인 '의열단'에 가입하는 등 항일 투쟁을 벌이다 베이징의 감옥에서 순국함. '육사'는 투옥 당시의 죄수 번호(64)에서 따온 그의 호임. 불굴의 지사적 기개를 보여 주며 고도의 상징적인 언어를 구사하는 시인. 유고 시집 『육사 시집』이 있음.

정지용 1902~1950

시인. 충북 옥천에서 태어남. 일본 도시샤(同志社) 대학 영문과 졸업. 1926 『학조(學潮)』에 시를 발표하며 작품 활동을 시작함. 초기에는 섬세하고 감각적인 시어와 선명한 이미지를 구사하다가, 뒤에는 동양적인 관조와 고독의 세계를 주로 다룸. 시집 『정지용 시집』, 『백록담』 등이 있음.

정호승 1950~

시인. 경남 하동에서 태어남. 경희대 국문학과와 동 대학원 졸업함. 1973년 『대한일보』 신춘문예에 시가 당선되고, 1982년 『조선일보』 신춘문예에 소설이 당선되어 작품 활동을 시작함. 시집으로 『슬픔이 기쁨에게』, 『서울의 예수』, 『별들은 따뜻하다』, 『눈물이 나면 기차를 타라』, 『풀잎에도 상처가 있다』, 『포옹』 등이 있음.

정희성 1945~

시인. 경남 창원에서 태어남. 서울대 국문과와 동 대학원 졸업. 1970년 『동아일보』 신춘문예에 시가 당선되어 작품 활동을 시작함. 시집으로 『답청』, 『저문 강에 삽을 씻고』, 『한 그리움이 다른 그리움에게』, 『시를 찾아서』 등이 있음.

조지훈 1920~1968

시인. 본명은 조동탁. 경북 양양에서 태어남. 혜화전문학교 졸업. 1939년 『문장』지의 추천을 받아 등단함. 박목월, 박두진과 함께 '청록파' 시인으로 활동하며 3인 시집 『청록집』을 펴냄. 시집으로 『풀잎 단장(斷章)』, 『조지훈 시선』, 『역사 앞에서』 등이 있음.

최두석 1956~

시인. 전남 나주에서 태어남. 서울대 국어교육학과와 동 대학원 국문과 졸업. 1980년 『심상』에 「김통정」을 발표해 등단함. 시집 『대꽃』, 『성에꽃』, 『사람들 사이에 꽃이 필 때』, 『꽃에게 길을 묻는다」 등이 있음.

최영미 1961~

시인. 서울에서 태어남. 서울대 서양사학과 졸업. 1992년 『창작과비평』에 시를 발표하면서
작품 활동을 시작함. 시집 『서른, 잔치는 끝났다』, 『꿈의 페달을 밟고』 등이 있음.

한용운 1879~1944

승려이자 시인. 호는 만해(萬海). 충남 홍성에서 태어남. 동학 동민 운동과 의병 운동에 가담
한 뒤에 1905년 백담사에 들어가 승려가 됨. 1919년 3·1운동 때 민족 대표 33인의 하나로 독
립 선언서에 서명하고 옥고를 치름. 시집으로 『님의 침묵』이 있음.

황지우 1952~

시인. 전남 해남에서 태어남. 서울대 미학과 졸업. 1980년 『중앙일보』 신춘문예와 『문학과지
성』을 통해 등단함. 시집 『새들도 세상을 뜨는구나』, 『겨울―나무로부터 봄―나무에로』, 『나는
너다』, 『게 눈 속의 연꽃』, 『어느 날 나는 흐린 주점에 앉아 있을 거다』 등이 있음.

작품 출처

작가	작품명	수록 도서	출판사	연도
강은교	우리가 물이 되어	풀잎	민음사	1974
	시	붉은 강	풀빛	1984
고은	머슴 대길이	만인보 전집 1	창비	2010
	선제리 아낙네들	만인보 전집 1	창비	2010
고정희	우리 동네 구자명씨	지리산의 봄	문학과지성사	1987
공광규	별국	소주병	실천문학사	2004
김광규	대장간의 유혹	좀팽이처럼	문학과지성사	1988
김기림	바다와 나비	바다와 나비	신문화연구소	1946
김소월	못잊어	소월시집	샘터사	1975
	바라건대는 우리에게 우리의 보습대일 땅이 있었더면	소월시집	샘터사	1975
	왕십리	소월시집	샘터사	1975
	접동새	소월시집	샘터사	1975
	진달래꽃	소월시집	샘터사	1975
	초혼	소월시집	샘터사	1975
김수영	파밭 가에서	달의 행로를 밟을지라도	민음사	1976
	풀	거대한 뿌리	민음사	1974
김영랑	모란이 피기까지는	영랑 시집	시문학사	1935
김용택	그대 생의 솔숲에서	그 여자네 집	창작과비평사	1998
김종길	성탄제	하회에서	민음사	1977
김종삼	누군가 나에게 물었다	누군가 나에게 물었다	민음사	1982
	묵화	북치는 소년	민음사	1979
김준태	참깨를 털면서	참깨를 털면서	창작과비평사	1977
김지하	타는 목마름으로	타는 목마름으로	창작과비평사	1982
김춘수	꽃	처용	민음사	1974
김현승	플라타너스	옹호자의 노래	선명문화사	1963
나희덕	귀뚜라미	그 말이 잎을 물들였다	창작과비평사	1994
	땅끝	그 말이 잎을 물들였다	창작과비평사	1994
	배추의 마음	그 말이 잎을 물들였다	창작과비평사	1994
도종환	담쟁이	당신은 누구십니까	창작과비평사	1993

작가	작품명	수록 도서	출판사	연도
문정희	그 많던 여학생들은 어디로 갔는가	오라, 거짓 사랑아	민음사	2001
박목월	이별가	경상도의 가랑잎	민중서관	1968
	하관	난, 기타	신구문화사	1959
박용래	겨울밤	강아지풀	민음사	1975
	월훈	백발의 꽃대궁	문학예술사	1979
박용주	목련이 진들	바람찬 날에 꽃이여 꽃이여	장백	1989
박재삼	추억에서	춘향이 마음	신구문화사	1973
백석	고향	나와 나타샤와 흰 당나귀	다산초당	2005
	남신의주 유동 박시봉방	나와 나타샤와 흰 당나귀	다산초당	2005
	산곡	나와 나타샤와 흰 당나귀	다산초당	2005
	수라	나와 나타샤와 흰 당나귀	다산초당	2005
	팔원	나와 나타샤와 흰 당나귀	다산초당	2005
	흰 바람벽이 있어	나와 나타샤와 흰 당나귀	다산초당	2005
복효근	목련 후기	마늘촛불	애지	2009
서정주	동천	동천	민중서관	1968
	추천사	서정주 시선	정음사	1956
	춘향 유문	서정주 시선	정음사	1956
손택수	아버지의 등을 밀며	호랑이 발자국	창작과비평사	2003
신경림	길	쓰러진 자의 꿈	창작과비평사	1993
	나목	쓰러진 자의 꿈	창작과비평사	1993
	목계장터	새재	창작과비평사	1979
신동엽	봄은	누가 하늘을 보았다 하는가	창작과비평사	1979
신석정	꽃덤풀	그 먼 나라를 알으십니까	창작과비평사	1990
	대숲에 서서	그 먼 나라를 알으십니까	창작과비평사	1990
심훈	그날이 오면	그날이 오면	한성도서	1949
안도현	간격	너에게 가려고 강을 만들었다	창비	2004
오장환	고향 앞에서	오장환전집	창작과비평사	1987
유치환	바위	생명의 서	행문사	1947
윤동주	간	하늘과 바람과 별과 시	정음사	1977
	또 다른 고향	하늘과 바람과 별과 시	정음사	1977
	별 헤는 밤	하늘과 바람과 별과 시	정음사	1977
	쉽게 씌어진 시	하늘과 바람과 별과 시	정음사	1977

작가	작품명	수록 도서	출판사	연도
윤동주	자화상	하늘과 바람과 별과 시	정음사	1977
이성부	벼	우리들의 양식	민음사	1974
이성선	사랑하는 별 하나	별이 비치는 지붕	전예원	1987
이수복	봄비	봄비	현대문학사	1968
이용악	그리움	이용악 시전집	창작과비평사	1988
이육사	광야	육사 시집	서울출판사	1946
	꽃	육사 시집	서울출판사	1946
	교목	육사 시집	서울출판사	1946
	절정	육사 시집	서울출판사	1946
	청포도	육사 시집	서울출판사	1946
정지용	고향	정지용 전집 1	민음사	1988
	유리창 1	정지용 전집 1	민음사	1988
	장수산	정지용 전집 1	민음사	1988
	향수	정지용 전집 1	민음사	1988
정호승	봄길	사랑하다가 죽어버려라	창작과비평사	1997
정희성	너를 부르마	저문 강에 삽을 씻고	창작과비평사	1978
	민지의 꽃	시를 찾아서	창작과비평사	2001
	숲	저문 강에 삽을 씻고	창작과비평사	1978
조지훈	낙화	청록집	을유문화사	1946
최두식	고재국	대꽃	문학과지성사	1984
	노래와 이야기	대꽃	문학과지성사	1984
최영미	선운사에서	서른, 잔치는 끝났다	창작과비평사	1994
한용운	님의 침묵	님의 침묵	회동서관	1926
황지우	겨울―나무로부터 봄―나무에로	겨울―나무로부터 봄―나무에로	민음사	1985
	너를 기다리는 동안	게 눈 속의 연꽃	문학과지성사	1990
	새들도 세상을 뜨는구나	새들도 세상을 뜨는구나	문학과지성사	1983

지은이	작품명	교과서(국어, 상 · 하)
강은교	우리가 물이 되어	창비-하, 디딤돌-하, 천재교육(김종철)-상
	시	
고은	머슴 대길이	천재교육(김대행)-하
	선제리 아낙네들	
고정희	우리 동네 구자명씨	디딤돌-하
공광규	별국	두산-하
김광규	대장간의 유혹	금성-상
김기림	바다와 나비	교학-하, 디딤돌-상
김소월	못잊어	지학사(발민호)-상
	바라건대는 우리에게 우리의	
	보습대일 땅이 있었더면	
	왕십리	신사고-하
	접동새	창비-상
	진달래꽃	미래엔-상, 천재교육(박영목)-상, 해냄-상,
		천재교육(김대행)-하, 비상-하, 지학사(방민호)-하
	초혼	
김수영	파밭 가에서	신사고-상
	풀	디딤돌-상, 미래엔-상, 창비-상, 해냄-상
김영랑	모란이 피기까지는	디딤돌-상, 지학사(방민호)-하
김용택	그대 생의 솔숲에서	신사고-상
김종길	성탄제	해냄-하
김종삼	누군가 나에게 물었다	비상-상
	묵화	교학사-상, 두산-하, 해냄-하
김준태	참깨를 털면서	더텍스트-하
김지하	타는 목마름으로	천재교육(김대행)-상
김춘수	꽃	신사고-상, 유웨이-상, 천재교육(박영목)-상,
		천재교육(김종철)-하 .
김현승	플라타너스	두산-하
나희덕	귀뚜라미	두산-상
	땅끝	지학사(박갑수)-하

지은이	작품명	교과서(국어, 상 · 하)
나희덕	배추의 마음	신사고−상
도종환	담쟁이	해냄−하
문정희	그 많던 여학생들은 어디로 갔는가	창비−하
박목월	이별가	지학사(박갑수)−상, 천재교육(박영목)−상
	하관	천재교육(김종철)−상
박용래	겨울밤	천재교육(김종철)−상
	월훈	지학사(박갑수)−상
박용주	목련이 진들	
박재삼	추억에서	금성−하
백석	고향	비상−상
	남신의주 유동 박시봉방	천재교육(김대행) −하
	산곡	신사고−상
	수라	창비−하
	팔원	더텍스트−하
	흰 바람벽이 있어	해냄−하
복효근	목련 후기	디딤돌−상
서정주	동천	두산−상
	추천사	교학사−상, 신사고−상
	춘향 유문	천재교육(박영목)−상, 유웨이−하, 창비−하
손택수	아버지의 등을 밀며	
신경림	길	지학사(방민호)−상
	나목	더텍스트−상
	목계장터	금성−하, 두산−하
신동엽	봄은	천재교육(김종철)−상
신석정	꽃덤풀	디딤돌−상
	대숲에 서서	비상−하
심훈	그날이 오면	천재교육(박영복)−하
안도현	간격	지학사(박갑수)−상
오장환	고향 앞에서	
유치환	바위	천재교육(김종철)−상
윤동주	또 다른 고향	더텍스트−상, 천재교육(김종철)−하
	별 헤는 밤	미래엔−상, 유웨이−하

지은이	작품명	교과서(국어, 상 · 하)
윤동주	쉽게 씌어진 시	비상–상
	자화상	지학사(박갑수)–하
	간	
이성부	벼	유웨이–상, 두산–하
이성선	사랑하는 별 하나	디딤돌–상
이수복	봄비	지학사(방민호)–하
이용악	그리움	디딤돌–하
이육사	광야	신사고–상, 지학(박갑수) –상, 천재교육(김대행)–상, 천재교육(김종철)–상
	꽃	
	교목	미래엔–상, 천재교육(박영목)–하
	절정	교학사–상, 유웨이–상
	청포도	미래엔–상
정지용	고향	지학사(방민호)–하
	유리창 1	교학사–하, 천재교육(김대행)–상
	장수산	디딤돌–하, 신사고–상, 비상–상
	향수	미래엔–하, 창비–하
정호승	봄길	교학사–상
정희성	너를 부르마	
	민지의 꽃	두산–하, 창비–하
	숲	지학사(박갑수)–상
조지훈	낙화	디딤돌–상, 천재교육(박영목)–하
최두석	고재국	두산–상
	노래와 이야기	
최영미	선운사에서	지학사(방민호)–상
한용운	님의 침묵	
황지우	겨울–나무로부터 봄–나무에로	천재교육(박영목)–상, 해냄–상
	너를 기다리는 동안	디딤돌–상
	새들도 세상을 뜨는구나	디딤돌–상